南郷 沙姫
NANGO SAKI

CHARACTER
[HIGH!] SCHOOL HACK & SLASH
神塚 夏海
KANZUKA NATSUMI
神塚 海春
KANZUKA MIHARU

CONTENTS

[HIGH!] SCHOOL HACK&SLASH

ハイスクール
ハックアンドスラッシュ❷

竜庭ケンジ

開幕

ふと、夜中に目が覚めた。

見上げた天井は、見覚えがあるような、ないような。

そもそも新入生が入居する、グレードの低い学生寮は同じような造りになっている。

俺たちが通っている『豊葦原学園《とよあしはら》』は全寮制の学校だ。

人里離れた山奥にある、まさに陸の孤島という感じだった。

日本全国から集められた俺たち生徒は、この学園で五年間を過ごすことになっている。

これでも一応、国立の高等専門学校という扱いだ。

何を専門で教えている学校かというと、『ダンジョン攻略』というファンタジーな教科だった。

未だに信じ切れない部分はあったが、実際に体験してしまえば否応もない。

そう、学園の地下には、巨大な規模の地下迷宮《ダンジョン》が存在していた。

ダンジョンに潜むモンスターを倒し、経験値を稼いでレベルを上げる。

アイテムを見つけ出し、クリスタルを回収して装備を整え、より深くダンジョンへと侵攻していく。

それが、豊葦原学園の生徒に与えられた課題だ。

攻略にどんな理由があるのか、ダンジョンの先に何があるのか、まだ俺たちには分からなかった。

学園生活が始まって、ひと月も経っていない。

今はまだ、この普通とは少し違った学園での生活に、精一杯といった感じだろう。

「……ん、ぅ」

隣に寝ていた静香《しずか》が、可愛らしく呻いていた。

だが、どちらかといえば可愛い系ではなく、美人系の彼女である。

体付きも同級生の女子と比べ、成熟している方だろう。

同じベッドに全裸で添い寝する関係。

というか、毎晩のようにセックスをしているパートナーだ。

クラスメートとして顔を合わせ、パーティを組んでダンジョンに挑み、いろいろとあっていろいろな関係を結んでしまった。

生徒同士の爛れた男女交際。

普通なら非難されるような男女関係も、この学園ではオープンでフリーダムに推奨されていた。

学園では日常的に、ベッドの中だけでなく、学園生活のあちこちで致している男女を目にすることができる。

生徒を管理する学園側が、逆に推奨している節さえあった。

公式で学園に登録される『パートナー』という関係も、一種のセックス許可証に近い。

パートナーであれば、学園内のいかなる場所でセックスしても誰に咎められることはない。

こうして女子寮の中にお邪魔し、毎晩セックスしても見逃されるくらいの御利益がある。

「んぅ……ぁ……ふ、ぁ」

手慰みに乳房を揉んでいると、固い痼りの手応えが生まれていた。

仰向けの静香を横向きに寝かせ、後ろから尻の中へとペニスを挿入した。

眠りに落ちるまで何度も致していた俺たちだ。

寝ている静香は、膣にペニスを挿れられても目を覚まさなかった。

ダンジョンでレベルとやらを上げてから、妙に精力が滾るようになっている。

夜中にムラムラして目が覚め、静香の尻を借りるのも毎晩の儀式になっていた。

毎晩、余力が尽きるまでセックスするのが常だ。

後始末をする間もなく寝落ちしている膣内は、何発も中出しした精液がヌルヌルと溜まっている。

「あっ…あっ…いっ…いっ…ぁ」

ベッドがギシギシと軋み、ぼんやりと寝惚け眼を開いた静香が喘ぎ声を漏らしていた。

片手で下半身を抱え、もう片手で乳房を揉みながら腰を揺する。

ペニスを挿れている静香の膣は、柔らかく蕩けそうになるほど気持ちが良かった。

乳房を揉んでいる俺の腕を握った静香は、同意のない睡姦を当たり前のように受け入れていた。

このまま朝までギシギシしていることも可能な気がしたが、また寝不足になるのは確実だ。

「はあぅ」

一度抜いてうつ伏せに寝かせ、可愛らしい尻の上に跨がった。

反り返ったペニスを押して膣穴に挿れ直し、射精するための小刻みなリズムで尻を振りまくる。

シーツをギュッと握った静香から、甘い吐息のような喘ぎ声を搾り出させた。

「ふゃ……とうま、さん」

ぽやぽやのまま振り向いた静香は、潤んだ瞳で俺を仰ぎ見ていた。

「……ぁ、もっと……最後まで、あっ」

明日も寝不足になりそうだ。

第13章　トラブルガール

土曜日の学生食堂は、普段よりも少しだけ空気が浮ついていた。

高専校である豊葦原学園では一般科目のスケジュールが詰まっており、休日は日曜日だけになる。

そんな土曜の午前授業が終了すれば、一週間が終わったと気が緩むのも分かる。

そろそろ俺たち新入生も、学園の雰囲気に馴染んできた頃だ。

慣れすぎて、若干羽目を外してしまっているような奴も、チラホラ見受けられた。

ぶつかったのぶつかってないのと、お前ら昭和の不良か、という感じだ。

腰に剣をぶら提げているだけで、気が大きくなっているのだろう。

マウントの取り合いは、集団生活をする人間の本能的な行為である。

こういうのは新入生の通過儀礼っぽい年中行事なのか、先輩方は生暖かい視線で見守っておられるようだ。

まあ、俺には関係ないし、どうでもいい。

今はランチが大事である。

和食のフードラウンジでダブルカツ丼膳を受け取る。

ノーマルな卵とじカツ丼と、ソースカツ丼のコラボレーションという冒険作だが、とてもボリュームがあった。

三三九度で使うような、デカイ盃形の器もインパクト抜群だ。

ご飯ドカ盛りで注文しているので重量もある。

カツ丼のキモは、この蓋を閉じている時間で蒸される半熟卵にあると思っている。

適確な調理度合いで味わうためには一刻を争う。

俺の女だとか、お前らが手を出したんだとか、ゴチャゴチャやってる障害物を突っ切って、速やかにテーブルに向かう。

和食担当の料理人のはまさにプロフェッショナルなお方で、注文の時にテーブル番号を聞いて蒸し時間を変えてくるというアンビリーバボーな凄腕なのである。

その心意気に応えるためにも、寄り道はできない。

「やっぱカツ丼か」

「うむ」

先にテーブルを確保していた誠一たちは、既に昼食を始めていた。

誠一《せいいち》は海鮮かた焼きソバ。

麻衣《まい》はクラブハウスサンドイッチのプレート。

静香は京風膳セットだ。

定食も文句なく美味いのだが、何となく学食のメニューを制覇してみよう的なチャレンジ中である。

幸い俺たちは懐も温かい。

好きな物を好きなだけ食えるのは幸せだ。

蓋を開けると、蒸気に蒸された甘じょっぱい食欲をそそる匂いが開放される。

卵とじされたカツ丼部分は、表面がうっすらと白く固まり、まさにベストタイミングといったところ。

だが箸を手にした俺は、キャベツの千切りが敷かれた上に乗っている、ソースカツから攻略を開始する。

サクリサクリと口の中でほどける、揚げたての衣の感触が至高だ。

「……うん。相変わらずの無表情なんだけど、幸せそうなのは分かる」

「慣れてくるとスゲー分かりやすいよな、叶馬《とうま》って」

「可愛いです」

半熟卵が絡み、出汁をたっぷり吸った衣もサクサクとした食感が残っており、揚げたてにしか許されない刹那の作品となっている。

ソースと卵とじという異形のコラボも、舌を飽きさせない組み合わせと言えた。

これは熱い内に一気に掻き込まねば、料理に対する冒涜ですらある。

「叶馬は置いておいて、だ。……俺らに何か用か？」

「……別に、私に用はない。けど」

ソースカツの敷物である千切りキャベツも、しんなりしつつシャキシャキと小気味良い。

豚カツとキャベツの組み合わせは定食などでも鉄版のコラボだが、相乗効果とも言うべき効能があるのだ。

キャベツに含まれる植物繊維とビタミンUが、脂分の強い豚カツの消化を助け胸焼けを防いでくれる。

「君たちって、順調にダンジョン攻略してるパーティっぽいね。仲も良さそう」

「ま、それなりにな」

「私もパーティに入れてよ」

「……その前にさ。後ろの人たち、仲間のメンバーなんじゃないの？」

とはいえ、卵とじ豚カツの下敷きになっているタマネギの存在も忘れてはいけない。

出し汁で飴色に染まったタマネギの甘味は、卵とじカツ丼に必須の名脇役だ。

飯と一緒にざっくりとすくい上げ、口の中に放り込むと幾らでも食えるような気がしてくる。

「どうでもいいでしょ。私を混ぜてくれたら、私のコト好きにしても、いいよ？」

「舐めてんのか？　顔洗って出直して来いや」

「おお、誠一カッチョイイ。ケド、トラブルの予感が……」

丼を置いて味噌汁を啜り、箸休めにキュウリのお新香に手を伸ばす。

豚カツの余韻を残す味覚がリセットされ、気分的にも落ち着いた。

ふむ、周囲が少し騒がしいようだが、飯時に不粋なことだ。

椀を手に味噌汁を啜っていると、ソレがひょいっとテーブルの上に昇ってきた。

サイズ的にはニホンザルくらいだろうか。

鳥と猿が合体したような、ハイブリッド感が溢れる姿をしていた。

目が光っていたりして、結構テクノ感もある。

ただ、身体のサイズに合わない、股間からでろんとおっ立てている逸物は見苦しいな。

先っちょがネトッとしてるのとか最高にNGだ。

情報閲覧《インターフェース》によると『陰摩羅鬼《おんもらき》』という名称らしい。

何でこんな所にモンスターが居るのか分からないが、誰も気にしている様子はない。

学園が放し飼いにでもしているのだろう。

ダンジョン内のモンスターと違ってSP表示がなく、GPが表示されてたりするし。

ソイツはキョロキョロと首を振った後、ケケケ、と笑い、誠一の海鮮かた焼きそばをぐしゃりと踏み、麻衣のサンドイッチに唾を吐き、静香のお膳の茶碗蒸しを蹴飛ばした。

「あっ……」

静香が悲痛な声を漏らす。

舌をベロンと出した陰摩羅鬼《おんもらき》はちょこちょこと俺の前にやって来て、カツ丼の椀の中へ逸物を――。

「慮外物《りょがいもの》がアッ！」

俺は自分でも温厚な人間だと思っているが、どうしても許せない物はある。

特に食い物を粗末にするのは勘弁ならない。

俺は思いきり振りかぶった右手で、陰摩羅鬼《おんもらき》を薙ぎ払うようにぶちのめした。


頭に血を昇らせ、一触即発な睨み合いになっていた一同が唖然としていた。

手榴弾が爆発したように真ん中からへし折れてた背後のテーブルは、幸い誰にも使用されていなかった。

雄叫びをあげた叶馬が椅子を蹴倒し、再び爆散したテーブルに向けて渾身の拳を振り下ろした。

全てのクラスに共通する、SPを纏って攻防一体の鎧《バリア》と為す戦闘術も、スキルに分類されている。

ダンジョンの中に充満した瘴気から身を守るため、本能的に常時使用しているものだ。

スイッチがオンになった叶馬は、無意識にSPとGPを開放していた。

再度爆発するような轟音を響かせ、テーブルが粉みじんに消し飛んだ。

残骸の中央でひしゃげた陰摩羅鬼《おんもらき》が、ゲヒ…と哀れに鳴いて痙攣していた。

「ど、どうした、叶馬？　疳《かん》の虫かっ？」

「……食い物を粗末にする奴は許さぬ」

肩で息する叶馬の背中に圧倒され、腰の得物に手を伸ばしていた取り巻きたちも腰を抜かしそうになっていた。

ちなみに学生食堂のテーブルは、レベルアップした生徒用に作られている特注品だったりする。

「そ、そうか……振り向きざまにテーブルを破壊するとか、どんだけテーブルが憎いんだコイツと思ったが」

溜息を吐いた誠一の目の前で、別のテーブルが爆散する。

そのテーブルでハンバーガーセットを食べていた女子生徒二人組は、涙目でガクガクと震えながら硬直している。

幸い飛び散った破片によるダメージはない。

身体的には。

「……繰り返す愚か者には制裁が必要だ」

空気が帯電するバチバチという微かな音と供に、叶馬の黒髪が逆立って鬼の角と化していた。

「よーしよし、落ち着け、叶馬。大丈夫だ、喧嘩とかじゃねえから。俺たちとってもフレンドリーさ。なあ！」

同意しろ、という誠一の必死の眼差しに、取り囲んでいた取り巻きの男子たちがガクガクと頷く。

テーブルの残骸に埋もれた陰摩羅鬼《おんもらき》は、ピクピクと断末摩の痙攣をした後にスゥ、と溶けるように消滅する。

「ああ、奇麗さっぱり問題解決だ。さあ、飯でも食おうぜ、って何だこりゃあ！」

それはダンジョンの中でモンスターを倒した時、瘴気に還元した星幽《アストラル》が結晶化するプロセスに似ていた。

淡い藍色に仄光る多面結晶体が、テーブルの残骸の中で転がる。

「お、俺の海鮮かた焼きそばが……」

「な、何これ、あたしのサンドイッチも腐っちゃってる。ってゆうか、いきなり腐るって何事？」

ダンジョンの癖でさっとクリスタルを回収した叶馬は、そのままアイテムボックスに放り込んだ。

「失敬」

涙目でプルプルしている女子二人に頭を下げた叶馬が、いつの間にか周囲を囲んでいる男子たちに驚いていた。

不思議と怯えた目をしていることに小首を傾げてから、目の前で土下座している一人の女子に気づいた。

「……お願いします。私を仲間にして下さい」

床に額を擦りつけるほど深々と、南郷沙姫《なんごうさき》は必死で懇願した。

「どうか、どうか何卒お助け下さい」

珍しく困ったように眉を動かした叶馬は、溜息を吐いてから誠一に丸投げした。

＊　＊　＊

私はあの日以来、ずっと悪い夢の中にいるようだった。

学園にある女子寮のひとつ、麻鷺荘の自室に引き籠もった私は、ベッドの上で布団を被ったまま踞っていた。

閉じ籠もった暗闇の中で、目を瞑っていても、ソレの姿が見える。

ソレが私を見て、嗤《わら》っている。

ソイツは布団の上に乗ったまま、ケケケ、と嗤っている。

目を閉じていても、視える、感じる、分かってしまう。

今まで本当にソレが居るなんて信じていなかった。

その昔、祓い屋というのをやっていたらしい、お爺ちゃんから寝物語に聞いたことがある。

現世《うつしよ》ならぬ常世《とこよ》の、化物の譚《はなし》。

私は『鬼』に憑かれていた。

「……誰か、たすけて」

推薦の話を先生から聞かされた時、私も両親も何も疑わずに喜んでいた。

スポーツはそれほど好きではなかったけど、私は割とハイスペックな万能選手だった。

学校の駆けっこでは一度も負けたことがなかったし、運動部、特に陸上部からは熱心に誘われていた。

それでも文化部に席を置いていたのは、わざわざ学校でも身体を疲れることをしたくなかったから。

特にお弟子さんを取っている訳でもなかったけど、家には代々受け継いでいる剣術の道場がある。

お爺ちゃんが現役の頃は門下生さんとかも居たらしいけれど。

そんな身内だけの道場で、私は子供の頃から修行らしきものをさせられていた。

特に疑問も持たず、物心ついてからもエクササイズ感覚で続けていた。

剣の才能はあったらしいけど、頭の方は良くなかった。

学校の成績は教室でも最下位だったし、進学の話が出始めた頃にようやく、ああ運動部に入ってたらスポーツ推薦が取れたかも、と後悔していた時。

この学園への推薦の話を聞いて、迷わず飛びついた。

いざダンジョンとかモンスターとかの話を知らされてからも、ゲームみたいとか、習い覚えた剣術思いっ切り使えるかも、とか喜んでた自分を絞め殺してやりたい。

ソレに取り憑かれたのは、最初のダンジョン実習から帰還した時だ。

毛むくじゃらの鴉のような化け物。

私以外には見えなくて、誰にも気づかれないし、触れない。

布団の上のソイツが、ゲヒヒ、と下劣に嗤った。

その声に滲んでいる艶が、またソレのスイッチが入ったことを教えていた。

無駄だと分かりつつ布団をはね飛ばし、ソイツに手を伸ばして首を掴む。

掴もうとした、けど。

するり、とまるでホログラムのようにすり抜けた。

なのにソイツは私の上に乗る、爪が食い込んで痛い。

こんなのはズルイ。

私は触れないのに、重いし、痛い。

「や、やめて……」

ずっと部屋に閉じ籠もったままだったから、喉の擦れた泣き声が漏れる。

何度も泣き声をあげて、声が擦れても何度も同じ目に合わされた。

同室の子は、私の奇行を気味悪がって姿を消してしまった。

それは当然だろう、他の人から見れば訳の分からない一人相撲だ。

ベッドの上で暴れ、一人で啜り泣く。

そんなの、絶対気持ち悪い。

「もう、いや……」

身体の大きさが赤ん坊くらいの化け物は、黒い体毛と羽毛の奥からずるり、と生殖器を勃たせる。

体躯に全然見合わない、醜く大きな肉棒。

今まで男性とセックスをした経験はなかったけど、それが男性器だというのは分かる。

理解させられた。

パジャマ代わりのトレーナーを着ている私の上を、ソレをしならせながらひょいひょいと移動し、固く閉じた太腿の間に無理矢理にねじ込んでくる。

トレーナーの上から、下着も何もかも通り抜けて、べっちゃりと肌に男性器が触れる感触だけが伝わる。

枕を押し付けて身体を丸めたけど、閉じ合わされた足も透り抜けてポジションが確保された。

私の恰好も体勢も、全部無視してアレがアソコに押し込まれていく。

両手で隠すように押さえた股間の割れ目が、ソレの男性器の形に押し開かれていく。

掌にぐぐっと穴が開けられた空洞の感触だけが伝わり、アソコの中にはしっかりと男性器の硬いゴリゴリが挿っているのが感じられる。

ズボっズボっと好き勝手にアソコを犯されながら、余りにも理不尽な現象に涙が出た。

絶えず付きまとうソイツから、気紛れで頻繁に犯され続けたアソコに、もう痛みは無くなってしまった。

最初は血が出たし、痛みで失神しかけたのが嘘みたいだ。

私の気が狂った妄想でない証拠に、行為の後には下着から滲み出てくる程の精液が残される。

多分一週間くらい、そんな感じで凌辱をされまくった。

逃げようにも、ソレはどこにでも憑いてきたし、相談しようにも、ソレは誰にも見えない。

ただ、私を犯すだけの小さな化け物。

そして寝ている間もズボズボと使い回された私の身体は、牝という動物なんだと証明されたように快感を感じるようにされてしまった。

「……」

引き籠もって、閉じ籠もって、現実から逃げようとしても、お尻にくっついたソレが男性器を挿れてくる。

寝ていても起きていても、私のお尻にしがみついて好き勝手に交尾をしている。

何もかもどうでも良くなってしまった私は、夢現の朦朧とした意識の中で身体を使われ始めていた。

アソコを交尾に使われるだけでなく、私の身体を勝手に動かすようになった。

まるで私というロボットを操縦するスティックのように男性器を挿入するソイツが、ご飯を食べたり学校に向かわせたりしている。

操られる私は、ただ遠くから見ている感じにすり替わっていく。

お尻にソイツをくっつけたまま授業を受けている私はとても滑稽で、どんどん現実感が失われていった。

『私』が私の身体に戻るのは、トイレや物陰に誘導され、ソイツがズボズボと私を犯す快感を楽しんでいる間だけだ。

ソレは多分、私に死なれたり、おかしくなったと隔離されるのを望んでいない。

ただ、私と入れ替わり『憑依』するために、中に入ってる『私』が邪魔だから壊そうとしてる。

クラスメートの男子を誘ってダンジョンに入る。

私以外、全員男の子の逆ハーレムパーティだ。

ダイブしてすぐに、当たり前のように輪姦が始まった。

誘ったのはソイツでも、押しつけられたのは『私』。

男の子の男性器は、色んな形と大きさがあるんだってことを教えられた。

パーティの男の子たちから、順繰りにレイプされていく。

五人のパーティメンバーが、私のお尻に男性器を挿れて精液を注入していく。

ダンジョンの中だというのに、下半身を丸出しにした男の子たちから繰り返しレイプされる。

当然、ゴブリンに殺されて死に戻る。

死に戻った男の子たちは全部忘れて悔しそうにしていたけど、何故か満足そうに笑っていた。

だけど、どうしてか私は忘れずに憶えている。

殺された感触も、輪姦された感触も全部、全部、全部。

それから毎日、クラスメートの男子を片っ端から誘って、ダンジョンの中で輪姦されて殺された。

多分クラスメートの男子、全員のおチ○チンを憶えさせられた。

男の子たちは誰も憶えてない。

毎回、皆殺しにされて死に戻っている。

セックスをするためだけにダンジョンに潜っているのだから、当たり前だった。

でも、ダンジョンの中でナニが行われたのかは、妄想たくましく想像して、きっとそれは事実だ。

ソイツももう、どんどん遠慮が無くなっていって、授業中でも私のことをズボってし始めていた。

どうしようもなく感じるように調教されてしまった私は、無反応を装っていたけど声を我慢するので精一杯だった。

無様だったけど、泣きたくなるような心はすり減っていた。

クラスメートの女子からは公衆便所と陰口を叩かれて、男子からは今度こそ憶えたままダンジョンから生還しようと誘われまくる。

ダンジョンの外で私を犯そうとする男子は、まだ居なかったけど時間の問題だったろう。

クラスメートの男子たちが組んだパーティ同士で、どちらが今日のダンジョンダイブに誘うか揉めていた。

どっちのパーティも私をダンジョンに連れ込んで、セックスをしたいらしい。

ちゃんとセックスを覚えたまま地上に戻って、そしたら私は地上でも犯されるようになるんだろう。

男子の間で、そういう暗黙のルールが決まってるみたいだ。

私は学食のフードカウンターの前で、きっと迷惑になっているんだろうなと思いながら、ぼんやりと突っ立っていた。

ソイツは珍しく私の身体から離れ、チョロチョロと男子たちが争っているのを煽っていた。

足を踏んだり、脛をつついたり、そういう悪意を持った悪戯が好きなのだ。

誰にも見えない、誰にも気づかれない、小さな悪意の塊。

ソイツが、ぶぎゅる、とヌイグルミのように踏みつけられたのには驚いた。

久し振りに感情が動いた、と言っていいくらいにビックリした。

足跡の形に凹んでいたソイツは、すぐに元に戻ったけど凄く怒っているようだった。

踏んだ相手をチョロチョロと短い足を動かして追いかけ、私も釣られて後を追いかけ、クラスメート男子たちも一緒に付いてくる。

中庭が見えるテーブルに、彼らが居た。

踏んだ人を含めて男の子が二人、女の子が二人のパーティメンバーだろう。

「俺らに何か用か？」

「……別に、私に用はない。けど」

とても仲が良さそうで、昏い感情がゆらっと湧き出した。

なんで私がこんな目に合ってるのに、楽しそうに笑ってるんだろう、と。

だから少し、無茶苦茶にしてやろう、なんて。

「君たちって、順調にダンジョン攻略してるパーティっぽいね。仲も良さそう」

「ま、それなりにな」

「私もパーティに入れて」

「……その前にさ。後ろの人たち、仲間のメンバーなんじゃないの？」

私から誘っているというのに、クラスメートの男子は彼らに敵愾心を抱いていた。

「どうでもいいでしょ。私を混ぜてくれたら、私のコト好きにしても、いいよ？」

「舐めてんのか？　顔洗って出直して来いや」

「おお、誠一カッチョイイ。ケド、トラブルの予感が……」

あっさりと拒絶されて、嬉しくなる。

きっと彼らは良い人たちなんだろうな、と。

それは多分、ソイツにとっては不愉快だったのだろう。

これが浅ましい妬みの感情だったとしても、『私』の感情には違いなかったから。

ソイツはひょいとテーブルに飛び乗って、テーブルの上に並べられていた料理を台無しにしていく。

だが、それは誰にも見えない、気づかれない、筈だった。

「あっ……」

と小さく呻いた大人しそうな女の子。

「慮外物がアッ！」

そして、鬼のように憤怒の顔をした男の子が、誰にも見えない誰にも気づかれない、私の小さな化物を倒してくれた。

＊＊＊

「えっと、反対」

「麻衣は加入反対に一票か。一応、理由を聞いていいか？」

さも当然という感じで挙手した麻衣に、こちらも最初から気乗りしない顔の誠一が促した。

「当然でしょ。見え見えで媚び媚びじゃん。姫プレイして遊んでるような女はトラブルメーカー確定でしょ？」

中々ざっくり切って捨てた麻衣さんが、組んだ足に肘を乗せる。

ちなみに姫プレイとは、オンラインゲームなどにおいて女キャラが男キャラをアイドルのように侍らせ、貢がせたりチヤホヤさせたりするプレイスタイルを指す。

この女キャラというのは高確率で中の人が男のネカマプレイなのだが、そういうネカマぷりっ子キャラほど食いつきが良かったりする。

オフ会に絶対出てこないとか確実に黒。

萌えのポイントというものは、同性の方が良く理解できてしまうという例だ。

ただリアルで姫プレイとなれば現物を餌に釣れるのだろうし、騙してるわけでもないので有りのような気はする。

「まあ、見た目はアイドルっぽいレベルだったけどな。静香の意見は？」

「叶馬さんの意見に従います」

自分のベッドに腰掛けた静香が丸投げしてくる。

俺も誠一にスルーパスする気、満々なのだが。

「清々しい程ブレないな。んじゃあ、叶馬は……なんで萎えてんだ？」

静香の椅子にぐったりと座った俺は、机の上に上半身を投げ出していた。

学生食堂のテーブル×２の弁償で、銭カードの残高が零になってしまったのだ。

足が出た分は静香から用立てて貰ったが、ヒモ感が半端無い。

先立つものがなければご飯が食べられない。

美味しい物が食べられないのは悲しい。

追加メンバーとかどうでもよく、ダンジョンにダイブして稼ぎたい気持ちで一杯だ。

麻衣の椅子に座っている誠一が、腕を組んで背もたれに寄りかかった。

「実際問題、俺たちのパーティには追加要員が必要だ。具体的に言えば、マッパー役だな」

「真っ裸《まっぱ》役って……。誠一、どういう意味で必要なの？」

「NINJAか踊り子じゃねぇんだから、そんなん要らんわ。要はマッピング、ナビゲートのサポート要員だ。『文官《オフィサー》』系の『書記《レコーダー》』とか『案内人《パスファインダー》』だな」

自分のベッドの上に座った麻衣が小首を傾げる。

「火力メンバーじゃないの？」

「火力が増えればゴリ押しできるけどな。今んところ不足はしてねぇだろ」

「ん〜、けどさ。前衛が多いほどパーティも安定するって、センセーが言ってたじゃん。前に出て壁になる戦士《ファイター》が必要だ〜ってさ」

武器を握って物理で殴るのは基本だ。

スキルを使い熟せるようになるまでは、やはり物理で殴るのが強いだろう。

戦術の授業では、パーティは前衛に立つ戦士が基本として、後衛のクラスを追加するように指導していた。

「確かにな。最初の内はスタンダードな前衛クラスが重宝されるさ。レアなクラスは、要するに癖が強いってことだからな」

ディスられているような気がする。

次のクラスチェンジで誠一のクラスが『＊＊＊見習い』に間違ってしまう可能性が高まったと言える。

「それでも、マップ外エリアを探索している俺たちには必須なんだよ」

「確か、地図に載ってない場所でバトルしてるんだよね。あたしたち。それって、普通のマップ内に入り直すことってできないの？」

ダンジョン内の入り組んだ迷路は、学園側にマップデータとして蓄積されている。

第一階層のマップは無料で配布されているし、第二階層以降のマップも購買部で購入することができた。

深い階層になるほど高額になるらしいが、そのマップを攻略する頃には充分払える設定なのだろう。

「できるかできないか、で言えば可能だ。適当に誰かをパーティメンバーに入れて、そいつをリーダーにしてダイブすりゃいい」

「成る程、あったまいー」

「だけどな、敢えてこのまま進んだ方が良いと、俺は思う」

管理マップ外のエリアについては、既に授業で説明と注意点について聞かされている。

討伐されずに放置されているモンスターは、段々と成長して階層の目安となるレベルを超えてしまうらしい。

生徒の活動範囲内のモンスターであれば、程良く倒されてリポップしているということだろう。

瘴気が適正値内で循環している、らしい。

恐らく俺たちパーティの稼ぎが多いのは、マップ外エリアのゴブリンのレベルが高いからだと思われる。

「えーっと、確かマップ外エリアだと、宝箱とか落ちてる確率が高いんだっけ？」

「らしいが理由は違う。ダンジョンから死に戻りする原因は、モンスターから殺されるだけじゃない」

声を潜めた誠一が、吐き捨てるように呟いた。

「一番多いパターンは、パーティ同士の殺し合いだ」

「……うわあ」

「例えばレアアイテム目当てとかな。ダンジョン内で消滅する前に奪っちまえば、死に戻る奴から所有権を強奪できる。殺された方は覚えてねえし、アイテムロストだと諦めるしかない。仮に外で盗られた物を見つけても、自分のだって証明できないからな」

「名前を書いておくとか」

「鼻で笑われて終わりだろ。弱い方が悪いって風潮だぜ」

寒気がしたのか、ぶるっと震えた麻衣が膝を抱え込む。

「基本、ダンジョンで他のパーティを見たら敵と思え、だ。第一階層で新入生がウロウロしている今は、特に鉢合わせる確率も高い。なんだが、俺らは一回も遭遇してない。つまり、そういうこった」

管理マップ外エリアを探索するより、パーティ同士の遭遇戦の方がリスクが高いということか。

だとすれば、マッパー役さんは確かに必要だろう。

方眼紙を埋めるような昔のダンジョン系ゲームの攻略法では、階層間移動のゲートを見つけるのも一苦労だ。

「じゃあ、臨時の穴埋めメンバーを雇う、みたいな感じじゃなくて、完全に仲間に引き込まなきゃだね」

鼻をスピスピさせる麻衣が何となく怖いのだが、静香にも異論はなさそうだ。

「ま、まあ、そういうことなんだが『書記《レコーダー》』や『案内人《パスフェンダー》』は、『文官《オフィサー》』の上位クラスだ。『文官』は非戦闘クラスなんで、なった奴も再チェンジするパターンが多いらしい」

確かに字面からしてバトルに向いてない感じはする。

「だが俺らには叶馬の『アレ』がある。素質がありそうな奴をパーティに組み込んじまえば、候補が見られるんだろ？」

「条件を満たしていれば」

「充分だ。なら第一段階の『文官《オフィサー》』になってる奴を引っ張ってくるのが正解だな。上位派生に期待だ」

「ほえー、なんか誠一ってばいろいろ考えてるんだねぇ。エロいコトしか頭にないと思ってた。ちょっちカッチョイイ」

悪気がなく尊敬の眼差しを向けてくる麻衣に、誠一は怒ることもできずに苦笑していた。

「話は戻るが。さっきの女子が都合よく『文官《オフィサー》』だったりは、しねえだろうなあ」

「ふむ。……違うな。『剣士《ブレイダー》』だ」

ちらりと扉の方を確認して答えた。

「お、第一段階レアクラスか。姫プレイしてる癖に『遊び人《ニート》』なってねえのな」

「パワレべじゃない？」

「先輩にでも取り入ってパワーレベリングってのは、まず間違いなく『遊び人《ニート》』コースだ。ましてやレアクラスになってるなら寄生じゃないんだろうな。……レアケースだと、生まれつきスキルやクラスを所持してる奴とかもいるとは聞いたが」

それは例えレベルが上がっていなくても、クラスの能力値補正だけで既にスーパーマンじゃないのだろうか。

「例え一般人の家庭で産まれても、天才とか超人って呼ばれるのは、やっぱ世間から見て『異端者』だろ。そういう奴は自動的にココに送り込まれるようなシステムになってんだよ」

「それは……世知辛いな」

「お前がまさにソレじゃないかと思ってるんだが、まあ今は置いておこう」

俺はこの学園に来るまで、クラスは『なし』だったし、スキルなんて持っていなかった。

多少、荒んだ幼年期を過ごしてはいたが。

「ま。レアな『戦士《ファイター》』系だってんなら『文官《オフィサー》』に適性はないだろ。やっぱ選考外だな」

「順当だね」

扉の方を見るが、微動だにしていない。

戦力外通知は聞こえただろうに、中々根性はあるようだ。

静香も扉の奥をじっと見据えているので、情報閲覧《インターフェース》の共有表示が見えているのだろう。

「誰であろうと、魂魄結晶《ソルデバイス》が抜けてる以上、本当の意味での仲間には……。なあ、叶馬？　ナニソレ」

「いや。その言葉で思い出した。返却した方が良いのだろうか」

空間収納《アイテムボックス》から取り出した、多面結晶体を手の中で転がす。

陰摩羅鬼《おんもらき》からのドロップ品だが、ゴブリンクリスタルと違い、静香石や誠一石のような形状をしていた。

「……どこで拾ったんだ。つうか、誰のだ？」

「学食で変なのを殴ったら、出た。多分、彼女のだと思われる」

ガチャ、と部屋の扉を開けると、ずっとそこで土下座していた沙姫の背中があった。

第14章　単刀直入

「……マジ勘弁しろよ。目立ちたくねえんだよ。ドンだけ悪目立ちしてんだよ」

「お許しを頂くまでは」

男前な土下座を続ける沙姫さんが、強引に部屋へ引き込んだ誠一の足下で訴える。

額を押さえて深い溜息を吐く誠一だが、廊下でずっと土下座していた時の見物人は、結構いらっしゃったので諦めるべき。

「気づいてたんなら言えよ！」

「誠一の性癖からして、羞恥プレイからの罵倒コンビネーションでセルフエクスタシーを昂ぶらせているとばかり」

「せーいちサイテー」

「えっ、マジで俺そんな風に見られてんのっ？」

土下座スタイルの沙姫は、女子にしては大柄な体躯も相まって結構プレッシャーがある。慣れている感があるというか、姿勢の奇麗な土下座であった。

武道とか茶道とか、精神修行っぽいのを積んできたような感じ。

キリッとしたポニーテールがお侍さんのように凛々しく、姫プレイではっちゃけているミーハーには見えない。

まあ、この手の女関係は、誠一の管轄だろう。

「いやいや、俺もまだ他のクラスの女子にまで手ぇ出してねぇよ！」

「せーいちサイテー」

「……知らんぷりは、不誠実だと思います」

「想像以上に信用なくて割とビックリしてんだけど、頭下げてる先って俺じゃ無くて叶馬だろ」

溜息を吐いて誠一の肩を掴み、俺の前に立たせる。

大丈夫、遮った。

「誠一。俺はお前の味方だ」

「……とてもグッドです」

ぐっと拳を握る静香さんが鼻息荒いです。

納豆は駄目なくせに、所構わず発酵する子である。

「いや、面倒だから全部俺に丸投げしようとしてるよな。全然味方じゃねぇよな！」

「俺を疑うのか……」

「切なそうに目を逸らすんじゃねえ。お前が何考えてんのか、もう大体分かるようになってんだよ」

「通じ合ってる感、スゴクイイです」

「後、ちゃんと静香を教育しろ。良く分からんが寒気がする」

それは同意なのだが、どうやったら良いのか分からない。

楽しそうなので放置しても構わないのじゃないだろうか。

「……パートナー交換でシェアされるならともかく、男の子同士が乳繰り合っちゃうのって女としてのプライドとか、そこんトコどうなの？」

「麻衣さん、今度お奨めを貸してあげます」

「叶馬。ヤメサセロ」

良いじゃないか、お前も俺と同じ切なさを味わうがいい、と思うが頷いておく。

ひたすら土下座していた沙姫がピクピクと肩を震わせていたが、まさか話に加わりたいのだろうか。

これ以上パーティ内に発酵物を加えても、変な化学変化とか起こしそうで怖い。

「まあ、先にこっちの話を片付けねえとな。……なあ、どこから話が聞こえてた？」

「それは、そちらの麻衣さんが、反対と仰った辺りで」

「ほとんど全部じゃねえかよ。悪いが、このまま返すわけにはいかねえな」

「凄く監禁です」

「せーいちサイテー」

「お前の性癖に口出しするつもりはない。ないがインタビューされたら、アイツはいつかきっとやらかすと思っていた、と答えよう」

「お前らが俺をどう見てるのか良く分かったよ！」

取りあえず、このまま逃げ出されてしまうと不味いらしいので、手錠とか填めてみる。

床に額をつけている女の子の手を取って、腰の後ろでガチャンとすると最高にいけない気分になってきた。

這いつくばった沙姫を、四人で囲んでいるビジュアルがとってもヒール感煽ってる。

「そこまでしろとは言ってねえ……。つうか、どっから手錠出した」

「購買部で買ってきた。静香が」

生暖かい目を向けてくる麻衣から、静香がつぃと顔を逸らしている。

「このシーンを誰かに見られたら、誠一がどこか冷たい場所に連れて行かれそうだな」

「俺を売る気満々ですね。はぁ、まいいや。叶馬、アレをこいつに入れてやれ。アレが本当にソレだったら、ちょっと考えなきゃならねえ」

「叶馬くんと誠一がメチャクチャにセックスして快楽堕ちさせるの？　すんごい媚薬的なイケナイクスリとか入れちゃって、それをあたしたちに手伝えとか」

「……うぐぅ」

沙姫さんが土下座姿勢のまま、歯を食い縛ってポロポロと涙を零し始める。

ここまでされてもパーティ加入を諦めないとは、やはり大した根性だ。

そして誠一の発想も凄まじい、本当にこのまま親友で居ても良いのだろうか。

「せーいちサイテー」

「まだ俺に下がるだけの好感度が残ってることにビックリだ」

取りあえず硬くて立派なやつを、後ろ手に拘束された沙姫の掌に握らせる。

「しっかり握れ」

「ひぐっ……は、はい」

「どうだ。硬いだろう？」

「は、はい。熱くて……あっ」

するりと溶けるように沙姫の掌の中でクリスタルが消える。

誠一や麻衣の時と同じ、本人の物だと簡単に吸収してしまうらしい。

右手に埋まった静香石は、本人が触ったり舐めたりしても溶けたりしないのだが。

沙姫の頭上に浮いている▼ターゲットの傍に、名前と並ぶようにSP表示が生えてきた。

これ、パーティメンバーのSPしか見られないのだと思っていたが、そうじゃなくても見えるようだ。

要するに、ダンジョンの外でSP表示が見えない奴は、ダンジョンの外でスキルが使えないということだろう。

思い返せば図書館で遭遇したお侍さんにも、バーがあったような気がする。

「ホントにぶっ壊れスキルだな、叶馬の情報閲覧《インターフェース》は。ヤバイくらい使えるぜ」

「んで。やっぱし、その子は仲間に入れちゃうの？」

「ある意味同類だしな。こんだけ周りから見られた後に放置する訳にもいかねえ。けど、なんでやっぱり、なんだ？」

ベッドの上で胡座をかいた麻衣は、ジト目で誠一と俺を睨んだ。

「だって、その子可愛いじゃん。エロエロな誠一と叶馬くんが、手も出さずに手放すわけないでしょ」

「とーまさんサイテー、です」

半眼になった静香から可愛く睨まれてしまった。

勝手に手錠を使われたのが気に入らないんだと思う。

「却下。ダメです。あの子をパーティに入れるんなら、二人でちゃんと犯してからにして」

「いや、マジでそういう意味じゃなくてな？」

これからの儀式に備え、叶馬たち五人は白鶴荘の食堂で早めの夕食を済ませていた。

寮生ではない三人が混じっていても、今更気にする者はいなかった。

静香の手を引く麻衣が、腰に手を当てて真面目な顔になる。

「ちゃんと自分たちの女にしないとダメ。じゃないと裏切るよ、あの子。周囲にも、あの子自身にも、自分の身の置き所を教えてあげて。きっとその方が安定するから」

静香も渋々といった感じだが、麻衣の言葉に異論はなかった。

「難しく考えないで普通にエッチすればいいよ。そしたら、ちゃんとあたしたちも受け入れてあげるから」

静香も無言で頷いていた。

余り距離が近いと同期してしまうので、学生食堂の方に足を伸ばそうと、少し切なく思いながら麻衣を連れ立っていった。


「まあ……セックスしたくらいで自分の女も何もねーと思うんだが」

「ひっ、ァ…」

ビクッと震えた沙姫が、前屈みになって叶馬の胸板に突っ伏す。

誠一は抜いたばかりの穴の回りを、据え付けのウェットティッシュで丁寧に拭っていた。

「これでお前は俺たちの女って訳だ」

「はぁ、はぁ……はい、っぅ」

沙姫の腰がビクッと震える。

塞がった穴に、最初に挿った方が再挿入されていた。

背後からとはまた違った角度で埋まった異物感に、顔を反らして膝を締めつけている。

「ちょっと手加減してやれ。なんか全然慣れてねえわ、沙姫ちゃん」

「ああ」

後ろ手に両手首を拘束された沙姫は、背後から尻を舐めるように視姦されているのを感じていた。

正面から叶馬に抱かれる姿を、後ろから誠一に観察されている。

ベッドに寝そべった叶馬は、正面から跨がっている沙姫の腰を支えた。

苦しそうな吐息を漏らす沙姫を撫で、無理に動かそうとはしなかった。

柔らかく包み込むような静香の中とは違い、腹の奥がギシギシと軋むような圧迫感に馴染むのを待つ。

「あれだ。健気ってかマジメな子だな、姫ちゃんは」

叶馬のペニスを咥えている尻を揉み、ポニーテールを弄ぶ。

それでパーティに加えてくれるのなら、と三人プレイを承諾し、無様を晒さないようにと、自分から手錠での拘束を希望している。

最初に叶馬を受け入れた時など、恐怖に硬直して身体が震えていた。

じっと為されるがままに最初の性交が終わり、続けて挿入された誠一との性交も終わるまで硬直していた。

性行為というよりも、試練を受けている修行僧のようだった。

「すみま、せん……初めて、だったので」

叶馬の上でぐったりとした沙姫が、ぼんやりとした顔で呟く。

ベッドはゆっくりとしたリズムでギシギシと軋み、夢現で陰摩羅鬼《おんもらき》に調教された感覚がぶり返している。

ただ性器だけを弄ばれる感触とは違い、身体全体で感じる生々しいオスの臭いに酔いかけていた。

床に足を下ろし、缶コーヒーを飲みかけていた誠一が固まる。

「処女じゃなかったよな？」

「は、はぃ……あの、妖怪に犯されてました、けど、んっあっ」

静香は論外として、麻衣よりも小振りでつつましい乳房が震えた。

撫で回す叶馬の手が、硬い部分を抓んでいる。

「あと、ダンジョンの中で、輪姦されて……あっ、だけど、私だけ忘れてなくて」

「何回も死に戻ってるのに、な。……つまり、その陰摩羅鬼《おんもらき》って奴が、魂魄結晶を保護してたってことか」

陰摩羅鬼《おんもらき》とは、死者を供養せず、粗略に扱った時に現われる妖怪といわれている。

骸に憑依する化け物。

元々、そんなモンスターはダンジョンに棲息していない。

最初から沙姫が取り憑かれ、呪われていた故の偶然《アクシデント》であった。

「つうかリアル退魔士の家系とか、ホントに居るもんなんだな」

「あっあっ……でも、パパとママは普通の、あっ…人で、あっ、んっ、あっあっ」

「ん、まあ。取りあえずイカせて貰っとけ」

胡座をかいた叶馬と向かい合わせに抱き上げられた沙姫は、初めて自分から腰を振り始めていた。

対面座位で股間を密着させたまま、ギシギシとベッドが軋んでいる。

「は…ア…ッ……す、スゴイ、叶馬様のおチ◯チン、凄いッ」

叶馬の腰に足をがっちりと組み合わせ、繰り返し何度も何度も痙攣して仰け反る。

誠一はセックス中も仏像のような面を晒している叶馬に笑ってしまいそうになる。

あれは多分戸惑っているんだろうと見当をつけたが、大体当たっていた。

沙姫の反応が良すぎるのだ。

長く剥がされていた魂魄が肉体に馴染む前に、位が上昇している叶馬と誠一から精を受けた沙姫は容易く虜にされていた。

麻衣がそこまで見越していたわけではないが、順応が早まっただけとも言える。

手首を拘束されていた手錠が外された。

静香が探し出してきた手錠は無骨な犯罪者拘束用ではなく、弾力のある樹脂製特殊用途商品だった。

購買部でも人気の高い裏商品だ。

赤い拘束の跡が残った手が、ベッドに腰掛けた誠一の股間に伸ばされる。

「おいおい」

「ちゃんと、ご奉仕するようにと……静香姉様が」

仰向けで叶馬の上に寝そべった沙姫は、下から突き上げられながら、誠一のペニスを不器用に扱いていた。

「済みません、誠一さん。ちゃんと覚えます、からっ…んっ、あっ」

「分かった。俺も仕込んでやるよ。あっと言う間に叶馬に呑まれちまったな」

本人は無意識だろうが、敬称が分かりやすく変化していた。

誰に隷属しているのか、本能的に分かっているのだろう。

「ふ、あ。あ、あ……」

足を広げたまま脱力した沙姫の股間から、ずるりっと湯気を立ち上らせた逸物が引き抜かれた。

叶馬も誠一も、既に人間離れした精力を宿している。

「お、お掃除、させて頂きます……んっ」

自分に種付けしたばかりのペニスに一礼し、初めて自分から咥え込んだ。

蕩けた表情でペニスを咥える沙姫を、叶馬が褒めるように撫でている。

四つん這いになっている沙姫の背後に回った誠一が、ヒクヒクと体液を漏らす穴にペーパータオルを押し込んでいく。

片手で尻の谷間を開かせ、窄まりの下に開いている穴に全て埋め込んだ。

しばらく尻が撫で回され、ゆっくりとタオルが引き抜かれていった。

ぐっしょりと精液を吸ったタオルが、ゴミ箱に捨てられる。

目を瞑った沙姫は、自分が何をされているのかも分からず、小さく腰を震わせていた。

「よし、と。俺も少し楽しませて貰うぜ？」

「ふわ、は……はいィ」

どこまでも真面目に受け入れようとする沙姫に、バックから挿入した誠一が腰を打ちつけていた。

夜中に戻ってきた静香と麻衣が合流し、いつも通りの朝を迎えていた。

今は白鶴荘の食堂に、五人グループとして座っている。

「姫ちゃんって麻鷺荘なの？」

「は、はい」

在校生が五千人を超える豊葦原学園では、学生寮が学園敷地内に分散している。

新入生や懐の寂しいエンジョイ組が入居している、通称エントリークラス。

旧練兵宿舎を改装した幾つもの木造建屋は、半ば森に溶け込むようにばらけて点在していた。

居住に余計な銭が掛からないノーマルな寮とはいえ、朝夕の食事は提供されるし生活に必要な道具は揃えられている。

共同のトイレや風呂を含んだ寮施設は、自分たちで清掃などの維持管理を行なわなければならない。

洗濯機や物干し場の取り合いなど、共同生活に付き物のトラブルも当然あった。

ワンランク上のグレード、通称ミドルクラスの寮になれば、建屋の外見からがらりと変わった。

木造建屋から、真新しいリゾートホテルのような学生寮になる。

それぞれ『朱雀荘』『青龍荘』『白虎荘』『玄武荘』の四寮は、全室が個室となり、ユニットバスとトイレもセットになっている。

二十四時間開放されている大浴場や、専門のスタッフが常任している食堂、洗濯物のクリーニングや部屋の清掃についてのサービスも準備されている。

最上級の学生寮、通称ハイエンドクラスの『麒麟荘』は一流ホテルのスイートルームがイメージに近い。

リビングやベッドルームなどの続き部屋になった快適な居住空間、各種ルームサービス。

希望すれば専属の付き人（選択可能）も準備されている。

特級科の生徒は『金烏荘』『玉兎荘』という専用の寮が準備されているため、普通科向けの寮は以上のランクに分かれていた。

「じゃあ、あたしたちの都合が悪い時には、入れ替わりでお邪魔しよっかな」

「そうですね」

割と生々しい女子事情に頷く静香と、真っ赤になって俯く沙姫の落差がシュールだった。

共有物か、代打的扱いをされる沙姫だったが、受け入れられることが最優先とばかりに大人しい。

学園に入学するまで生粋の未通女《おぼこ》だった沙姫だ。

男女交際の機微には免疫がなく、完全に受け身状態であった。

ただ多少は自分でも、これはちょっとアブノーマルな関係なんじゃないかな、くらいには感じている。

テーブルの向かいに座った叶馬たちをチラ見し、赤面しては俯くのを繰り返していた。

その仕草に姫プレイの面影は微塵もない。

「誠一」

「ああ？」

誠一は皿に五段積みされたホットケーキにフォークを刺す。

本日の白鶴荘の朝食は、ホットケーキにベーコンエッグ、ハッシュポテトにサラダという組み合わせだ。

「俺たちの意見は」

「諦めろ」

メープルシロップをたっぷりと吸ったホットケーキを二口ほどで平らげる。

ちなみにシロップの他にも、ホイップクリームや蜂蜜、ベリージャムやアイスクリームなどの添え物が用意されていた。

「甘い物は嫌いではないが、やはり朝は丼飯と味噌汁の方がいいな」

「静香と相談しろ」

食べ物に拘りのない誠一が、すげなく切り捨てた。

「あ、うちのところは朝食、ご飯が多いです」

「ほう」

「そうですか」

興味を引かれた叶馬の返事に、のしりと被さるように静香の言葉が重なる。

俯いてしまった沙姫と、黙々とホットケーキを刻む静香に、頭を掻いた誠一が溜息を吐く。

「今日のダンジョンダイブだが、午後一にすっか」

休日である日曜日のダンジョン開放時間は平日と異なっている。

朝の九時から開門され正午に一度閉門される。

午後からの開放時間は平日と同様で、午後五時に閉門された。

「がっつり稼ぎたいのだが」

「その前に、いろいろと話し合ってわだかまり解いとけ。麻衣は俺と買い出しな」

はーい、と気楽に返事をした麻衣に対して、叶馬は気まずそうに天井を見上げていた。


同じ材質のはずなのに、麻衣のベッドに腰掛けていると微妙に違和感があった。

静香のベッドには沙姫と、静香本人がちょこんちょこんと腰掛けている。

微妙な距離感が、こう何となく重圧を感じた。

沙姫と肌を重ねたのは誠一も同じなのだが、互いのパートナーである静香と麻衣のリアクションが違う。

あえて言葉にするなら、静香の方がより重い感じ。

部屋に三人きり、顔を突き合わせているだけは進展がないので、ストレートに問い掛けてみる。

「静香。思うところを宣べよ」

裁判か、と自分でも思うが、雑談して空気を和ませるテクニックはない。

「はい。叶馬さんに抱かれた沙姫さんに嫉妬しています。胸の奥がチクチクします。叶馬さんが沙姫さんを気に入って私が捨てられたらどうしよう、と思うと泣きそうになります」

「ありがとう」

凄く分かりやすい。

俺は鈍いので直球で言葉にしてくれ、と静香には常々お願いしている。

だがこうしたオープンジャッジメントに慣れていないのか、沙姫は赤面したまま俯いていた。

ふむ、良くある青春系フィクションを思い出すと、男女間の色恋沙汰がトラブルに発展するパターンが多かった気がする。

「……どちらかといえば、レディースコミックや昼メロのような、もっとドロドロした感じです」

「成る程、完全にジャンル外だ。参考書はあるだろうか？」

「見繕っておきます」

この手のサブカルチャーに詳しい静香だが、♂×♂ジャンルをさり気なく混ぜてくるので油断できない。

「あっ、あの、私はお二人の邪魔をする気はない、です。ただお側に」

「偽りです。叶馬さんから求められたら拒まない、ですよね。そんな媚びた目をして、そんな筈がない。気持ち、良かったでしょう？　全部を委ねて受け入れて貰えるのは」

「そっ、それは……」

「叶馬さんが誰に発情して、誰を抱いても構いません。ただ、私に内緒で誰かを愛でるのは切ない、です」

静香の線引きが、俺には分からない。

二股行為に対して全否定ならば理解もしやすいのだが。

いや、正直にいえば誰かに惚れたという経験がないので、どういう行いが一般的なのかも分からない。

沙姫の戸惑いは、恐らく俺と同じような恋愛音痴なのだと思う。

俺の気持ちとしては、沙姫のように根性のある子は嫌いではない、つつましげなサイズの胸を除いては。

「……っ、くぅ」

「叶馬さん……誠一さんから悪い影響を受けてます」

涙目で自分の胸を隠す沙姫を、庇うように抱えた静香がジト目で睨んでくる。

一人で過ごす時間が長かったので、心の声が口に出てしまう癖があるのだ。

「や、やはり静香姉様のようにおっぱいが大きくないと、駄目ですか……ひっく」

「いや、ちっぱいも好きかも知れない」

断言できない俺の良心よ、飛び立て。

これは過去に俺を悩ませた、ロングヘアーの女の子とショートヘアーの女の子、どっちが好きか問題に似ている。

俺はどちらかといえばショートヘアーの女の子が好きだった。

だがロングヘアーの女の子は、カットすることによっていつでもショートヘアーの女の子にチェンジできるのだ。

即ち変身を残しているロングヘアーの女の子は、ショートヘアーの女の子上位互換であると言える。

だがしかし、世の中には付け毛というオプションもあるのだ。

一概に完全上位互換と言えないのではないだろうか、ああ駄目だ混乱してきた。

だが、あの時に死ぬほど悩んで見出した真理は、今も適応できるのではないだろうか。

即ち。

「大きいのも好きだし、小さいのも好きだ」

そう、結局はその時の気分次第だと悟ったのだ。

「……大小揃えて侍らせておく、ということですね」

大きい方担当の静香さんが、胸を押さえて俯く。

節操の無さに呆れているのかと思ったら、安堵の表情をしておられる。

ちょっと意味が分からない。

「では、問題ないです。私は沙姫さんを受け入れられます」

「静香姉様」

「私のことは姉様なんて呼ばなくても良いのですよ。一緒に叶馬さんにお仕えしましょう？」

仕えるとか、また大仰すぎる物言いだと思ったが、なんか沙姫は感極まったらしく静香の胸に顔を埋めて泣き出していた。

大喜利だとこれにて一件落着なのだけど、何故誠一がスルーで俺が矢面に立たせられているのかが不明のままだ。

ああ、静香さんの視線がじっとりしていらっしゃる。

「叶馬さんがきちんと自分の物にしなかったから、沙姫が混乱してしまったのです。かわいそうです」

「……悪かった」

取りあえず謝っておくというのは日本人の悪癖だと思う。

静香の胸に抱き付いたまま、沙姫がじぃと俺を縋り見ていた。

「叶馬さんの場合、中途半端だけはいけません。手をつけるなら、添い遂げさせるつもりで最後まで致して下さい」

「ライトでポップに性春をエンジョイしたいのだが」

「無理です。駄目です。麻衣さんのように相手が居る子は大丈夫だと思いますけど、沙姫のように初心な子は抗えません」

静香さんが断言なされた。

一応確認してみたが、『ハーレム王』みたいな鬼畜クラスにはなってない。

静香は俺よりも俺のことを理解してる気がするが、たまに訳が分からないことを申される。

「あっ……姉様っ」

「誰かにちょっかいを掛けられる前に、今ここでちゃんと叶馬さんの物になっておきましょう？」

「は…はぃ」

凄く百合百合しいな、と鑑賞していた二人から、突然タッグマッチのゴングが鳴らされた。

静香が胸に抱き付かせたままの沙姫に手を伸ばし、スカートを捲って薄いブルーのショーツを露わにさせる。

そして、優しい手つきで沙姫を愛撫し始めた。

まあ、静香には俺の性情が筒抜けだ。

百合百合しい抱擁を見せられ、俺がエロい気分になっているのは見透かされている。


沙姫が住んでいる麻鷺荘は、ここ白鶴荘からも見える位置にある。

だが昨日はこの部屋にお泊まりしてから、食堂と部屋の往復しかしていない訳で。

つまり身を清める暇はなく、沙姫が恥ずかしがる理由も分かる。

ずるっとショーツを下ろすと、昨夜の性交の名残がむわっと立ち籠めるような性臭を放った。

さらに汗と沙姫の体臭がフェロモンとなって匂い立っている。

「ああっ…」

沙姫は恥ずかしそうに顔を手で覆い、静香の膝枕の上で身悶える。

静香よりも背丈のある沙姫だが、まだ女性として未成熟な部分が多い。

バストサイズもバイーンな静香さんに比べて控え目で、ふっくらとした膨らみがある程度。

身体に余分な脂肪がないというか、スポーツ少女のような体付きをしていた。

そっと指をアソコの谷間に滑らせる。

するりと無毛の恥丘を撫で、昨夜お邪魔させて貰った部分につぷり、と指先を潜らせる。

誠一と致した後に、きちんと拭き清めてからパンツを穿かせたのだが、奥の指先に絡むねっとりとした残留物が残っていた。

生活雑貨も一通り揃う購買部には避妊具が存在しない。

外のコンビニにもないらしい。

何故なら生殖行為をしても、在学中は妊娠しないのだそうだ。

かなり性的な風紀が弛い学園で実際にいないというのなら、理由は分からないがそういう物なのだろう。

生で子作りしろ、と学園側から推奨されているようで少し気味が悪い。

余り待たせると静香が乱入してきそうなので、中の粘り気を伸ばすように塗してから指を抜く。

ジャケットを脱いで畳み、シャツを脱いで畳み、ズボンを脱いで畳み、パンツを脱ぐ。

ベッドの上でセックスを致す場合、衣装を纏っていると落ち着かないのだ。

これは相手には該当しない。

むしろ着衣のままの方が良いという意見すら俺の中から出ている。

全裸派、半脱ぎ派、下着派と様々な派閥が、俺の中で日々争論を繰り返しているのだ。

顔を隠した指の間から俺の一部をじぃっと見ている沙姫と、横座りした膝に沙姫を乗せている静香の視線が絡まる。

お二人ともブレザー制服姿でおられるが、スカートが腰帯みたいな感じで下半身が丸出しに。

既に俺の武装は戦闘準備を完了させている。

「沙姫」

「は…はい。旦那様、私を奪って下さい」

中々男の子心をくすぐる呼名だが、同級生に旦那様とか呼ばせていると悪評がまた轟きそうだ。

あと静香さんの頭の上で、白熱電球がピカってしたような気がしたが幻覚だろう。

沙姫の両脚を抱え込み、ぐっと二つ折りにするように腰を突き入れた。

「あっ」

びくっと顎を反らす沙姫を抱き寄せ、抜き差しを繰り返しながら奥へ穿孔する。

昨夜は静香たちが帰ってくるまで、三度ほど根元までしっかり填めたのだが、一晩でまたしっかりと閉じ合わさってしまったようだ。

奥を少しずつ開拓される度に、ヒクっヒクっと震える沙姫を静香が優しく撫でている。

奥まで到達すると、沙姫の両脚が俺の腰に回されてフォールドされた。

涙目で、はぁはぁと吐息を漏らす半開きの口元が色っぽい。

「とても女の顔をしていますよ。沙姫……心地良いのですね？」

「はぁ…、はい…姉様」

「ではこのまま、沙姫が到達するまでご主人様にあやして貰いなさい」

ご主人様発言、頂きました。

というか、静香が口にすると違和感が無さ過ぎて、逆に昂奮しなかった。

静香さんも外した、みたいに顔を反らしており、自覚はあるようだ。

「……精進します」

そんな間抜けたやりとりを静香と交わしつつ沙姫をヌコヌコと致していたのだが、少し反応が良すぎて

困っていた。

あッ、とか、ひぃ、とか喉の奥から絞り出すような喘ぎ声を漏らし、必死に手を伸ばして縋り付いてくる。

誠一ではあるまいし、女性をよがらせるテクニックに覚えはない。

だが、俺の愚直な出し入れに、どうやら本気で感じている模様。

「そのまま精を注ぎ込んであげて下さい。そうすれば沙姫も安定する、と思います」

「俺の射精は毒物のようだ」

冗談のつもりだったのだが、静香は口元に指を当てて視線を逸らす。

「……恐らく、叶馬さんのクラスが原因かと。成られてから凄く、その侵される感じが……」

図書館のお侍さんが元凶か。

ぽーっとしてきた静香が、自分のシャツのボタンをプチプチと外していく。

ピンクのブラジャーに包まれた、たゆんとたわむ巨乳が露わになる。

そうなるとは覚悟しておりました。

右手で触らないようにはしていたのだが、距離が近すぎたようだ。

「沙姫と一緒に、私も躾けて下さい……。一緒なら切なくない、です」

第15章　密談

「話し合えとは言ったがな……。静香と姫っちを並べて乱交中とかビビッたわ」

「問題ない、と思う。仲良くなっている」

「お前の問題解決手段って、基本的にビックリするくらい力づくだよな。いや解決したなら良いんだけどよ」

ベッドに四つん這いの二人を並べ、交互に致していた叶馬たちを見た麻衣などは、わはーっと仰け反っていた。

成り行き上、五名に増えた叶馬たちパーティは、ダンジョンダイブする準備を整えてから学生食堂でランチを済ませていた。

休日の寮では昼食が用意されないので、多くの生徒は学生食堂を利用している。

学生食堂の入口付近には、弁当やパンなどが積まれたカートが並んでいた。

購買部でも食料品は扱っているが、主にダンジョンの中での栄養補給用コンバットレーションだった。

寮での小腹が空いた時用に、シリアルバーを買っている生徒もいた。

「じゃあ、静香と姫ちゃんはそれでイイの？」

「構いません」

「は、はい」

ボディアーマーを制服の上から着込んだ女子三人が、叶馬たちの後ろで会話に花を咲かせていた

羅城門から帰還する際に、物質的要素はすべて復元されるので誰の装備も真新しい。

一見初々しい一年生パーティである。

「あたしから誠一に、もう手を出さないように言い聞かせといたげる」

「ありがとうございます、麻衣さん。その、済みませんでした」

一見普通の女子校生っぽく見える麻衣だが、どちらかといえば小柄な部類に入る。

逆に平均より長身の沙姫が、麻衣にしおらしく頭を下げるシーンは微笑ましい。

「あー、気にしないでいーよ。あれは姫ちゃんをどういう形で受け入れたら良いかなって段階の話だし」

パートナー目当てにずかずかと踏み込んでくるような相手だったら、速攻排除するつもりであった。

誠一ではなく叶馬の方に傾き、静香に異論がないのならば、麻衣には何も言うことはない。

そこには色恋という要素の前に、リアルで切実な打算がある。

だからこそ誠一のパートナーに自分は相応しく、沙姫のような純粋な子は駄目だという自負もあった。

持て余しそうだという予感があった麻衣だが、真っ昼間からサンピーで食らっちゃうような叶馬の性獣っぷりに、あーこれは押し付けても何とも無いよねと割り切っていた。

誠一は決して善人とは言えないが、麻衣にとって理解できるパートナーだ。

比べて叶馬は悪人ではないのだろうが、いろいろと規格外過ぎて理解の範囲外である。

多分、自分ではついて行けない。

その身を全部投げ出している静香や、無知故に疑問を持たない沙姫だから相手にできるのだと悟っていた。

「でも、どうして静香がお姉様なの？　竿姉妹ってやつ？」

「竿？……は分かりませんが、何となく、姉様かなと」

純朴な沙姫を撫でる静香が、優しい笑みを浮かべる。

「うん。姫ちゃんって妹属性なんだね」

何となく納得した麻衣だった。

昇降口を抜け、羅城門へと繋がるエントランスホールは平日よりも閑散としていた。

休日にまでダンジョンダイブを行う生徒は多くない。

ダンジョン開放以来、毎日のようにダンジョンに潜らされていた沙姫だが、一度も生還したことはない。

詳しいパーティの決まり事についてはダンジョンの中で話す、と聞かされていた沙姫はガチガチに緊張していた。

ダンジョンの中で話すと言うことは即ち、死なずに戻るという前提なのだから。

「大丈夫です」

「……姉様」

震える手をきゅっと握られ、泣きそうな顔になっていた沙姫が静香に寄り添った。

中の記憶を失わなかった沙姫にとって、ダンジョン自体がトラウマになっている。

男子に繰り返しレイプされ、ゴブリンから殺され続けた記憶は心に深く刻まれていた。


――穿界迷宮『YGGDRASILL』、接続枝界『黄泉比良坂』――

――第『参』階層、『既知外』領域――


「落ち着いたか？」

「ふぁ……ふわい」

濃密な瘴気に晒され、ガクガクと震えていた沙姫が蕩けたような返事を返す。

後ろから静香に、正面から叶馬に抱かれて、サンドイッチになった沙姫が茹で上がっていた。

あくまで沙姫を落ち着かせるための抱擁であり、性的な意味はない、筈である。

人目をはばからないストロング慰撫に再び、わはーとなった麻衣を尻目に、左右を確認した誠一がトレンチナイフを握った。

「よし。回廊はワンダリングの危険があるし、次の玄室を掃除して場所を作るか」

「……誠一、順応しすぎ」

ダンジョンからの脱出座標記録《ログアウト》は、再出現《リポップ》の危険がある玄室ではなく回廊で行うのが一般的だ。

リポップのタイミングはランダムだが、浅い階層の場合、一日経てば文字どおりに湧き出てくる。

「たた、戦いですね。まま任せて下さい」

新入生お奨め装備セットAパッケージのショートソードを抜いた沙姫が、突然駆け出そうとする。

「待て待て。いきなりテンパるんじゃねぇ」

「ふわ」

ひょいっと子猫のように、軽々と吊られた沙姫が目を見張った。

女子とはいえ、装備を含めた体重を持ち上げるほど、誠一の腕はマッシブに見えない。

「叶馬。姫っちのレベルは？」

「1」

「まあ、予想通り。最初は見学で、パワレベはその後だな」

ひょいっと叶馬に手渡され、そのまま静香にバトンタッチされる。

「あっ、あのっ」

「静香。護衛役」

「はい」

「ね、姉様？」

腕を組まれて戸惑う沙姫に、静香は優しく大丈夫、と声を掛けた。

「お。やっぱ溜まってやがる……九匹か。んじゃ、一人三殺な」

「ほーい」

ベルトから抜き出したロッドを手に、麻衣が誠一の隣を抜けて先頭に立った。

「ま、まま麻衣さん、危なっ……」

ゴブリンから幾度も殺された記憶のある沙姫は、多くのゲームで最弱の雑魚扱いされるゴブリンの恐ろしさを知っていた。

沙姫が今まで潜っていた、第壱階層のゴブリンのレベルは『1』だった。

見た目以上の、特殊な能力を持ったモンスターではなかった。

物質化《マテリアライズ》している身体能力のみで、地上に存在している野生動物と変わらない。

恐ろしいのは、ためらわない殺意。

戦い、殺す、というシンプルな本能。

身体能力で勝っていたとしても、より上等な武器を持っていたとしても、その殺意に立ち向かうだけの心構えが必要だ。

ただ、そんな闘争本能をぶつけ合うだけでなく、ただ単に慣れるという解決方法もある。

「ほいじゃ、オレンジボール×スリー、スタンバイ」

麻衣の掲げた杖の周囲に、果実のオレンジのような魔法球がぽっぽっぽっと浮かび上がる。

麻衣のフルーツな詠唱に気づいたゴブリンたちは、ギギゲゲっと叫びながら一斉に襲いかかってきた。

武器を振りかぶった醜い化け物が駆けてくるというプレッシャーは、麻衣にとって既に何度も蹂躙し慣れた光景に過ぎない。

「シュート！」

突き出した杖の先に導かれるように、三つの魔法球が不規則な弾道を描いてゴブリンたちに降り注ぐ。

先頭の三匹に着弾し、吹き飛ばす。

最初に火の玉を創造した時よりも、燃え広がる範囲は減ったが衝撃力が増していた。

『魔術士《ウィザード》』としてのスキルの使い方を学んだ結果だ。

煙って倒れた仲間を踏みつけつつ、後続のゴブリンたちが麻衣に近接する。

「ノルマ終了。ほい、タッチ」

「あいよ。……隠遁」

ハイタッチを受けた誠一の姿が、すぅ、と溶けるように色を失う。

気配が散り、存在が薄く周囲に滲む。

戦意を滾らせるゴブリンは構わず麻衣に突進する。

ゲーム的な表現をすれば、ヘイトを稼いだ麻衣にタゲったモンスターは、そこに居るだけだったヘイトの低い誠一を簡単にロストした。

心理的な盲点が、認識を曖昧にするという誠一の忍術を十全に反映させる。

ふたつの首が同時に跳ね飛ばされ、首がへし折れたゴブリンが誠一の足下に崩れ落ちた。

「ふえっ？」

沙姫には一挙一動が、ほぼ同時に見えていた。

魔術士が魔力の制御に特化したクラスだとすれば、忍者は速度に特化した身体補正が強化されるクラスだ。

全体的な身体能力が教化される戦士と比べ、膂力で劣るが速度で勝り、ＳＰバリアはマテリアルで劣りアストラルで勝る。

レアクラスだからと言って、上位互換の能力があるわけではない。

百の数字をオーソドックススタイルに割り振ったのがアーキタイプであり、より歪に、割り振る方向性を特化したクラスがレアと呼ばれている。

「ガアアアッ！」

ボグゥ、と鈍い音を響かせたゴブリンが宙を飛ぶ。

盾で受けた腕ごと、身体が『く』の字にへし折れていた。

空気をゴゥ、と切り裂く六尺の金棒が、右に左に振るわれる。

技らしい技もなく、型らしい型もない、武術とは呼べない純然たる暴力。

ケダモノ染みた咆吼がビリビリと空気を震わせ、ゾクリと震えた沙姫が後退りしかける。

その身体を静香が確と押さえ込む。

他の誰が怯えても、自分たちだけは畏れることを許さない。

回転する風車のように振り回された六角六尺棒が、残りのゴブリンを左右に吹き飛ばした。

「おっし、んじゃま。ミーティングすっか」

「しゅ……」

「しゅ？」

涙目でプルプルしていた沙姫が、踵を返して逃げだそうとして静香から掴まれていた。

「しゅみましぇん、修行して出直してきまししゅ」


どこで修行してくるつもりだったのか。

静香から軽々と押さえつけられているようでは、ゴブリンにあっさりと殺られてしまうと思う。

どうやら、幼い頃から剣術の修行をしてきた沙姫は、自分の腕にある程度の自信があったらしい。

それが想像以上の超常バトルを目にして、心が折られてしまったと。

ウルウルでプルプルしてる沙姫がヘタレ可愛い。

「俺らもモンスターとのバトルなんて素人も同然だぞ？　レベル補正のごり押しってだけだ」

「ふぇ？」

しゃがみ込んで落ち込んでいる沙姫を、静香がナデナデと落ち着かせている。

「姫っちが同じレベルまで上がったら、訓練してる分ツエエんじゃねえかと思うくらいだ」

誠一曰く、生まれつきクラスを保持した、恩恵者《ギフテッド》だったたか。

厨二っぽくて素敵。

「レベル、ですか？　まだ、そんなに差がないんじゃ……」

沙姫が胸ポケットから取り出した、電子学生手帳を覗き込む。

クラスは『ノービス』、レベルは『2』で表示されていた。

これ全然合ってないんだが、どういう内部処理で計算してるんだろう。

なんか俺の情報閲覧《インターフェース》が間違ってる気がしてきた。

・船坂叶馬（雷神見習い、レベル4）
・小野寺誠一（忍者、レベル6）
・芦屋静香（巫女、レベル7）
・薄野麻衣（魔術士、レベル6）
・南郷沙姫（剣士、レベル1）

と、現状こんな感じだ。

沙姫の詳細情報は、パーティメンバーとして認識した時点で見られるようになっている。

どういう仕組みなのかはいまいち分からない。

クラスによってレベル上昇に必要な経験値が違うので、段々と俺が置いて行かれている。

レベル上昇率からクラス段階を算出する計算式があるのだが、俺の雷神見習いは第三段階のクラス扱いになっているっぽい。

ちょうど授業で経験値とレベル、それにクラスチェンジの概要を学んだばかりだ。

経験値についてなのだが、これはＥＸＰという単位で計算される。

レベル1のゴブリンを倒して得られる経験値が、１ＥＸＰとして基準にされていた。

経験値とは何ぞや、については解説を聞いても分からなかったが、モンスターの力の一部が吸収されるとか、そういうふわっとしたイメージらしい。

レベルというのは、その吸収したモンスターエナジーの量を表す目盛り値だ。

レベルアップした境目でいきなり強くなるわけではなく、少しずつ強化されていくという感じなのだろう。

レベルの数字はあくまで目安というわけだ。

だが、クラスチェンジというのは丸っきりの別物になる。

溜め込んだＥＸＰを消費して、『クラス』という別種の生物へ肉体を作り替える、という感じ。

まさに漫画やアニメの強化人間《ブーステッドマン》だ。

クラスチェンジの際には溜め込んだＥＸＰが全て消費されて、またレベル１に戻る。

このため、基本能力は上がっていても、クラスチェンジ前に比べると一時的にＳＰ量は減少してしまう。

クラスの無い一般人は、学園で『初心者《ノービス》』クラスとも呼ばれていた。

この『初心者《ノービス》』レベルを１０まで上げると、第一段階クラスへチェンジが可能になる。

大体、レベル１ゴブリンを五〇匹くらい倒せばレベル１０になるそうだ。

俺たち一年生の最初の目標は、この最初のクラスチェンジをして次の階層へと降りることだ。

レベルに関しては、俺たちのパーティは少しばかり先行している。

安全マージンを考えれば悪いことではない。

「姫っち、いいか。これから話すことは誰にも言うんじゃねえ。俺たちだけの秘密だ。……もしも誓えないというのなら、今ここで死んで全て忘れてもらう」

「は、はいっ。誰にも言いません」

ぐっと拳を握った沙姫が頷く。

「まず、俺たちはダンジョンの中で一回も死んでねえ。だから当然、俺たちのレベルは他の一年より高い」

誠一が初っ端から嘘を吐きました。

素直な沙姫はすっかり信じ込んでしまったようで、凄いですっと感心している。

「そして、これからも死ぬつもりはない。それはお前もだ、姫っち」

「えと、はい」

死んでしまえばその日の稼ぎがリセットされてしまうので効率が悪い、その程度に受け取ったのだろう。

沙姫の返事があっさりしていた。

「今の俺たちはダンジョンの外でもスキルを使うことができる。これが学園側にばれたら不味い。だから使うな」

「え、えーっ？　ほ、本当ですか」

情報閲覧《インターフェース》も空間収納《アイテムボックス》も普通に使いまくっているが。

静香も普通に使ってる、主に夜に。

なお静香の場合、外では俺にタッチしてないとSPが使えない模様。

「誠一、聞いてもイイ？　あたしたちが死んじゃうと、あのクリスタルみたいな石が抜けちゃうんだよね？」

「ああ」

「うん、そのクリスタル石を無くしちゃうと外の世界でスキルが使えない。でも、使えなくっても別に問題って無くない？　卒業してからはスキルなんて使う機会があるとは思えないし」

麻衣の疑問も分かる。

現代日本には冒険者や魔物ハンターなどの職業があるわけではない。

いや、沙姫の実家は、元退魔士だったたか。

リアルファンタジーである。

「勿論、無茶して死ぬつもりはないし、誠一の手助けも諦めたわけじゃないからね」

「分かってる。……信用してねえわけじゃねえんだ。聞かせていいのか、少し迷った」

「……せーいち」

ふむ、秘密を抱えた彼氏の苦悩を察した、麻衣の誘導尋問だったたか。

腰を据えた誠一が、改めて俺たちを見回す。

「コレは多分、豊葦原学園のトップシークレットだ。沙姫だけじゃなく、みんな絶対に他言無用だ。リアルで消される可能性がある」

「穏やかじゃないな」

「理由は分からん。だが学園が秘蔵してる資料にゃきっちり統計が出てた。普通科の卒業生はほとんどが早世してる」

「そうせい？」

「早死に、ですか……」

小首を傾げる麻衣に、静香がポツリと呟く。

「後は男子も女子も、子供が作れない、らしい」

麻衣、静香、沙姫が青くなって自分のお腹に触れた。

それは何というか怖さのベクトルが違うな、生物的な恐怖というか。

「ちょっと待って。このダンジョンって、そういう悪影響があるの？」

「いや、華組の奴らは卒業後も普通に一生を過ごしてやがる。ダンジョンでレベルを上げて、人体強化で一般人よりも長生きして、子供もバンバン作りまくってる。スキルなんて超能力のオマケ付きでな」

「……要するに、今のあたしたちは華組と同じ状態ってトコか」

誠一がどこで学園のシークレット情報を調べたのかは、この際置いておこう。

学園側に何らかの関わりがあるのだろうが、今更友を疑うつもりはない。

だが、学園には不信感が湧く。

情報の隠蔽や、特級科と普通科の差別については、まだ良い。

だが、普通科の新入生が、最初にダンジョンダイブした特別実習授業。

アレはあきらかに、俺たちを〝殺し〟にきていた。

俺が生還したのも、誠一たちの結晶石を回収できたのも、偶然の幸運だ。

「ゴメン。誠一の話を疑うわけじゃないケド、意味が分かんない。つまり、この学園ってあたしたちに何をさせたいの？」

「分からん。だが、俺たちが従ってやる義理はねえってことさ」

華組と同じように、死なずにダンジョンで鍛えられれば、恩恵としては充分かもしれない。

力仕事であれば職に困ることもないだろうし、なんか長生きとかもできるらしい。

スポーツ界に出れば、世界新記録とかバンバン出せそう。

ただ、結晶石がないと子供が作れないということは、静香の場合だと俺以外と子供が作れないのだろうか。

多少アクロバッティなプレイをすれば、作れないことはないかも知れない。

同じことを考えたのか、俺の手をきゅっと握る静香に不満そうな様子はなかった。

アクロバッティを考えた辺りで少しジト目になっていたが。

ちなみに沙姫は情報の処理能力をオーバーしたのか、頭を抱えて目をグルグルさせていた。

この子、一見クールビューティっぽいのだが、中身は多分脳筋だと思う。

凄くヘタレ可愛い。


誠一の暴露話はさておき。

取りあえず、俺たちの目標は変わらない。

レベルを上げて学園内で安定した立ち位置を確保するのが先決だ。

普通に静香とかレイプされそうになっていたし、抑止力となる実力は必要だ。

何より銭を稼がないと美味しいご飯が食べられない。

「ギギッ」

「イヤアアッ！」

ゴブリンのくぐもった呻き声に、沙姫の悲鳴が重なる。

いや、悲鳴というか雄叫びだ。

振りかぶったショートソードが、ゴブリンの武器を持った腕を切り飛ばし、返す刃で首元を薙ぎ払った。

盾を使わず両手でショートソードを振っているのは、刀を前提にした剣術を身につけている故だろう。

一対一でやらせて欲しい、という沙姫のお願いでお膳立てをしたが、ぶっちゃけ凄い。

何が凄いかというと、レベル1でゴブリンに刃が刺さったのが凄い。

誠一たちはレベルが3くらいになるまで、ゴブリンに刃が刺さらなかった。

これが『剣士』クラスの能力補正なんだろうか。

というか他の生徒は、どうやってゴブリンに刃が刺さるまでレベルを上げてるんだろう。

卵が先か、鶏が先か、みたいな問答である。

「いや、クラスの補正もあるんだろうが、多分スキル使ってるんだろうな。無自覚で」

確か、『戦士』の代表スキルが『強打《バッシュ》』で、『剣士』の場合は『斬撃《スラッシュ》』になるのだったか。

剣士はレアクラスだが、割となり手が多いクラスらしく、授業でも触れられていた。

『強打』は一撃の威力を上げるスキルで、『斬撃』は切り裂く威力に特化したスキルだ。

スキル攻撃をしたことがないので、そこら辺の感覚は分からない。

「真月一刀流、飛燕！　斬れましたよ、旦那様っ」

「おー、凄え。旦那様と呼ばせてるとか、いい趣味だなオイ」

沙姫は実家で剣術を学び、学校の部活動で剣道とかはやってなかったらしい。

正解だったと思う。

これ、竹刀とかでも人を斬れる。

斬る、という強いイメージと、掛け声をトリガーワードにして、無意識にスキルを発動させている。

伊達に恩恵者《ギフテッド》じゃないな、すぐに俺たちより強くなりそう。

姉としての立場が怪しくなりそうなのか、少し静香が複雑そうだ。

まあ、静香はいろいろと癒やし系なので、心配は要らないと思う。

見えない尻尾を振っている沙姫を、静香と一緒に撫でて褒めてあげる。

「戦力的に姫ちゃんの加入は大正解だったねー」

「ありがとうございますっ。……でも、早めに刀は欲しいですね。小太刀術は余り得意ではないので」

確か、購買部に売っていた最低ランクの打刀で五〇万銭だったか。

順調に今日のダンジョンダイブを攻略できれば、俺と静香の分配銭を合わせて買ってあげられそうだ。

静香と目を合わせると、姉役の威厳を見せられそうだと笑顔で頷いてくれる。

その笑顔に二重の意味があったんじゃないかと思ったのは、刀をプレゼントされて涙ぐんで喜ぶ沙姫を連れ、学生食堂で加入歓迎会を開催した時に、完全なヒモ状態である現状に気づいた時だった……。

幕間　無貌《ネイムレス》

「翠センセー、さっきの授業についてなんですけど」

がらり、と開かれた扉から、壱年丙組の男子生徒が顔を覗かせた。

迷宮資料室。

ダンジョンに関連するアイテムが保管された資料室だ。

狭い縦長の倉庫室には棚が並び、トラップ模型からミニチュアフィギュアなど様々な道具が揃えられている。

豊葦原学園には充分な数の教師が確保されており、特に教室ごとの担当はほぼ専属になっていた。

教師の人数が多いのは、学園の卒業生を積極的に雇用しているからだ。

あるいは、様々な事情により学園に残らざるを得ない者に対する救済枠もある。

「何かありましたか？」

抱えたバインダーを机に置いた翠が、振り返る前に背中から抱き締められた。

「あーもう辛抱堪んねぇ！　翠ちゃん、良いよねっ、ねっ」

「なっ、やめ」

「じゃ、質問の続き。翠センセ、さっきの授業中おマ◯コ濡れ濡れだったろ？」

タイトスカートがずり上げられ、黒いパンティストッキングに包まれた白いショーツが露わにされる。

安産型の尻に食い込んでいるショーツは、扇情的な際どいデザインをしていた。

あきらかに不慣れな、乱暴な手付きで恥部が揉まれていく。

「俺、勃起しちゃって堪んなかったんだ。お尻触っちゃって御免な」

「……ッ」

「翠ちゃんとのセックス思い出しちゃってさぁ。隣に立たれたら、マジフル勃起だって」

べろりと自分の唇を舐めた男子は、硬く憤ったズボンの前を翠の尻溝に押し付ける。

柔らかい弾力に腰をヘコヘコと擦りつけながら、ブラウス越しに乳房を鷲掴みにした。

ボリュームのある手応えにますます昂奮し、股間を強く押しつける。

「さあて。んじゃま、今日も翠ちゃんに生おチ◯ポあげるからねっ」

「ひっ」

パンストを破く勢いで後ろからショーツを引きずり下ろし、同級生とは比べものにならない成熟した臀部を露出させる。

便所で小便をするようにジッパーから取り出したペニスが、バネ仕掛けの玩具のように跳ね上がった。

ガチガチに勃起していても半分皮を被った先端からは、早々に先走りの雫が垂れていた。

「おっ、おっ、やっぱ濡らしてたんじゃん！　翠ちゃんも発情しちゃってたんだろっ」

「あっ……んッ、ぅ」

「んおっ、翠ちゃんおマ〇コ気持ちエー」

尻の中央に押し当てられた硬い異物が、ずぶっと翠の胎内に挿った。

柔らかく成熟した翠の膣粘膜が、教え子のペニスに吸いついた。

まだ未成熟な男性器は、翠の膣肉に圧迫されて包皮を剥き出しにされていた。

「やべ、イクッ」

「っ、う」

三擦り程で弾けてしまった精子が、勢い良く膣洞を満たしていく。

勢いの良い、半ば個体に近いゲル状の精液が、翠の胎内に吐き出されていった。

「あー、やっぱおマ〇コ最高」

翠の尻を抱え込んだ教え子は、天井を向いたままビクビクと腰を震わせ、排泄の快感に浸った。

膣内で剥けた亀頭は射精しながら勃起をし続けており、搾りきっていない内からズブズブと柔肉を掻き回し始めていた。

「俺レベルアップしたんだよ。したら三発くらい連チャンで楽勝なっちゃってさ。褒めてよ、翠ちゃん」

「く、ぅ……あ…あ」

「翠ちゃんも嬉しいでしょ？　俺、知ってるんだよ。コレが無いと翠ちゃん死んじゃうんだよね」

童顔に邪で歪んだ笑みが浮かんでいる。

自分が上位者であると確信している顔だった。

「筆下ろしおマ○コ、俺もずっと相手してあげるから安心してね。今のパーティの子さ、中々ヤラせてくれなくって。ま、すぐに無理矢理、立場おしえちゃうけどねっ」

「んッ、ぅ」

熱く初々しい射精が再び膣内に弾け、唇を噛んで堪えていた翠が呻き声を漏らした。

「マジ、先輩もいーこと教えてくれたよ」

即行で二発漏らしたペニスが、翠の尻からぴょこっと跳ね出る。

そのままズリズリと尻の谷間を使って扱かれた。

「翠センセー、ダンジョン行く前に使わせてー」

「お邪魔します。俺も一発犯らせて」

「お。使用中？」

「一分待って。終わらせるー」

新しく入室した三名のクラスメートに、尻コキしていたペニスがずぶりっと肉の中に埋められる。

三名の男子は早速ジッパーを下ろしてペニスを取り出し、勃起した物をギンギンに反り返らせていく。

「これ、あんまクラスメートに広げると順番待ちヤバイな」

「もう遅えって、半分以上知ってるぞ？　翠ちゃん便所」

「翠ちゃんもいいけどさぁ。俺らも女子を確保しとかねぇとマジヤベェって。イケメントリオのパーティとか、もう女子集めてハーレム状態になってんじゃん」

「マジかよヤベエ。俺らも、もっと強引に誘わなきゃ駄目かな？」

「あ～ヤベ、マジ搾り取られちまったぜ。翠ちゃんスゲー気持ち良かったよ。また明日、相手してあげるからね」

きっちり一分で済ませた男子は、べっとり濡れたペニスを備品のティッシュで拭っていた。

翠は机の上に突っ伏し、甘い吐息を漏らしながら腰を震わせている。

教え子の精子を三発注ぎ込まれた女性器は、婬らにヒクヒクと痙攣していた。

次の男子が入れ替わり、翠の尻を拝んでから手を伸ばした。

「んじゃあ、翠ちゃんお邪魔しますっ」

「っくう」

タイトスカートからはみ出した生尻に、あっさりとペニスが挿入された。

肉厚で突き心地のいい尻肉がパンパンと鳴り始める。

「ヤベェ～、やっぱ翠ちゃんのマ○コ気持ちイイ。オナ禁してる甲斐があるわ」

「我慢してる翠ちゃん可愛いね。俺、授業中に勃起しちゃうんですけど」

「このデカパイ、クラスの女とか比べものになんねぇ。ほら、俺のチ○ポ握ってシコシコして」

前屈みの姿勢で腰を突きだしている翠は、片手で一本ずつペニスを握らされる。

そのまま尻の穴をピストンされながら、握ったペニスを扱き始めた。

青いブラジャーに包まれた乳房も、まさぐるように揉まれていく。

無雑作で本能に任せた愛撫は、性に成熟していない少女には不適切だ。

『練習用』、もしくは『性衝動の処理係』である翠に相応しい。

担任教師として、それが翠に与えられている役目だった。

「あ、あ……翠ちゃんに中出しキタコレ」

「んじゃ交替な。外で待ってる奴らもいるんだから、さっさと替われっての」

「つーか、もう一発ずつくらい良いだろ？」

填めたまま腰を揺すり続ける男子がブーたれる。

翠の下腹部に手を回して引き寄せ、尻に股間を密着させたままシェイクしていた。

彼もまたダンジョンでレベルアップしており、性欲の箍が外れかけていた。

とはいえ、まだ童貞に毛が生えたばかりのペニスは、あっという間に二度目の限界を迎えてしまう。

腰を痙攣させ、膝をガクガクとさせた男子が歯を食い縛っている。

「……今の違うから。一発目のデッカイ波が来ただけだから。ノーカンな、ノーカン」

誰も聞いていないのに、聞いていないアピールをし始める。

「分かったから替われって。なんか手コキだけでイキそうになっててヤベェ」

「んじゃあ、一発ケツハメ交替の二発ずつで決まりな。翠ちゃんは俺のチ〇ポシコシコしててね。手コキぶっかけはノーカンっしょ。代わりにビンビン乳首揉んでやるから」

翠のSSRクラス『肉便姫《オルギニア》』には、男性からの命令に絶対服従という誓約《ペナルティ》がある。

代わりにルールブレイカー的な恩恵はあったが、まともな社会生活を望める状態ではない。

同じような事情があり、救済枠で採用されている女教師は多い。

翠の場合、実際に教員資格も取得していたが、扱いに変わりはなかった。

翠は目を閉じたまま両手を動かし、亀頭をくるむようにヌルヌルと指を蠢かす。

「翠ちゃんの手コキ堪んない。マジエロすぎ」

「やば、出そっ。翠センセ、ストップ。やっぱ俺もマ〇コに種付けする」

「つあ〜……んじゃ、交替な。翠ちゃんマ〇コマジヤベェ。抜かずの二連発瞬殺されたぜ」

「挿れた瞬間出ちまいそうだから、俺も連発するわ。翠センセのヌルヌルマ〇コにお邪魔っ……おほっ」

宣言通りに、挿入した瞬間腰を振わせた男子は、根元までズボリと填め込んで仰け反った。

次々にペニスを挿入されまくる翠のソコは、一本一本に吸いついて精子を搾り取っていく。

「あ〜、堪んねえ。翠センセ、エロっぽく尻振りながらチ〇ポって言って」

「……チ○ポ」

「ははは。スンゲーカワイー」

ペニスを握られている一人が、翠が押し付けられている机に腰かけた。

「まだ誰のチ○ポも咥えてないよね。先にチューしようぜ、翠ちゃん」

翠の顔を挟むように手で押さえ、舐め回すように唇を貪る。

右手は最初に中出しした男子のペニスを扱き、左手は机に腰掛けた男子のペニスを弄くる。

尻を音高くパンパンと打ち鳴らす男子は、二発という制限を超えて勃起するペニスの衝動に腰を振り続けている。

「んぁー、ベロチューエロすぎだろマジコレ。美人で可愛い翠ちゃんが担任で、俺らホントラッキーだよ」

「手マ○コも凄い上手だぜ。俺イクわ、このまま手マ○コに出すわ」

「オッパイもエロデカイしな。こんなん授業中に勃起するに決まってんじゃん」

精を搾り出す連射筒から、ノズルバックした精子が漏れ出してくる。

「んっ、あっ、おっおっ……って、出ねぇんですけど」

「お前ヤリ過ぎ、出し過ぎ。何発ハメ出してんだよ」

机に乗ったまま、手コキフェラチオさせている男子が笑っていた。

「うしうし、交替だぜ。やっぱ締めは翠ちゃんのケツに挿れねーと、よっと」

「お前ら翠ちゃん先生かわいそうだろ。ほどほどにしろ」

「賢者モードになってんじゃねーよ」

一通り翠の身体で奉仕させた彼らが、身支度を調えた。

ダンジョンに潜る前のレクリエーションは、彼らにとっての日課になりつつあった。

「翠ちゃん。また明日も宜しくね」

「お。やっとかよ。俺らもお願い。翠ちゃん」

ガラリと開かれた扉の向こうでは、廊下でたむろしている生徒たちが待っていた。

「そいや、お前パーティの女とできたって言ってなかったっけ？」

「ちょっとダンジョンで庇ってやったらすぐにヤレたぜ。でも、ほら、折角だから翠ちゃんも一発シテおかないと損、みたいいな？」

出ていく生徒と入れ替わり、また三人の教え子が入室した。

「ちゃんと扉は閉めとけよな。翠ちゃんは俺らが独占すんだからさ」

「当然だよね。俺たちの担任なんだし」

机の上に上半身を押し倒されたまま、スカートを捲られ、ショーツをずり下ろされている翠は無抵抗だった。

その尻を拝み、ズボンを下ろした生徒が後ろに整列していた。

「センセー。よろしくお願いします」

肉づきの良い臀部を抱えた男子は、挨拶と同時にペニスを挿入する。

「一発出したら交替しろよ？　どうせ三発くらいヤるんだから」

同じような台詞が聞こえ、同じような体位で、同じような回数だけセックスをされた。

彼らは特筆すべきことのない学園の群像だった。

そんな彼らが、これからどのように成長していくか、まだ誰も知らない。

第16章　ヒモなデイズ

「女に貢いで、女に貢がせる。完全に自転車操業のヒモだな」

「とーまくんサイテー」

誠一と麻衣ペアが、楽しそうに俺をディスっておられる。

責任を感じてしまいそうな沙姫は、ご機嫌テンションで麻鷺荘に帰っているので遠慮がない。

「叶馬さんが気に病むことはないです」

ベッドに腰掛けてニコッと頬笑む静香が、俺を甘やかそうとする。

駄目だ、これは罠だ。

蜘蛛が巣を張っている幻影が見える。

男子たるものが、女の子の施しを唯々諾々と受けるなど沽券に関わる。

「明日のお昼ご飯は、何を食べましょうか？」

「……お任せします」

「見事なヒモっぷりだな」

「とーまくんサイテー」

ご飯を食べないと力が出ない。

兵站を抑えられた俺は敗北必須だ。

せめて一方的に受け取る状況を、何とかしなければならない。

身体で返、いや名実ともにヒモになってしまう。

だが、そんな小さなプライドに拘るより、誠意を見せるべきではないだろうか。

それこそがヒモ道《ロード》の神髄。

違う、そんな破道はない。

クラスチェンジ先にヒモ王とか出てきたら、流石に俺も死にたくなる。

それにフルオーダーを静香さんにお任せするのは危険だ。

あっと言う間に『祈願』の使い方に熟練なされたので、自分の体力を回復させたり俺のおにんにんを回春させたりして、翌朝には精魂抜かれた干物になれる。

パーティの方針でダンジョンダイブは一日置きと決まっており、ヒモ状態が二日ほど続いてしまう。

明日の放課後、こっそりソロダイブして一稼ぎしてこよう。

「誠一さん。例えば、の話ですが……ダンジョンの中で単独行動は慎むべきだと思います。万が一の場合に、結晶石を確保できる同行者は必要です。パーティとして禁止するべきです」

「お、おう？　まあ、そりゃそうだが」

「叶馬くんに隠し事は無理だと思うよ。全部目に出てるし、たまに口からも出るし」

「なんてこった」

それに静香には俺の居場所が分かってしまうと聞かされていた。

羅城門に向かったりしたらダッシュで追いかけてきそう。

というか、俺が死んでしまったら静香石も一緒にロストしてしまう。

身勝手な行動ができるはずもなかった。

静香は純粋に俺の身を案じてくれていると分かっているが。

安心させるように撫でると、腕を胸に抱きかかえられた。

「ちょっと突き放すフリをしてから優しくするとか、ヒモのテクニックだよな」

「とーまくんサイテー」

静香の心配りが分からないとは、何とも不純な二人である。

二人からの評価はどうでもいいのか、静香が抱き締めた俺の右手にちゅっちゅし始める。

今日のダンジョンダイブは沙姫のレベリングを兼ねており、真面目にスキル発動練習とかしていたので欲求不満になっているのだろう。

俺の指先を咥えて吸いながら、上目遣いでじぃっと見てくる。

このままだと、またお泊りコースになりそうな流れだ。

誠一たちを見ると、ベッドの上で抱きかかえた麻衣とちゅっちゅし始めていた。

「あっ、せーいち、いきなり挿れ…っ」

「ダンジョンで溜めてた感じがなあ」

ちゅーっと指を吸ってアピールする静香に向き直り、ついでに開き直った。

トレーナー姿の静香をベッドに押し倒し、ズボンとパンツを一緒に引き下ろす。

もっちりと肉付きの良い静香のお尻は、つきたてのお餅のようにしっとりとした肌触りだ。

俺もジャージのズボンを下ろし、うつ伏せの静香の尻に跨がった。

ペニスの根元を掴んで先端を尻の谷間に押し当て、素股をするように底をなぞりあげる。

今夜の俺の脳内議会は半脱ぎ派が過半数を占めており、流れに任せろとスタンディングオベーションしている有り様だ。

この脳内議員たちは頻繁に暴走するのだが、全部解雇して死刑にしてみたい。

賄賂とか貰ってる汚職議員もいるはず。

背中に乗っかるように被さり、シーツをきゅっと握っている静香の頭を撫でながら、ぐっと腰を入れる。

「っ……ぁ、ぁ」

小さな静香の囁きを間近で聞きながら、いささか強引に押し進めていく。

ちょっと理解しづらいのだが、静香的にはこういう一方的に物扱いされるような感じが堪らないらしい。

手錠とか首輪とか、用意されてても戸惑う。

まだ軋むような中をゆっくりと行き来する。

眉をしかめて苦しそうな静香が、とても痛々しくも、漏れる声はとても甘い。

お尻に後ろから完全に跨がり、ぎゅっと身体を抱き締めると、あっ…と呻いた静香が身震いしてふにゃりと脱力した。

＊　＊　＊

ジャージに着替えた一年丙組の男女が、グラウンドに集合していた。

体操着は黒字に白いラインが走り、背中に校章がプリントされている。

戦闘訓練実習という名目であったが、生徒たちに緊張した様子はなかった。

自然と仲の良いグループに分かれて雑談が始まっている。

未だクラスの中では、ダンジョンから生還した経験がない者が多い。

ダンジョンで戦った記憶が無い以上、訓練にも切実さが足りていない。

いまだ他人事という感覚が抜けていなかった。

だが学園としても、軍隊のような規律と戦闘能力を生徒に望んではいない。

無論、副産物としてダンジョンから回収される資源は大きいが、彼らは既に充分な役目を果たしている。

グラウンドのトラックは四百メートル、普通の学校で使われているのと変わりないフィールドも馴染み深い物だ。

但し、サッカーゴールやスポーツで使用されるラインの類いは一切なく、ずらりと並んだ巻藁や木人に違和感があった。

「よし、揃ってるな」

がたいの良い、ジャージの上からでも盛り上がった筋肉が目立つ体術訓練教師だった。

角刈りにした厳つい顔には幾つもの傷跡が残り、町の中を歩いているだけで通報されそうな筋モノっぷりである。

首にかけたタオルとホイッスルが、辛うじて体育の教師らしさを醸していた。

しゃくれた青髭が妙なオス度を強調していた。

男子はその筋肉から発せられるプレッシャーに気圧され、女子は怯えるように視線を逸らす。

教師は腕組みをして反り返ったまま、掴みは良しとばかりにニヤニヤとした笑みを浮かべる。

「これからお前らはダンジョンで戦うための訓練を受ける訳だが――」

新入生が初めて受ける戦闘訓練についての口上を述べながら、教師の目は品定めをするように生徒を見渡していた。

多分に性的な意が込められた視線に、女子は身震いして本能的な嫌悪感を抱く。

教師のジャージの前が膨らみを増したように見えるのは、気のせいではなかった。

性に寛容な校風については生徒のみではない。

寛容と言うよりは黙殺に等しい。

この体術訓練教師にしても、既に授業を受け持った教室の新入女子を何名か、補習と称して性的な訓練に呼び出している。

彼が最初に目をつけたのは、茶髪をハーフアップにした元気系少女だ。

始めから話を聞くつもりがないのか、可愛らしい笑顔で隣の男子と雑談している。

間違いなくセックスしていそうなカップルぶりに、誠にけしからんと怒りが湧く。

もう一人目についたのは、大人しいと言うより若干暗そうなタイプの女子だった。

セミロングにしたストレートの前髪は俯き加減の表情を隠し、人目を惹き付けるルックスではないが驚くほど整っていた。

体操着を内側から膨らませる体付きは、年齢に相応しくないほど抱き心地が良さそうだ。

何より、無理矢理に手籠めにされても黙って従いそうな、思わず苛めたくなる儚さが嗜虐心をそそった。

最初はコイツだな、と思った矢先に、隣にいる男子に気づいた。

『ウォ、コイツぁ今まで何人殺してきたんだ』

感情が抜け落ちた、いや最初から存在しない殺人マシンのような冷たい容貌に、内心でドン引きする。

クラスの中でも唯一、目を逸らさずにじっとこちらを凝視し、オマエを殺してやると視線で訴えていた。

ダンジョンの中でＰＫを繰り返す、殺人狂の目であった。

外の世界でもきっと何人か殺ってきた筈である。

これほどはっきり見た目で分かるナチュラルボーンキラーは初めてだったが、精神的に問題のあるサイコパスは珍しくない。

一時期は少年院の如く、社会に適応できない問題児ばかり集められた時期もあったが、目に余る品性の低下とダンジョン資源回収の非効率化に方針転換した経緯もある。

今では学園への推薦対象は二つのタイプに分かれ、行方不明になっても問題がない事情持ちか、ダンジョンの戦闘に適応できそうなサイコパスになっていた。

昨今は書類選考により、容姿も重要視され始めていた。

そのほうがいろいろと効率も良かったのだ。

その男子の周囲は、真空地帯のように距離を置かれていた。

見た目に表われるほどの異常者であれば、一般人でも本能的に危険を感じるだろうと納得する。

先程の苛めてちゃんの位置が近いのは、恐らくはその異常で狂った性的毒牙に取り込まれてしまっているのだろう。

これは教育的指導の鉄槌を下し、哀れな女子を救出してやらねばならない、と下心満載の義憤すら抱いていた。

じっくりと身体測定をしてやらなければ、とジャージの前を更に膨らませる。

「――戦闘術の基本は体術、そして自分の肉体だ。とはいえ、まあ実際に体験しなきゃ分からんだろう」

ここまでの話の流れは、どのクラスでも一緒だ。

異なるのは誰を生贄に選ぶのか、ということ。

誰にでも理解できるように、モンスターとの戦いというモノがどういう代物であるのか、実戦させる。

外の世界を引き摺り、調子に乗っているような生徒にリアルを見せつける。

「モンスターとの戦いってやつがどんなモンか、生死を賭けた戦いってのを見せてやる。……おい、お前」

左右を確認したナチュラルボーンキラーは、自分が呼ばれていると気づいたのかヌラリと立ち上がった。

「デモンストレーションってやつだ。手加減はしてやるから、好きに俺をぶちのめしてみろ」

「……宜しいのですか」

「おおっ。遠慮は要らんぞ」

おい使うなよ、とか、あの変な技も使うな、と次の制裁対象として目を付けていた男子が囁いていたが、無言で頷いた第一候補は大人しく前に歩み出る。

集団で一番粋がっている奴を最初に叩きのめしておけば、素直に教師の指導を受け入れるようになる。

誰にでも分かるように、自分たちの立場を教え込む。

コイツはクラスの中で粋がっているようなタイプではないだろうが、一目置かれているのは間違いない。

喧嘩になれているのか、もしくは。

「モンスターは試合前に礼などしてくれんぞ！」

何らかの武術を習ってきたかだ。

頭を下げて礼儀正しく一礼する男子に、ニヤリと口元を吊り上げたまま殴りかかった。

＊＊＊

「あの体育教師ですね。目付きが気持ち悪かったです！」

クラスから孤立してしまった沙姫は、叶馬たちと一緒にランチを取るようになっていた。

「うちの教室の男子も、泣き出すまでボロボロにされて……その、旦那様、大丈夫ですか？」

ぐったりとした叶馬がテーブルに萎れていた。

「……嫌な事件だったね」

「ああ、見ちゃいられなかったな」

麻衣と誠一が顔を逸らしているのを尻目に、山盛りのミックスサンドを手にした静香は、突っ伏した叶馬を黙々と餌付けしている。

あーんぱく、のイチャイチャ要素は何故か感じられない。

海馬《とど》に餌を与えてる光景だ。

「……先生は遠慮は要らぬと仰った」

ハムサンド、ポテトサンド、卵サンド、と楽しそうに叶馬の口へサンドイッチを運ぶ静香の間を縫って、弁明が口から漏れる。

「限度があると思うの」

「初手で目潰しはねぇよ」

立ち上がる時にグラウンドの土を隠し持った叶馬は、頭を下げたまま体術訓練教師の顔があるであろう場所に投げつけていた。

頭を下げたのは礼ではなく、ただ視線から行動を読ませないためのフェイントである。

見事顔面に直撃し、目の痛みに反射的に顔を覆った腕を掴み、足払いと同時に背後へ捻り上げ――。

「ボキッて音がした時、クラスの女の子が悲鳴を上げてたよね」

「ヤクザキック連発で男子もチビッてたぜ。人の腹をフルパワーで蹴るとあんな音がするのな」

涙と涎を撒き散らして地面で藻掻く体術訓練教師に馬乗りになった叶馬は、ジャージの上着を脱いで顔を梱包するように巻き縛り、団子になった頭部を動かなくなるまで掌底で殴り続けた。

中学時代の担任教師用に練習したコンボだった。

結局は通用しなかった思い出だが、奇麗に決まってしまった。

「……誤解だ。折ってはいない。関節が外れただけだ」

「そういう問題じゃねえよ」

「冷静にトドメを刺したのがイケなかったと思うの」

「動かなくなるまで攻撃を止めてはならぬ……ならぬのだ」

もぐもぐとサンドイッチを頬張る叶馬が静香を見た。

頷いた静香は空になった皿を手に、フードカウンターへ追加を購入しに向かう。

「その中学の担任をどんだけ殺したかったんだって話だが。どこであんな兇悪なコンボを習ったのやら」

「……ツベで見た」

「どこまで冗談で言ってんのか分かりづらいんだよ。お前の場合」

山盛りのお稲荷さんにむくりと身体を起こした叶馬に、静香が物足りなさそうな顔をしていた。

自分で摘まみ始めた叶馬の代わりに、物欲しそうな顔をしていた沙姫が餌付けされ始める。

「言ったはずだ。ネットには大体の真理が転がっている」

「マジかよ。あの無拍子とかいう漫画拳法もかあ？」

基本的にバトルホリックの沙姫は物凄く興味がありそうだったが、静香からあーんされる稲荷鮨を口いっぱいに頬張って言葉が出ない。

うむ、と頷く叶馬に真面目な顔になった誠一が囁く。

「俺も習得できるのか？」

「問題ない」

叶馬が勝手に『無拍子打ち』として身につけた技法は、理論的には単純である。

人間が動く時は、かならず予備動作というアクションがある。

例えば単純に一歩踏み出すという時に、足を前に伸ばす、というアクションの前にも連動する仕草がある。

無意識に手を振る、手を振る前に肩の筋肉が動く、腰の向きが変わる、視線が動く。

様々な前動作が連動している。

静から動に変わる、それはほんの一瞬だ。

例えば右手で正拳突きを打ち出す。

それに力を入れようとすれば、左手は自然と引かれる、足は踏み出し、腰は回転し、『溜め』て『勢い』をつける。

あるいはボールを投げる時に振りかぶる仕草は、アクションを起こす前の予備動作だ。

ただ構えた拳を前に突き出す。

それだけのアクションにも予備動作は存在する。

足元の体重移動、腕が伸びきる前に動く肩、視線の位置から瞳孔の収縮。

真剣にボクシングを学んだ誠一には、体感として理解できた。

簡単に掴めるような感覚ではないが、相手の仕草から行動を読むという技術。

相手のグローブだけを見ていてもパンチは躱せない。

もっと相手の全体を俯瞰するように捉え、先読みするからこそ予知できる。

恐らくは人それぞれに捉える感覚は異なるのだろう。

誠一にとって分かりやすいのは、相手の肩の位置だ。

その予備動作を無くす。

予備動作を察知できなければ、アクションが予測できない。

即ち、見えない。

「馬鹿じゃねえの？　つか無理だろ」

「意を消す。居合の極意ですね……んぐ」

もぐもぐと稲荷鮨を追加される沙姫は、叶馬並みに健啖であるようだった。

「突きを出す予備動作を、全部同時に連動させればいい。と俺は考えた」

恐らく、それで加速される突きの速度は、知覚できないコンマ何秒の世界だ。

だがそれが、先読みという知覚をすり抜ける。

人間とは理解できないモノを認識できない。

これはファンタジーなお伽話ではなく、脳味噌の仕組み的に見えないのだ。

格闘技を学んだ相手だからこそ見えなくなる。

素人ではないからこそ、躱せない。

「とことんコンパクトに極めてったジャブはガードをすり抜けるみてえな話だな。どうやって訓練する？」

「まず服を脱ぎます」

「……真面目に聞いてるんだが」

「俺は真面目だ。全裸になれ」

「続けて下さい速やかに」

「ね、姉様……その、そろそろお腹いっぱいむぐぐ」

どんな攻撃も回避する中学時代の担任を殴るため、無拍子打ちを習得せんとした叶馬は全裸で鏡の前に立つことから始めた。

だが、予備動作とやらはいまいち分かりづらかった。

なので、パソコンのカメラで自分の正拳突きを撮影し、キャプチャーした動画から予備動作をチェックしたのである。

全裸で。

後は突き出す拳より先に動く身体の箇所をチェックし、延々と反復動作を繰り返してモーションの修正を行ったに過ぎない。

「モーションキャプチャーの一種というか、動作の分析ソフトは拾ってあるので使うが良い」

「……予想外にハイテクだな」

「それらしい突きが打てるようになるまで三年ほどかかった。頑張れ」

なんて無駄に努力家な奴だろうと誠一が呆れていた。

「誠一。フルチンで変なダンス踊ってたら部屋から追い出すからね。ヨロシク」


「下着は着けても大丈夫でしょうか？」

「良いだろう。時として全裸より効果的であると認める」

はい、と元気よく上着を脱ごうとした沙姫を、無言でジト目をした静香が止める。

脳内議員が閉廷を宣言していた。

やはり駄目だなコイツらは、早々に総辞職させよう。

「静姉様？」

「……駄目です。女の子がエッチな姿を撮らせちゃいけません」

机のノートパソコンには、ウェブカメラにキャプチャーされた画像が映し出されている。

沙姫本人の希望で一応セッティングしてみたのだが、性的な意味はない、無いのだ。

誠一ではあるまいし、見せびらかして悦ぶ趣味はない。

個人的コレクションとしては欲しいな、と思うが。

「無拍子、練習したいです」

刀の鞘を両手で握った沙姫が子犬みたいに訴える。

せがまれた沙姫に、ポインタッチする感じで無拍子打ちを見せてあげたら、えらく感動して特訓スイッチが入ってしまった。

多分、刀でも理論的にはできると思うのだが、俺流無拍子はモンスター相手には役に立たないだろう。

溜めの予備動作を可能な限り省略しているので、実は打撃に威力が乗ってない。

それにあくまで一対一用対人技だ。

沙姫の真月一刀流とやらには抜刀術も含まれているらしいので、そっちを極めた方が良いだろう。

居合を極めた達人の動画とか、本気で抜刀の瞬間が見えなかったりする。

スロー再生でも、コマが飛んだようにしか見えないとか、笑いが込み上げてくるレベルで人外だ。

だが、自分の姿を記録して客観的に分析するというのは良い修行になると思う。

歴史と伝統を愚直に守るだけではなく、発達したツールを利用するのはアリだろう。

「閉じます」

「あ」

パタン、と静香が沙姫のノートパソコンを閉じてしまった。

文明の敗北である。

ハメ撮りとかに憧れがあったのだが、静香さんは無慈悲なお方だ。

じとーっとした目を向けてくる静香さんから顔を反らせると、向かいのベッドの上でちょこんと隅っこに座り込んだ娘と目が合う。

「……」

抱き締めた枕に隠れるように、ばふっと顔を埋めてしまった。

沙姫をワンコ系だとすれば、小さな齧歯類《げっしるい》みたいな子だ。

是非是非、と沙姫のプッシュに流され、静香と麻鷺荘にお邪魔したのだが、当然同室の子はいる罠。

情報閲覧《インターフェース》によると雪《ゆき》ちゃんというらしい。

ルームメイトは陰摩羅鬼《おんもらき》に取り憑かれている時に逃げ出してしまったと聞いたが、ちゃんと和解できたようだ。

いつの間にか帰ってきたらしい。

見るからに内気っぽい子なので、怖がっても仕方ないだろうし。

ちらっと顔を上げかけ、俺が見ているのに気づくと、ばふっと顔を枕に沈め直す。

それはまあ、ルームメイトが見知らぬ男を引っ張り込んだら、どう対応して良いのか迷うだろう。

俺ほど無害な男は早々居ないのだが、見た目だけでは判断できまい。

前もって見なかったことにするように、沙姫と打ち合わせてあるのだと思う。

俺も心意気を汲んで、見なかったことにしよう。

沙姫も俺と同様に初心《うぶ》でシャイな娘さんだと思っていたが、露出プレイを演出してくるとは侮れない。

静香も沙姫も、雪ちゃんなど知らぬげに振る舞っている。

早速服を脱ぎ始め、ヤル気満々だ。

下着姿の二人がベッドの上で寄り添い、恥ずかしがって不慣れな様子の沙姫を、静香が優しく触れて手解きしている感じ。

「あっ……ねー、様、ソコ……ソコは」

スポーツブラにシンプルなショーツという、女子力の低い沙姫の下着姿だ。

だが、顔を真っ赤にしてプルプル震える媚態は可愛らしい。

ほとんど脂肪がついていない肢体は、とても引き締まっている。

仰け反ったお腹に、腹筋が浮かぶレベルだ。

スタミナ的な意味でも、もうちょっと肉をつけた方がよろしい。

カップからオッパイのお肉がはみ出そうになっている静香は、上下とも薄いピンク色のエロ可愛い下着を装着していた。

沙姫とは逆にぷにぷにと柔らかなお体は、運動とか凄く苦手そう、だがエロいと思います。

百合百合しいコミュニケーションに、こちらも辛抱が堪らなくなってくる。

服を脱いで全裸になると、二人の脱ぎ捨てた制服もまとめてハンガーに掛ける。

皺になると困るので。

陰茎をビンビンに反り返らせたまま片付けをしていると、じーっという熱視線が向かいのベッドから向けられているのを感じる。

――これが視姦されるという感覚か。

物理的なプレシャーすら感じる。

試しに腰を動かさずに単体で上下スイングしてみせると、わっ…みたいな声が聞こえたがスルーする。

己の恥ずかしい姿を見せて快感を得るという、誠一の性癖が少しだけ理解できたような気もした。

サイドトライセップスのポージングを極めたまま、ムーンウォークとかしてみる。

くっ、この何やってるのこの人、という感じの蔑んだ視姦視線が俺のピュアハートをネキストジェネレーションする。

とかやっていたら、ムギュっと静香さんに掴まれました。

「ストレートにがっつき過ぎるのも如何なものかと思いまして、変化球を」

「……真っ当な道を進んで下さい」

静香さんに活殺自在を握られた俺は、クレーンゲームの景品の如くベッドの上に誘導される。

残念だが、様々な性癖の探求は誠一に任せよう。


静香と沙姫を同時に相手にした三人にゃんにゃんは、当初懸念していたほどアクロバッティアにはならなかった。

具体的には沙姫が早々にサレンダーしてしまう。

そういう体質なのか、最初の三人にゃんにゃんで変なスイッチが覚醒してしまったのか、簡単に、はうーとなるのだ。

駆け引きのない正面突破スタイルで挑みかかるも、容易に瓦解して達してしまい、はうーとなる。

静香も一緒になって責め立て、ぴよぴよほわほわ状態の沙姫を隣に寝かせてからは、静香と甘々にゃんにゃんが延々と続いた感じだ。

沙姫が復活してきても二人掛かりでにゃんにゃんして、はうーである。

何分狭いベッドの上で押しくら饅頭のように密着していると、女の子の匂いというかフェロモンが濃密に籠もる。

抱き合った二人に跨がっていると、どっちに挿れているのかも分からなくなっていた。

なんか途中で雪ちゃんが間に挟まっていたような気もするが、ちゃんと隣のベッドで枕を抱っこして寝転がっていた。

何故か全裸になっていたが。

視線を向けると、ばふっと枕に顔を埋めるので表情が分からない。

頭隠して尻隠さずのハムスターっぽかった。

俺はベッドから降りた覚えがないので、獣欲の赴くままに拉致ってハンマープライスはしていない。

強姦はしてないはず、そのはずだ。

三人とも力尽きた後に布団を被って寝てた時も、こっそり潜り込んできてた枕付きの雪ちゃんの頭を撫でていた気もするが、多分夢だと思う。

「朝ご飯は一日の活力源です」

「うむ」

山盛りの丼飯をモリモリと食べる沙姫は、見ていて気持ち良い。

麻鷺荘の朝食は、炊き立てご飯をメインにした和風サイドメニューであった。

鯖の照り焼き、だし巻き卵、青菜の胡麻和え、豆腐と若布のお味噌汁と隙がない。

ポットから注いだ煎茶を飲む静香も、ほわほわと満足そうだった。

朝起きたら雪ちゃんの姿が消えていたので、俺たち三人がグループで座っている。

だが、白鶴荘の食堂より視線は感じないが、よりあからさまに避けられているような気はする。

もしかして沙姫は、麻鷺荘でイジメられていたりするのだろうか。

「大丈夫です。沙姫は」

援護的なパフォーマンスでもした方が良いのか、と悩んでいた俺の手を静香が握った。

女子は男子に比べて人間関係が複雑らしいので、余計な手出しはしない方が良いのだろう。

「避けられているのは叶馬さんなので」

「なんてこった」

「沙姫は同情されている感じです」

何故だ、先生を保健療養棟送りにしたからか。

だが、あれは尋常の勝負であった。

真摯な先生の教育への熱意を裏切るわけにはいかなかった。

なのだが、クラスメートとかは、もう視線も合わせてくれない。

ちょっと悲しい。

第17章　ダンジョンドライブ

——穿界迷宮『YGGDRASILL』、接続枝界『黄泉比良坂』——

——第『参』階層、『既知外』領域——


「ガッアアアッ！」

ケダモノじみた雄叫びを上げて突貫する叶馬が、軽々とゴブリンを吹き飛ばす。

唸りを上げて振り回される六角六尺棒は台風のようであった。

「シァア！」

その背後からスルリと踏み出した沙姫は、脇に構えた刀からヒュオ、と空気を切り裂く音を響かせる。

逆袈裟から『&』の字を描く剣閃の軌跡に、ゴブリンの体液がパッと飛び散った。

手首から首元を剣先で撫でられたゴブリンは、棍棒を振り上げようとしてドサリと落ちた自分の手を信じられないような顔で目を見開き、喉元からヒュウヒュウと空気を漏らしながら白目を剥いて倒れた。

『駆ける』というより『滑る』ような足捌きでゴブリンの懐に踏み込み、両手に握った柄をヌルリとした手捌きで薙いだ。

首元をパクリと切り裂かれた二匹のゴブリンが、返り血も受けずにカチリと鯉口を収めた沙姫の足下に崩れる。

「……姫ちゃんがマジ剣術の達人な件について」

「鳥肌立ったぜ。ヤベエな、勝てる気しねえ」

「刀が軽いです。これがレベルアップの効果なんですね！」

じぃぃんと感動して刀を掲げる沙姫を尻目に、変な格好でひしゃげた半死半生のゴブリンを、叶馬に促された静香が槍でプスプスと介錯していく。

モンスターからのＥＸＰ吸収現象は、大半がモンスターの命を刈り取った者、残りがダメージを与えた者に割り振られる。

静香のような非戦闘向けクラスの者は、パーティメンバーの理解と協力がなければレベルを上げづらい。

「シュパ、シュパってチョー格好イイ。あたしも選択授業、剣術にしよっかな」

ゴブリンのクリスタルを拾い集めた静香が叶馬から撫でられ、その手を掴んで自分の胸に押し当てる。

「止めとけ。純後衛クラスだと基本能力が違うぞ。護身術とかにしとけって」

クラスによる補正強化は、スキルだけではなく身体強化の方向性も異なっている。

戦士や剣士などの前衛に分類されるクラスを得れば、膂力や持久力が一流アスリート並みとなり、更に上位のクラスとなれば人体の限界すら突破する。

肉体を覆うバリアの強度は車に轢かれても掠り傷レベルになり、上位タンク系クラスであれば逆に轢いた車をスクラップにする。

クラスチェンジにより書き換え《リライト》されたＳＰ操作の効果だ。

『強打《バッシュ》』や『斬撃《スラッシュ》』などの任意発動《アクティブ》スキルとは違い、受動発動《パッシブ》スキルに分類されている。

「でも、体術系の先生って脂ぎってるし、なんか目付きエロくて嫌なんだよね……」

叶馬の胸に顔を埋め、スンスンと汗の臭いを堪能する静香のスカートが捲れていた。

「そいや、あんま良い噂聞かねえな。試しにみんなで単位とってみっか」

一般科目については時間割通りの履修になるが、専門科目については単位制になっている。

今はまだ基礎講習を仮体験している段階で、来週からは一年生にも平常スケジュールが適応される。

火・木・土曜日の午前中は履修科目を各自選択しなければならない。

武器別、流派別の武術講習がメインだが、サバイバル術や測図学などの座学系もあった。

魔術や呪術に関する講義も座学になる。

これはダンジョンの外では魔法スキルが制限され、なかなか実習ができないという理由だ。

「護身術にはちょっと興味があります」

静香は左脚を叶馬の腰を挟むように上げ、背中に回した両手で肩にぶら下がるように縋り付いていた。

右脚は爪先になり、尻肉を掴んだ叶馬の手で、高さを調節された尻がゆさゆさと揺すられている。

「一番悪い噂のあった体術教官は、とある理由で療養中なんだが」

「……嫌な事件だったね」

「ま、体術の基礎を習っとくのは悪くねえ。トレーニングのやり方もいろいろあるからな」

太腿を抱え込み、もっちりした尻肉をすくい上げるように掴んだ叶馬が静香を揺らす。

抱えられた静香のスカートが、ばっさばっさとはためいていた。

「実際、ちろっと練習して実際に使えるかっつったら、まあ無理なんだけどな」

「え〜」

「当たり前だろ。頭で技を理解できても、身体に覚えさせなきゃ実戦じゃ使えねえよ」

軽々と身体全部を掲げられた静香の、伸ばされた爪先が宙を掻く。

空中に持ち上げられ、全ての主導権を握られた格好で使用されている。

じぃーっと指を咥えて視線が動かなくなってしまった沙姫に、頬に指を当てた麻衣が提案する。

「次の玄室、あたしが思い切りバーンってやっちゃってイイ？」

「ん。ああ、良いぜ？　そろそろ辛抱堪らねえか」

「やぁん」

ペロンとスカートの前を捲った誠一が、直接露わになった秘部を覗き込む。

最初の休憩タイムからずっとノーパン状態だ。

「準備万全だな」

「もぅ、悪戯しちゃダメ」

麻衣の全力魔法は強力な範囲攻撃であったが、ＳＰも相応に消耗する。

威力を抑えた小魔法でも、肉体系スキルに比べれば消費が大きい。

その分、ＳＰを操作する能力に長けた『魔術士』クラス特性で、減少したＳＰの自然回復速度も強化されている。

だが、減少したSPを性行為で回復するというプロセスを身体が覚えてしまい、麻衣はＳＰの減少で発情状態を喚起させるという後付体質に陥っていた。

「うっし、んじゃ次行くか」

「はーぃ」

「はっ、はい」

「……ああ」

抱っこされたままの静香は夢見心地のまま輸送されるのに身を任せていた。

「ん。ドロップアイテム？」

玄室を根こそぎ掃討していると、低くない確率でドロップアイテムが残った。

モンスタークリスタル以外にゴブリンから〝落ちる《ドロップ》〟するアイテムの確率は、対象が階層規定値のモンスターレベル上限に近いほど高くなる。

階層に満ちる許容瘴気圧で、存在が還元しきれない確率が高い故だ。

既知外領域でバトルしている叶馬たちにとっては、既に驚き喜ぶものではない。

何分、ゴブリンがドロップするアイテムといえば、ゴブリンが装備している粗末な武装、そして『素材』と呼ばれる身体の一部だけだ。

武具系は購買部で販売している初心者セット付属品以下であり、ゴブリンの目玉や肝臓などがべちゃりと残っていても買取対象外の生ゴミでしかない。

超越個体《オーバーボーダー》や通常モンスターでも稀にマジックアイテムを所有している個体が出現するが、バトルの難易度が跳ね上がることを意味する。

マジックアイテムを手に入れるには、マジックアイテムを使ってくるモンスターから奪う必要があるのだから。

「あ、なんか大っきい、っていうかコレって」

「おおっ、宝箱《ジャックポット》か！」

だが、その他にもマジックアイテムを入手する手段がある。

それが『宝箱』と呼ばれる、幸運の大当たり《ジャックポット》だ。

大きさや材質、形状は様々だが、それが『容れ物《ポット》』であるのは共通していた。

学園でのダンジョン研究においても、理論も理屈も解析不可能な現象とされている。

ダンジョン商店『ショップ』と共に、ダンジョン七不思議に数えられている謎現象だ。

「これが宝箱か」

「初めて見ました」

「ふにー」

彼らは石床と同化、融合しているように設置されている宝箱を、興味津々で取り囲んだ。

自分の順番だった沙姫は諦めきれず、叶馬におぶさるように抱きついていたりする。

出現した宝箱は、オーソドックスなイメージ通りの宝箱だった。

金属製の枠で補強された長方形の地味な木箱。

中に入っているアイテムのレアリティに応じて、派手な装飾が施されるという意味不明な傾向があった。

浅い階層で発見される宝箱としてはノーマルなタイプだ。

基本的にダンジョンの深度が深いほど、ハイレアリティなアイテムが入っている確率が高い。

だが、あくまでも確率であり、表層階層でも低確率でハイレアリティが出現する。

強力な武器となるマジックアイテムが手に入れば、一気にエリートコースへと乗れる。

だが当然、トラブルの元にもなり得た。

「うしっ、開けるぞ」

箱の正面にしゃがみ込んだ誠一が、宝箱に手を伸ばす。

伸びた猫のような沙姫を背中に乗せたまま、叶馬が耳元に囁きかける。

「おおっと、テレポーター」

「ヤメロ、マジヤメロ。洒落にならねえから絶対」

トラウマを刺激されたのか、ビクッと仰け反る誠一が冷や汗を流す。

宝箱には罠が仕掛けられている場合もある。

ハイレアリティな宝箱には、必ず仕掛けられていると言ってもいい。

罠の種類は毒針や毒ガス、麻痺や睡眠などの状態異常、騒音を発生させてワンダリングモンスターを呼び寄せる『アラーム』など様々だ。

ちなみに、強制空間転移トラップ『テレポーター』も実際に確認されている。

深層での宝箱発見は、喜びと同時にスリルを伴うイベントであった。

「誠一。骨とクリスタルは拾ってあげるからね！」

「いやいや、鍵も掛かってねえし。罠はねえよ……ない筈、その筈だ」

宝箱やフロアトラップの解除は、『盗賊』系クラスの役割だ。

ダンジョンを攻略するパーティには、必須のクラスといえる。

火力は純戦闘系クラスに劣っていても、中層より先になれば戦闘だけでは進めない。

専門クラスに就いていなくても、『解錠技術』や『トラップ解析』の講義でリアルスキルを学ぶことができる。

リアルスキルを身につけていれば、どんなクラスであろうとパーティに誘われやすい。

誠一の第二《セカンド》段階クラスである『忍者』は、第一《ファースト》段階クラス『盗賊』の上位派生だ。

スキップしたとはいえ、『解錠』関係の能力に補正があった。

彼らのパーティには、他に適任者は居ない。

ただし、『忍者』は戦闘能力に傾倒した派生先であり、純粋上位の『強盗《ローグ》』や『怪盗《ファントム》』に比べれば精密作業の補正が劣っている。

「……つうか、このパーティじゃ俺がやるしかねえのか。単位どうするかな」

「んなの後でいいじゃん。早く開けようよっ」

「ダンジョンＲＰＧをプレイする時に思っていたのだが、宝箱ごと粉砕するのはどうだろう？」

「いやいや、中身ごと潰れるだろ」

そして、ハイレアリティな宝箱は理不尽な強度があった。

宝箱に見えているだけで、ダンジョンが用意した機能の一部なのだから。

「ま、そういう罠付き宝箱は三階層辺りからだって聞くしな。どうせ大したモンは入ってねえっうお！」

びゅっと顔目がけて飛び出した毒針を、スウェーバックで躱した誠一が冷や汗をかいていた。

「格好良いマジックアイテムだといいねっ」

「……空っぽ、でしょうか？」

「いや、底に何かある」

「ふにー」

「……お前ら、もうちょっとパーティメンバー労ろうぜ？」

宝箱の縁に手を突いて、深い溜息を吐いた誠一が、ソレを取り出した。

「えっと、布切れ？　スカーフ、っていうかショールみたいな？」

受け取った麻衣が、ブラックとグレーのチェック柄になっている布地を広げる。

「呪われアイテムとかもあるらしいから、鑑定するまで装備は止めとけよ」

「早く言ってよ！」

肩に掛けてフリフリさせていた麻衣が、バサリと布地を投げ捨てる。

「シャドウシュマグ、という装備らしい」

「相変わらず便利過ぎるな、情報閲覧《インターフェース》」

「効果は分からぬ。使うのは鑑定してからの方がいいだろう」

購買部の二階には、買取や鑑定の窓口が設置されている。

『鑑定士《オーセンティケーター》』クラスの職員が、有料でアイテム鑑定を請け負っていた。

役割を終えた宝箱が、崩れるように空間に溶けて消滅していた。

『シャドウシュマグ』を鑑定した結果、やはりマジックアイテムの一種だった。

シュマグというのは、別名アフガンストールという顔に巻くタイプの装備らしい。

中東付近の人が、頭や首に巻いているやつだ。

映画やニュースの影響か、何となくテロリストのイメージがある。

効果としてはナイフも通らない装甲能力と、装備した者に対する認識を低下させる特殊能力があった。

相談の結果、アイテムの所有権はパーティの共有財産として扱うことになった。

メンバー固定のパーティなので問題はないだろう。

高額のレアアイテムが出た場合、臨時のパーティでは間違いなく揉めそうだ。

この手のプチレアなマジックアイテムは、割と頻繁にゲットできるらしい。

買取り額も一〇万銭くらいだった。

ちなみに鑑定費用は一万銭だ。

結構、暴利だと思う。

まあ、鑑定額と売却額がイコールなボッタクル商店よりはマシだろう。

百万銭を超えるようなハイレアになると、学園で定期開催しているオークションを利用するのが一般的らしい。

ダンジョン組のトップ連中は、金銭感覚が麻痺していそうだ。

『シャドウシュマグ』は後衛の麻衣か静香が装備するのが良いんじゃないかという話になったが、最初は前衛役の強化が必要だということで誠一が使うことになった。

格好良い巻き方をネット検索していたようだが、どう見てもテロリストだった。

リアルダンジョン攻略については、大体掴めてきたと思う。

物語重視のＲＰＧではなく、ハックアンドスラッシュ系ＭＭＯゲームのスタイルだ。

ダンジョンに潜って装備を集めてレベルを上げ、自己強化して更にダンジョンに潜るという、バトルフリーク向けのハードコアなタイプになるだろう。

こういう単純作業系ゲームは嫌いじゃない。

空き時間を全部ダンジョンダイブに費やしてみたくなるのだが、パーティ規則でソロダイブは禁止されてしまった。

静香に借銭を返済できたので、焦らずパーティのメンバーを戦闘狂に調教していこうと思う。

手元に小遣い分くらいは残ったので、学生食堂へと足を向けた。

フライドポテトやアメリカンドッグは、夜食にちょうど良い。

夕飯は黒鵜荘で済ませたばかりで、余り早く白鶴荘に向かっても間が持たない。

ググりながらムーンライト仮面ごっこをしている誠一は、スタイリッシュに巻けるように熱中しているようだった。

沙姫は恐らく、即行で白鶴荘へ行ってるとは思う。

静香と相談、というか何らかの協定を結んだらしく、お互いの部屋を交互に寝泊まりしますと伝えられている。

俺の意思はどうやって伝えたらいいのだろうと誠一に相談したら、二股を穏便に続けるには相手に逆らうなとアドバイスを受けた。

経験豊富な友の意見を尊重し、麻衣にも教えてやろうと思う。

「ふむ」

夕食時を過ぎ、夜の帳が落ちた構内に目立った人影はない。

それでも静けさを感じないのは、まだ生徒たちが眠ってはいないからだろう。

俺たちのような年代は早寝するより、寝落ちするまで遊ぶ方を選ぶ。

時間を持て余していると言ってもいい。

とはいえ、勉学に励むほど勤勉な奴は少数派だ。

遠くに学生食堂の明かりが見えた辺りで、明かりが消えたままの校舎で動いてる人影に気づいた。

生徒の数に比例して、教室棟も見渡すのが難しいほどに大きい。

そんな教室の一つで、動いている人影に気づいたのは偶然だ。

一年生の教室で、窓際から挿し込む月光に半裸の少女が照らされていた。

上半身にシャツ一枚、剥かれている下半身は、背後から男子に抱えられている。

机にうつ伏せになった上半身の先には、別の男子が正面に立っていた。

前と後ろからサンドイッチされて、ゆさゆさと揺すられてる。

背後の男が動かなくなった後、三人目の男子に替わった所を見ると、教室の奥に追加の控え要員がいるのだろう。

一人一発で治まらないだろうし、立て続けに相手をするのは大変だなと思う。

学園の日常風景として、あちらこちらで淫行に耽っている生徒を目にするようになった。

輪姦やレイプの場面に遭遇しても、特に驚きはしなくなっている。

それだけ目にする機会が多く、麻痺してしまったのだろう。

他の一年生たちも、段々と大胆に、強引に行動し始めている。

俺たちの教室に目立つ動きはないが、一年生の校舎の中でも事案が発生しているのだ。

トイレや物置、階段の影など人目のない場所で、不純異性交遊が活発化していた。

そういう状態になっても学園の指導が入らない、許容されていると気づいてしまった感じだ。

予定を変更して、白鶴荘に向かうことにする。

ちょっと歩きづらかった。

「はうーっ」

静香に膝枕された沙姫が、ちっちゃいおっぱいにピンと乳首を起たせてビクビクと痙攣する。

ちょっと物足りないので、沙姫の太腿を抱えたまま腰を揺すり続けた。

ダンジョンの中でも思ったのだが、沙姫は挿れただけで八割方出来上がってしまう。

そして、こちらが動くと簡単にオルガズムまで到達する。

蕩け顔で言葉も出ない沙姫を立て続けに押し上げ、失神状態からしっかりと中出し種付けして差し上げた。

ご奉仕を覚えると意気込んでいたが、当分無理だと思われる。

撫で愛でてキスをしてからそっと抜いた。

静香も妹分が可愛いのか、優しく髪を撫でて見苦しくないように沙姫を整える。

こうして閨を重ねると情も湧く。

今更、静香と沙姫が他の男子に輪姦とかされたら、俺もガチ切れてしまうだろうなと考える。

俺にも独占欲があるらしい。

「いやあ、叶馬くんってホント性獣だよね」

しみじみとした麻衣の言葉が刺さる。

机に向かってノーパソを弄っていた麻衣は早々に飽きた模様。

椅子の上で胡座をかいて、こちらを鑑賞していたようだ。

「誠一もねちっこくってすっかり絶倫って感じだけど。叶馬くんは、これがレイプだぜって感じ？」

「意味が分からない」

誠一も諦めて、さっさと来てくれないだろうか。

麻衣の毒舌は俺のナイーブなハートに刺さる。

「叶馬さんは、それで良いんです」

「あー、うん。静香にはベストマッチなのね。でも、側に静香か姫ちゃんが居ないとさぁ。身の危険をビシバシ感じる野獣度」

どんな狂犬に見えているのだろう。

まあクラスメートの女の子のように、近づいただけで泣かれるよりマシなのだが。

もしや、欲求不満な雰囲気が表に出ているのだろうか。

女子は男子の性的な視線に敏感だと聞く。

「叶馬くんって、放っておくと女の子をレイプしてそうな感じなんだよね」

「何という風評被害」

どんな感じなんだと問いたい。

「……やっぱり、手応えが物足りないのでしょうか？」

「ありそう。静香はもう何でもばっちこーいだし、姫ちゃんもどんとこーいだしね」

首輪とか手錠とか出してくるから、静香に変な空気を入れないで欲しい。

上目遣いで、じぃっと見てくる静香から視線を逸らす。

静香が買ってきた各種アイテムは、取り上げて空間収納《アイテムボックス》にしまい込んであった。

スタンダードが良いと思うのです、少なくとも今のところは。

新任の脳内議員も賛成多数だ。

静香から買収されていた汚職議員は全て解雇済みである。

議会は健全化されていた。

ぷちぷちとパジャマの前ボタンを外していく静香が、するりと上着を肩から落とした。

圧倒的谷間を作るブラジャーに包まれた乳房が突き出され、自然と視線が誘導される。

亜麻色のパジャマは半脱ぎ状態で肘に纏わり付き、後ろ手に拘束された形で恥ずかしそうな顔が逸らされる。

ナチュラルにセルフ拘束な格好となったが、脱ぎ捨てるつもりはない模様。

監獄に収監していた汚職議員たちが、リコールの取消しを求めて武装蜂起する。

さっさと断頭台に送っておくべきだった。

「…あっ、ああっ！」

「うーん、やっぱ性獣だね……。はぁ、もー誠一何やってるんだろ」

第18章　倶楽部を作ろう！

「怠い……」

「朝一は怠そうだよな。低血圧なんか？」

パックのトマトジュースを手にした誠一が聞いてきた。

ダンジョンで身体が鈍っているのを悟ったので、久し振りに朝稽古を再開した影響だ。

レベルアップで筋力が上がってしまい、丁度良い立木を見つけるのに苦労した。

学園の敷地は森の中も同然なので、何本かへし折っても目立たないと思う。

ただ、トレーニングには負荷が必要なのだが、全力を出そうとすると自動的にＳＰ……と、何か知らないがＧＰが消費されて怪力モードが発動してしまう。

六角六尺棒で打廻りをしたら、木はへし折れるし岩とかも砕けてしまった。

「ああ、バーサークモードな。狂ったみたいに絶叫して、暴走車みたいに突貫してくやつ」

「あれは自顕流《じげんりゅう》の猿叫《えんきょう》だ」

「示現流《じげんりゅう》つうと、九州の剣術流派だっけか？　どこでそんなマイナーな剣術習ったんだよ」

「ネットだ」

「またかよ」

いや、ネットで拾うしかなかったからこその自顕流なのだが。

精神修行とか演舞とか、そういう無駄を省いたシンプルな流派なのだ。

いや、剣術流派というより、もはや戦闘術だと思う。

自顕流という剣術を俺流に解釈すると、『相手より早く動いて、相手の防御力より攻撃力が強ければ、絶対に負けないだろ？』という剣術だ。

相手より早く動ければ攻撃を受けることもない。

より早く、より強い一撃を極めるべし。

修行方法が合理的というか、『立木打ち』や『打ち廻り』など凄いスタイリッシュだと思う。

何より、独りで修行できるというのが最高だ。

武器を振り回していたら流石に捕まると自分なりに考え、素手で似たような真似をしていました。

「それもう既に剣術じゃねえ……」

「そうともいふ」

所詮ボッチのなんちゃって修行なので、突っ込まれても困る。

基本的に俺は不器用なので、小器用な技とか覚えられないと思う。

それに下手な技を覚えるより、今はダンジョンでレベルを上げた方が強くなれるだろう。

「一理あるな」

じゅる、と卑猥な音を響かせた誠一が、用を果たしたモノをゴミ箱に投げ捨てる。

「一日置きと言わず、毎日ダンジョンに向かった方が良いのではなかろうか」

「俺はそれでもイイんだが、麻衣たちがな」

一般科目の授業日は教室での座学だ。

一時限目を終えた教室は、適度にざわついている。

静香は自分の席でコクリコクリと船を漕ぎ、麻衣は机に突っ伏してグースカ熟睡していた。

ふむ、疲れが溜まっているようだ。

夜になると元気ハツラツに戻る二人である。

これってセックス疲れなんじゃなかろうかと思わなくもなかったり。

「メンバー増やして、さっさと倶楽部《クラブ》を作っちまうか」

「……ああ、倶楽部だな。大事だな、倶楽部」

「いや知らねえなら無理に合わせなくて良いから」

別に聞くまでもなく委細承知ではあるが、誠一が説明したいというのなら耳を傾けるのもやぶさかではなかった。

豊葦原学園において、倶楽部というのは生徒が自主的に集まった互助グループを指すようだ。

無論知っていたが。

普通の学校の部活動や同好会とは違い、ダンジョン攻略を目的としている。

イメージとしては大学などのサークル活動、ＭＭＯゲームなどのギルドやクランに該当するようだ。

条件を満たして学園に申請して認可されれば、公式な倶楽部として部室が与えられるらしい。

年に何回か倶楽部同士のトーナメント戦などもあり、上位の倶楽部は表彰されていろいろな特典があると。

学園あげてのお祭り騒ぎで大盛り上がりするそうだ。

倶楽部には学年制限がないようだが、一年生の俺たちは観戦側だろう。

今のところパーティ最大数は六名で、これは羅城門から一つのパーティとしてダイブできる人数を基本になっている。

だが、これから先ダンジョンを攻略していくには、いろいろな能力が必要になっていく。

攻略する階層によってクラスの得手不得手があるらしいので、倶楽部という枠組みで共同攻略を目指すのが推奨されている。

レベルが上げ辛い非戦闘クラスを皆でサポートとか、ますますＭＭＯゲームっぽい。

「めぼしい奴は上級生の倶楽部からスカウトされることもあるらしいぜ。早めに唾つけとくに越したことはない」

青田刈りで囲っておくと。

現状はパワープレイで力押し攻略しているが、先々を考えれば色んなタイプのクラスが居てもいいだろう。

正式な倶楽部の認可には、部員が一〇名必要らしい。

ならば、適当に集めてしまおう。

放課後に部室で駄弁るとか憧れていた。

「いいだろう。ではスカウトだ」

「ああ、実はもういろいろ誘ってはいるんだがよ……」

教室の中を改めて見回すと、何故か静かになっている。

まだ休み時間で、廊下の方は賑やかだ。

うちのクラスはマジメな生徒が多いらしく、机に広げた教科書から顔を上げようとしない。

俺たちの周囲にいるクラスメートなどは、額から脂汗を流すほど真剣に教科書を熟読している。

勉強熱心で結構なことだ。

声が掛けづらいが、一人ずつフレンドリーに肩を抱いて外に連れ出してみるべきか。

少しばかり誤解されているようだが、なに面と向かって話せば分かり合える。

「……可哀相なことしようとすんなよ。女の子泣きそうになってるだろ」

「男でも構わないが」

「野郎も貧血起こしそうになってるからヤメロ。後、静香は寝てろ」

「いえ、続けて下さいどうぞ」

風評被害が厄介すぎる。

部室のために何か手を考えなければならない。

という訳で、パーティメンバーのバトルフリーク誘導計画は一時中断だ。

メンバーリストが増えれば、自然と日々ダンジョン三昧になるであろう。

昼食を済ませた後は、各自散開してスカウト活動である。

クラスの違う沙姫にも期待したいところだったが、どうも教室の中で孤立気味らしい。

前に一応ちらっと覗きにいったら、丙組と同じように妙に静かなクラスだった。

イジメられているのなら少しパフォーマンスをした方がいいのだろうかと、入口に立ったまま十分ほど悩んだりもしたが、余所者である俺がお願いするのも筋違いだと思い留まった。

沙姫も気まずい思いをしそうである。

誰も動こうとしないし、寅組は本当に静かなクラスだった。

しかし困った。

俺の交友関係については、今のパーティメンバー以外は皆無である。

面と向き合って逃げ出さなかった相手は……そういえば、沙姫のルームメイトの雪ちゃんが居た。

親しいか、といえば一言も言葉を交わした記憶が無いような気がしないでもない。

既に沙姫がアプローチしているのかもしれないが、俺も探してみよう。

こうして庭園のベンチで一人座っているよりは有意義だ。

沙姫のクラスには居なかった気がするし、適当に教室を覗いて歩こうかと思っていたら、隣に雪ちゃんが座っていた。

何を言っているのか分からないと思うが、俺も分からない。

もしや、雪ちゃんも俺に用があって尾行でもしていたのか。

「むぅ」

「……」

思わず変な唸り声が漏れた。

クッションを抱えた雪ちゃんは、ちょこんとベンチに腰掛けて足をブラブラさせている。

小柄というか、ちみっちゃいというか、本当に同学年なのか疑わしい幼女感があった。

クッションに半分顔を埋めて、ジトっぽい目でチラ見してくる。

おかっぱスタイルの髪は脱色しているのか、名前どおり雪のように真っ白だ。

目も兎さんのように奇麗な赤色である。

記憶が曖昧ではあるが、男の子のようにスレンダーな身体も色白だった気がする。

ばふっとクッションに顔を埋める雪ちゃんが、ベンチの上で身悶えている。

とても小動物っぽい。

さて、折角のチャンスなので、この子を口説いてみよう。

だが口下手な俺なので、どうにも言葉が思い浮かばない。

遠回しな言い方をすると誤解されるというのがパターンなので、ストレートに言葉を投げ込んでみよう。

倶楽部を設立するための頭数が足りないので、俺たちと一緒に楽しくやっていきましょう。

ヤリサーの勧誘かと思われそうだ。

やはり分かりやすく、極力シンプルに要望を伝えるべき。

「――俺と共に来るがいい」

少し、言葉が足りないだろうか。

またクッションからじぃっと赤い目でチラ見してくる雪ちゃんが、ほんの僅かコク…っと頷いた気がした。

よし、お前は何もしなくていい、というかスンナ、と誠一から言われていたが、ちゃんとメンバー勧誘に成功した。

改めて雪ちゃんを見ると、クラスが『座敷童』とかいう謎のクラスで、SPがなくGPが表示されていたりするが、まあ問題はないだろう。

というか、名前の表示で名字がない子は初めてだ。

おかっぱ頭を撫でると凄くサラサラだった。

良い柔軟剤を使っているようだ。

クッションに顔を埋めていた雪ちゃんは撫でられるのが恥ずかしいのか、すぃっと身を躱して引っ込んでしまった。

目の前で文字通りに消えられても、対応に困る。

いや、まあ俺の空間収納《アイテムボックス》の中に引っ込んだんだが、これって勝手に出入りできるんだ……。

生物を入れちゃ駄目だと、スケさんに言われているのだが。

ちょっと心配になったので空間収納《アイテムボックス》から雪ちゃんを出してみる。

クッションを抱いて猫みたいに丸くなった雪ちゃんは、襟元を掴まれてぶらんぶらんしている。

勝手に引っ張り出されてご不満そう。

この子、もしかして沙姫の部屋に泊まってから、ずっと俺の空間収納《アイテムボックス》の中に引き籠もってたんだろうか。

取りあえず大丈夫そうなのと、雪ちゃんがパタパタ暴れて戻りたがっているので格納してあげる。

気に入ったのなら別に居てくれても構わないが、中の空間はどうなっているのか。

どういう法則《ルール》なのか、俺自身は空間収納《アイテムボックス》に入ったり覗き見ることができないのだ。

空間収納《アイテムボックス》はパッシブスキルとして使用している。

最初に使ったときに俺の所有空間が生成されて、そこにいろいろ出し入れしてる感じだった。

だが何故か、雪ちゃんも俺空間の使用権があるらしい。

そういえば、ダンジョンの中で大量に使用済みティッシュがドロップして首を傾げたことがあった。

多分、雪ちゃんが中を掃除して、ゴミを処分したタイミングだったのだろう。

あんまり変なモノを入れると怒られそうだ。

＊＊＊

倶楽部の部室として使用されている建屋は、グラウンドに面した二階建ての長屋だ。

幾つかの棟に分かれており、廃屋寸前の木造もあればプレハブの長屋もある。

それらは、乱立する有象無象の弱小倶楽部用の部室になっていた。

部員数の多い中堅から大手倶楽部になれば、専用の倶楽部棟が割り当てられる。

倶楽部対抗戦で上位ランクになれば、会議室やロッカールーム、シャワー室などが整えられた施設が与えられた。

部室の主な使用目的は、部員がダンジョンで使用する装備の仮置き場だ。

鮨詰め状態の下級倶楽部棟では、八畳ほどの空間に扉と窓が一箇所ずつ。

頑丈な扉と錠前、磨りガラスの外側には鉄格子が填められていた。

それは、まるで小さな牢獄のように。

「ンおぅ……」

磨りガラスから午後の日射しが挿し込み、ゴミ置き場のような薄暗い部室を照らしていた。

部屋にはカビと、すえた汗の臭いが染み付いている。

歩けば軋む床板は木造であったが、耐震補強されて強度は保たれていた。

部室の奥にある古びたマットレスの上で、天井を見上げて仰け反っていた男子が床に降りる。

「この女はお前たちにくれてやる。好きにしろ」

「あざっす。ほいじゃ二番手は俺だよー、夏海《なつみ》ちゃん」

既にズボンもパンツも脱ぎ捨て、自分でペニスを扱いていた男子がマットレスに膝を突く。

マットレスの上で横向きに寝そべっているのは、一人の小柄な女子生徒だった。

ブレザーの制服を着たまま、投げ出されるように揃えた両脚と、下着を剥ぎ取られて丸出しにされた臀部の肌色が、部室の中で艶かしく映えている。

「おっ……濡れてんじゃん。先輩のチ○ポで感じちゃった？」

無造作に秘所へ指を突っ込まれた夏海は、歯を食い縛ったまま視線も動かさなかった。

反抗的だったクラスメートの痴態に、少年は辛抱ならなくなっていた。

夏海の身体に覆い被さり、先走りでヌルヌルになった亀頭を強引に押し込んでいく。

学園生活でレイプの経験を積んだ二年生男子に、生挿れ中出しで凌辱されたばかりだ。

筋道をつけられた夏海の幼い女性器は、ぎこちないセカンドレイプを容易く受け入れてしまう。

パンパンに膨れ上がったクラスメートのペニスが、夏海の女性器を根元まで貫いていた。

「あ〜、ヤッベ。気持ちイイ」

発情した犬のように単純で、勢い任せのピストンがマットレスを軋ませる。

「ヤベ〜、マジイイわ〜。ヤッベヤベ」

パンパンっと打ちつけられる腰の勢いで、夏海の身体が揺れていた。

尻を振りまくる男子の後ろには、同じクラスメートの男子三人が下半身を丸出しにして並んでいる。

順番待ちをしている彼らは、勃起した自分のペニスを握ってニヤニヤと笑っていた。

彼らの教室の男子にとって、夏海はずっと目を付けていた女子の一人だった。

女子が作ったグループにもあまり混じらず、一人で行動することが多く、文句なしの美少女だ。

下心を持った男子グループが声をかけても、素っ気なく無視されるだけ。

逆恨みした彼らが夏海を陥れるため、彼女の姉妹を巻き添えにする計画を実行した。

他の教室の生徒である双子の姉妹を拉致し、夏海を呼び出す餌にしたのだ。

もちろん、拉致した彼らがすることは決まっている。

昨日の放課後に自分たちの教室へと連れ込み、監禁して一晩中レイプをしていた。

夜が明ける前には教室棟から抜けだし、この部室に場所を移して輪姦を続けた。

授業をサボった彼らは、自分たちの女にしてやった少女を飽きることなく嬲りながら夏海を呼び出したのだ。

「オラッ、イクぜ、夏海！　おっ、イクイク！」

「出たら変われよな。俺も夏海のケツを試したいんだから」

「興味あるよなぁ。妹、姉？　まあ、どっちでも良いけど、双子だとマ○コの具合も同じかなぁ」

「……ふぅ。まったく、一年坊主は元気がいいぜ」

最初に夏海を犯した上級生が、ボロソファーで反り返っていた。

部室の主人でもある彼は、手下としてスカウトした新入生たちに呆れていた。

だが、思い返してみれば、自分も入学したばかりの頃はセックスしか頭になかった。

そして同じように学園の先輩から手解きを受け、女子生徒を食い物にしながら同じような底辺に成り下がっていた。

そう、学園の事情にさえ通じていれば、実力などなくても自由に振る舞えるのだ。

こうして何も知らない新入生の女子生徒を捕まえ、オナペットとして確保するくらい簡単だった。

床に踞っていたもう一人の女子の髪を掴み、脚の間へ座らせる。

虚ろな瞳をぼんやりとさせた夏海そっくりの女子は、サイドアップに結われた髪をハンドルのように握られ、顔を股間に押し付けられた。

双子の妹の濃厚な性臭がこびり付いたペニスが、頰っぺたにヌルリと滑った。

「しゃぶれ」

後ろ手に縛られている海春《みはる》は、命じられるままに開いた口に生臭いペニスを入れられた。

チロチロと這わせる舌の動きは拙かったが、昨夜から夜通し仕込まれ条件反射になっている。

騙されて夜の校舎に呼び出され、待ち構えていた妹のクラスメートグループから輪姦され、この部室の中に連れ込まれて今まで監禁されている。

登録名『札付《ブラックリスト》』は二年生が立ち上げた弱小倶楽部だ。

部員のほとんどはエンジョイ組の非戦闘向けクラスであり、倶楽部特典目当てに結成される『同好会』と揶揄される集まりだ。

部室の扱いもダンジョン攻略には関係のない、ヤリ部屋でしかなかった。

名義だけ登録している他のエンジョイ組の生徒は、部室がどこかも知らない幽霊部員だ。

「ふ……ぁ」

唇からぶるんっと抜け出したペニスは、芯が入ったように天井へ向けて反り返っていた。

目から光が消えている海春だが、笑えばさぞかし笑顔が可愛らしいだろうと思えるルックスをしていた。

これは拾い物だったと、『札付《ブラックリスト》』唯一の戦闘クラスにして部長である男子が口元を歪ませる。

ダンジョン組からドロップアウトした連中には所詮、残り者しか回ってこない。

レベルが高く、強い者が優遇される。

学園を支配する、シンプルなカーストだ。

能力が戦闘向けでなくても、見栄えの良い女子はダンジョン組に尻を振って、少しでもお零れに預かろうとする。

有力倶楽部の看板を背負っていれば、それだけで一目置かれる。

学年が上がっても、更に上から上澄みを掠われるポジションは変わらない。

新入生に限っては、まだ保護期間として上級生からの勧誘は禁止されていた。

あくまで名目上は、だ。

多くは寮の先輩後輩の関係からスカウトが打診され、中堅以上の倶楽部では二軍扱いとして育成にまで手をつけているところもある。

人間は同じ臭いを持った同類を嗅ぎ分ける。

部員の穴埋めに誘いを掛けられた一年生男子たちは、既に学園のアンダーグラウンドな空気に染まっていた。

一年生が一年生を誘うのならば、保護期間のルールは適応されない。

新しい新入部員を迎え、『札付《ブラックリスト》』はレイプ同好会として活動を開始していた。

「また挿れてやる。ケツを向けろ」

「や、ぁ……」

仮にも戦士系第二段階クラス『闘士《ウォーリア》』の部長は、軽々と持ち上げた海春をひっくり返した。

天井に向けて勃起しているペニスの真上に、海春の股間を固定する。

これだけ可愛らしい美少女は、彼にとっても初めての獲物だ。

じっくり舐め回すように視姦する。

まだ女性として未成熟な身体は、同級生の男子から無理矢理にメスにされていた。

一晩中ペニスを挿れ回され、膣内射精された海春の秘部は、精液にねっとりと塗れた穴をほぐれさせている。

シャワーを浴びさせる間もなく輪姦された穴の奥からは、濃厚な精子臭が立ち籠めていた。

「新入生は初々しいモンだな。こんだけ輪姦された後でも締めつけやがる」

「ぁぅ……ぃ、ゃ……ぁ」

双子の内、どっちを自分専用のオナペットにしてやろうかと考えながら、上下させる尻をハメ比べていく。

未成熟だが真新しい女性器は、輪姦にも耐えて健気にペニスを搾り上げていた。

新入生が入荷して様子見されている今が、彼らのようなドロップアウト組でも上物を狙えるチャンスだった。

姉を餌に誘きよせた妹の方は、二巡目の輪姦に突入していた。

この双子姉妹を餌に新入部員を釣り、その部員を使って新しい獲物を釣らせる計画だ。

「夏海のケツ、スンゲー締まりいいじゃん。パーティ組んでる女子より全然具合イイぜ」

「茶髪の女だっけ？　俺にも回せよ」

「ああ、今度ヤラせてやるよ。なんか彼女面してきてウゼーし」

夏海の両脚を担いだ男子が、引き締まった臀部をスパンスパンと打ち貫いていた。

既に二回種付けしたペニスを夏海の顔に押しつけた男子は、程よく膨らんだ夏海の乳房を弄んでいる。

「夏海ちゃん〜、ガン無視してた野郎のチ〇コの味はどうだった？　あんまり締め付けるからよ、最初の一発はたっぷり出ちまったぜ。海春ちゃんにも飽きるまで出してやったんだけどな。お前の方が俺のチ〇コにフィットするみてーだわ」

「そーそー、夏海ちゃんの穴の方が吸い付いてくる〜。ヤベエ、二発目もメッチャ出てるわ」

「クリソツの双子つっても、ケツ穴の具合が違って笑えるぜ。俺は海春マ○コ派よ？」

「お前ら馬鹿だなぁ。海春だってちゃんと締まり良かっただろ、最初の内は」

昨夜の教室監禁レイプは、クラスメートの男子たちで情報が共有されていた。

途中でメンバーが入れ替わり立ち替わりになって、一晩中の輪姦となったのだ。

「おっ、おっ、夏マン搾りマジヤベ。金玉の精子搾られるっ」

しっかりと下半身を抱え込み、尿道をビクンビクンと脈動させた男子が、最後の一搾りまで済ませてから引っこ抜く。

「ほれ、見てみろよ。夏海ちゃんのおマ○コ、俺の精子で糞詰まりしてやがるぜ」

担いでいた片足を下ろすと、夏海の股間が開いて秘部が晒し出された。

そして、淡い産毛が生えた小女陰を、指先で押し開いて見せる。

「まだ中身ピンク色じゃん」

「つーか、誰の精子だか混じっちまって分かんねぇよ」

「あーあ、泣いちゃった」

犯されたての性器を内部まで視姦され、中に指を突っ込まれながら具合を評価され、歯を食い縛って心を殺そうとしていた夏海の瞳から涙がこぼれていた。

「今更後悔しても遅えんだよ。さっさとヤラせてりゃあ、お姉ちゃんを巻き込まずに済んだのになぁ」

「そーそー、海春ちゃんが輪姦されちゃったのは、夏海ちゃんの所為だよねぇ」

「結果オーライでしょ。夏ちゃんも海ちゃんも、これから俺らの肉便器ってことで」

「……オイこら、オメェら」

海春の尻を抱えた部長が、調子に乗っている下級生へ忠告をしようとした。

よほど校則《ルール》を逸脱しない限り、学園側が生徒の素行を咎めることはない。

そんな状態で曲がりなりにも秩序が保たれているのは、生徒による自治管理システムがあるからだ。

騒々しい、目障りだ、という理由だけで、あっさりと叩き潰しに来る。

そういう理不尽な上位者がゴロゴロしているのが、この豊葦原学園だ。

それを良く理解しているからこそ、不意に、ぶちり、っと響いた不気味で不吉な音に、背筋が凍り付いていた。

施錠していたはずの扉へと顔を向け、ヒィ、という悲鳴を漏らしてしまう。

分厚い扉の鋼鉄製のドアノブにぽっかりと穴が開き、ギョロギョロと動く眼球が覗き込んでいた。

＊　＊　＊

「なんてこった」

どうやら雪ちゃん、学生じゃないらしい。

空間収納《アイテムボックス》から、にゅっと頭だけ出している雪ちゃんがジト目さんだ。

ビジュアル的にエア晒し首な感じが凄くシュール。

記入して貰おうと思った入部届を手にしたまま、ガクリとうな垂れてしまう。

俺だって鈍くはない。

もしかしたら、そうなんじゃないかな、と多少は思ってはいた。

何しろ雪ちゃんは幼すぎる。

多分、麻鷺荘でバイトしている近所の子とかなんだろう。

沙姫の部屋のベッドでちょこんとしていたのは、ベッドメーキングの後にでも寝落ちしていたに違いない。

俺より巧みに空間収納《アイテムボックス》を使い熟してるっぽい雪ちゃんは、生首状態のままスゥーっと俺の後ろに飛んできて、ポソポソと蚊の鳴くような声で囁いてきた。

小声すぎて聞き取りづらいが、雪ちゃんの精一杯らしい。

どうやら、本来の沙姫のルームメイトを誘うのが機運である、というアドバイスのようだ。

あっち、と生首に手首が追加された。

占いの類いは信じていなかったが、雪ちゃんのお勧めだ。

ここは流れに身を任せてみよう。

介錯に失敗した晒し首状態の雪ちゃんを肩に憑かせ、いざスカウトへ出陣である。

雪ちゃんの指差す方へ真っ直ぐに進むと校舎に突き当たり、丁度開いていた窓枠を乗り越える。

廊下を歩いていた生徒がギョッとした顔でこちらを見ておられた。

まあ、確かに今の雪ちゃんの格好はインパクトがある。

指先の示すまま、見知らぬ教室を横断して窓から脱出した。

学生食堂の中を突っ切り、女子トイレの窓から外に出るとグラウンドが見えた。

芝生を横切って生け垣に突っ込み、真っ直ぐグラウンドへと向かう。

だが、進路を塞ぐように建っている、老朽化した二階建ての長屋が邪魔だ。

まあ木造なので破壊できないこともないだろう。

兎小屋のアパートのように並んでいる扉は、全て閉ざされている。

素手でも余裕で破壊できるが、理性的な文明人である俺には道具を使うという選択肢がある。

空間収納《アイテムボックス》から六角六尺棒を取り出して振りかぶった。

危険を察知した雪ちゃんは、既に頭を引っ込めている。

だが、扉を吹き飛ばす寸前に、ふと気がついてしまった。

「扉があるなら開ければいいじゃないか」

まったく、とんだ野蛮人になるところだった、ジェントルマンでいこう。

一つの事柄に熱中すると、周りが見えなくなるのは悪癖だ。

随分と頑丈そうに見える扉とドアノブだったが、どうやら錆付いて劣化していたらしい。

ガチャガチャとノブを捻っていたら、ドアノブの周囲ごと引き千切れてしまった。

これはもう扉を破壊するしかないと思い直すも、向こう側に誰かいたら巻き込む可能性があった。

罪のない一般生徒を巻き込むのは紳士的ではないので、ちゃんと覗き込んで状況を確認した。

薄暗い部屋の中で、何やら半裸の野郎どもと視線が合った。

これが女子なら中に踏み込むのをためらうが、男子なら特に気づかう必要はないだろう。

自然な感じで、フレンドリーに破壊することにした。

見た目よりも薄っぺらい扉だったらしく、尺棒の一撃で半分ほど吹き飛んだ。

ベリベリと残骸を除けつつ中に入ると、男子の集団の中に女子生徒が混じっていた。

どうやらスワッピングパーティでも開催していたらしい。

何故か化け物を見るような半泣き顔を向けられており、少しばかり気まずく感じてしまう。

特にソファーに座り、女の子を股間に乗せているぽっちゃりデブさんなど、失禁しそうなビックリ度合いだった。

中でジョーとかやられたら気の毒なので、股間に乗っている女の子を外してあげた。

まあ、通行人は気にせず励んで頂きたい。

部屋の中を横断し、グラウンドに面した窓を抜けるルートを進む。

その窓には鉄格子が填まっており、もはや破壊する以外に道はない。

再び尺棒を振り上げるも、手前のマットレスでプロレスごっこをしている奴らが邪魔である。

みんな下半身の防御力ゼロ状態なので、飛び散った破片で怪我をしそうだ。

「――消え失せろ」

どいて頂きたいという俺のお願いに、マットレスの上に群がっていた男子たちが、ヒイィみたいな声を上げつつフルチンで逃げ出していった。

しかし観音様を、がばあってしている女の子が残ったままだ。

どうもヤリ過ぎて腰でも抜けている感じ。

女の子にも性欲はあるのだと、静香が身をもって毎晩教えてくれている。

セックスが好きな女の子なら、きっと腰が抜けるレベルで乱交したい気分にもなるのだろう。

だが、今は邪魔なので退いてほしい。

六角六尺棒を空間収納《アイテムボックス》に収め、マットレスごとズリズリと入口の方まで引っ張る。

邪魔になるので、もう一人の女の子も一緒に回収したら、変な声が出そうになった。

隣に並べた女の子たちは、まるで分身したように瓜二つの姿をしていた。

双子でも、一卵性とか呼ばれるタイプに違いない。

ソファーで硬直しているぽっちゃりデブさんは放置でも問題ない。

さっさと鉄格子と窓と壁を破壊して探索の続きに戻ろう。

空間収納《アイテムボックス》から六角六尺棒を取り出そうとしたら、可愛い手首だけがにゅっと伸びていた。

窓の方ではなく足下。

マットレスの上に乗った、双子ちゃんを指している。

捜し物はどうやら、この子たちのどちらか、らしい。

「ふむ」

まあ、二人同時にスカウトすればいいだろう。

ミッションコンプリートした探索行であるが、結果的にスワッピングパーティを台無しにしてしまった。

俺が当事者だったら、間違いなく不愉快に思うだろう。

部員候補生の二人は回収させてもらうが、一応謝罪はするべき。

「女は貰っていく」

「ヒッ」

悲鳴を上げたぽっちゃりデブさんが、ソファーの上にジョロジョロっとしてしまう。

女の子を逃がしてあげて正解だった、と思うと同時に、気まずい思いで一杯だ。

異性のお漏らしは時にファッショナブルなプレイの一環となるが、同性から失禁を見られるのは単なる恥辱だ。

「……クックック」

これはもう、笑い話にしてあげるのが親切だろう。

「ハッハハハハハッ、ハーハッハッハッ！！」

第19章　花一匁

「なんか、もう学校中で変な噂が駆け巡っちゃってる件について」

「んだから何もスンナつったのに」

ベッドの上で胡座をかいた麻衣と、端に腰掛けて足を組んでいる誠一がディスってくる。

白鶴荘の静香たちの部屋で、俺は二つのベッドで挟まれている床に正座させられていた。

「……違うんだ」

取りあえず、冤罪だと上申してみる。

まあ確かに、何となく構内の雰囲気が騒がしいなとは思ったが、俺の所為にされるのは不本意だ。

「生首を持った秋田名物ナマハゲが、教室に押し入ってきて暴れたとか」

「オーガーが校舎内に襲撃してきて何人か喰われたとかな」

「女子トイレに押し入ってきたレイプ魔が、窓を壊して逃げていった、そうです」

「暴走したモンスターが学食であばれて、食い逃げが頻発したみたい」

「更衣室で女子がレイプされた挙げ句に、そのまま拉致されたそうだ」

「裸の女子を抱えたモンスターが逃走中ということで、討伐部隊が出動してるのは本当みたいです」

「グラウンドにある首塚から嘲笑が響いてきて、お祓いの準備をしてるらしいぜ」

「ちょっとしたパニックだったよね。騒ぎに紛れて馬鹿やる奴らも出てたし」

俺が知らない内に、いろいろなイベントが発生していたようだ。

「俺には何の関係もないと思われる」

自分のベッドの上で正座した静香と、隣で膝を抱えている沙姫が、顔を見合わせて溜息を吐いている。

「叶馬を一人で放置しちゃ駄目だろ……。誰かが見張ってねえと、何やらかすか分かったもんじゃねえ」

「申し訳なく」

「旦那様が大丈夫だって……」

何故か責任を感じていそうだが、二人一緒に行動するよう言ったのは俺だ。

二人とも可愛いので、単独行動させると拉致られる可能性が高い。

「いや、そこまで無法地帯じゃねえよ。お前じゃあるまいし」

「認識に齟齬がある」

双子姉妹に関しては、誤解としか言い様がない。

あくまで回収というか、保護してきただけだ。

「ボロボロにするまでレイプするのはイケナイと思うの」

「海春ちゃんの方がヤバかったな。やつれ具合が半端ねえ」

二人ともちょっと人目に晒してしまうのをためらう有り様だったので、静香たちに洗ってもらいました。

覚悟を決めた目をして、任せて下さい、と請け負った静香が、いろいろと証拠隠滅の指示を出していた。

スワッピングパーティが公になるのは双子姉妹も不本意であろうから、そこは同性の優しさというやつだろう。

「夏海ちゃんも……」

沙姫が切なそうに俯いてポツリと漏らす。

ルームメイトが妹ちゃんの方だったらしい。

正直、どっちが姉だか妹だか区別がつかない。

疎遠になったまま仲直りする機会がなかったらしいが、ずっと気にしていたようだ。

雪ちゃん情報によると、今は二人一緒に寝ているらしく心配は要らないとのことだ。

「俺はただ部員の勧誘をしようと」

「方法がワイルドすぎると思うの」

麻衣の視線が冷たい。

双子姉妹に事情を説明してもらえば誤解も解けるのだが、今は諦めるしかなさそうである。

「やっちまったもんは仕方ねえ。しばらく叶馬は大人しくしてろ。目立ちすぎると粛清対象になっちまうぞ」

「……叶馬さん、少し反省して下さい」

信じて貰えないというのは中々心に来るものがある。

黒鵜荘の自室に帰った俺は、一人落ち込んでいた。

誠一と麻衣のバカップルは白鶴荘でお泊り会、静香は麻鷺荘にある沙姫の部屋に泊まるそうだ。

モジモジしていた沙姫だが、強引に静香から連行されていった。

ここの所、毎晩のように静香、沙姫と肌を重ねていたので、どうにも人肌恋しい。

というか、黒鵜荘に泊まるのが久し振りな気がした。

寝転がっていたベッドから身体を起こし、天井を見上げる。

学園に来る前は一人が当たり前だった。

これは堕落だろうか、一度知った温もりを、手放しがたいと思ってしまうのは。

などと、少しセンチメンタルに陶酔していたら、膝の上にちょこんと小さな温もりが乗っかった。

クッションを抱えた雪ちゃんが、空間収納《アイテムボックス》から出てきた模様。

周囲に誰か居ると、意地でも出てこない雪ちゃんである。

一度みんなに紹介しようとしたら、何かにしがみついてるような感じで抵抗されました。

「……」

顔も合わせようとせず、膝の上に横座りしたまま背中を預けてくる。

今回は裾の短い、浴衣のような着物姿だ。

中々のお洒落さんなので、制服やスウェットにエプロンドレスなど、出てくる度に違う格好をしておられる。

小柄で小粒な雪ちゃんは、とても愛くるしい。

ピクッと身動いだ雪ちゃんは逃げる素振りを見せない。

黄昏ていた俺に寄り添ってくれた雪ちゃんに対して、やんちゃ坊主が真下から反応してしまった。

嗚呼、なんて浅ましいのだろう俺は、と思いつつ抱え込んだ雪ちゃんに頬ずりをした。

雪ちゃんも嫌がる様子はなく、クッションを抱いたまま首を反らして俺に頬ずりし返してくれる。

今更だが、雪ちゃん帰らなくて大丈夫なのだろうか。

空間収納《アイテムボックス》を自由に出入りしているようなので気にしていなかったが、まさか家出娘をしていたり。

「……」

ちゃんとお家で寝泊まりしているとのことだが、少し心配だ。

ナデナデしながらお互いに温もりを与え合う。

浴衣の前合わせから這入り込んでしまった手の先に、可愛らしい小さな痼りが触れる。

膨らみらしい土台のない頂きでも、男とは違うぷっくらとした膨らみを撫で回していく。

クッションを手放さない雪ちゃんなので、俺の方からいろいろと悪戯してリアクションを引き出していった。

透けるような色白の肌が、桜色に火照っていた。

少し開かせた足の間から、奥に這わせていた指を抜く。

どうやら雪ちゃんはノーパン派らしい。

曖昧な記憶になるが、雪ちゃんとは二度目だ。

指先の感触だけで、もう凄くちっちゃい器官なのが分かるけれど、一応ちゃんと挿れることができたと思う。

膝の上でくたりっと脱力し、幼顔に可愛らしい色気を浮かべた雪ちゃんの、着物の裾をするっとたくし上げた。

雪ちゃんを傷つける訳にはいかないので、念入りな準備が必要だ。

仰向けに寝かせてから両足の間に顔を埋め、産毛すら生えていない可愛らしい秘所を隅々まで舐め回していく。

顔の上にクッションを乗せてぎゅっと抱いている雪ちゃんは、お腹をふるふると震わせて達しているようだった。

クッションを引っ張って潤みきった蕩け顔を確認し、身体の間にクッションを挟んで挿り過ぎないように調整した。

案の定、半分ほどでいっぱいいっぱいになってしまい、亀頭だけを出し入れして雪ちゃんと性交を始める。

舌を出してか細い吐息を繰り返す雪ちゃんに苦痛の色はなく、身体の下にしまい込むように優しく揺すり続けた。

いろいろと試した結果。

俺が椅子に座る姿勢になり、後ろ向きで跨がった雪ちゃんが、自分でお尻を振るのがマッチした模様。

ちっちゃいお尻に突き刺さった肉杭に、罪悪感が湧きそうになる眺めだ。

だが、一生懸命お尻を振る雪ちゃんは、中々降りようとしません。

静香たちが居ると出てこられないので、フラストレーションらしきものが溜まっていたらしい。

雪ちゃんが激しく腰を振りまくるので何度もすっぽ抜け、ちっちゃなお尻の裏表は俺の精液がねっちゃりと塗れている。

「……はふ」

もう大満足という感じになった雪ちゃんは、背中にクッションを当て腕枕した俺の肩にゴロゴロと頬ずりしていた。

俺が達した回数だけでも二桁に届きそう。

予想外のエロっ子ぶりに、お兄さん雪ちゃんの将来が少し不安です。

＊＊＊

かってうれしい　はないちもんめ
まけてくやしい　はないちもんめ

幽寂閑雅《ゆうじゃくかんが》に佇む庵に、朧げな童歌が聞こえた。

じり、と行灯に点る火種が音を立て、衝立に映った影が揺れる。

深い水底からゆらりと意識を浮上させた夏海が目蓋を開いた。

深く深く沈められていた眠りは夢を見ることもなく、身体に癒やしを与えている。

固くて薄い布団の中、夏海は自分の分身に等しい海春と抱き合っていた。

となりのおばさんちょっときておくれ
おにがこわくていかれません

自分と同じ顔を、指先でそっとなぞる。

夜通し輪姦されて憔悴し、隈になっていた痕も消えて血色も戻っていた。

殴られて腫れていた頬も、縛られて鬱血していた手も、青痣になっていた乳房の手形も、拭い取ったように消えている。

恐る恐る海春と、自分の股間にも触れたが、痕跡らしい痕跡は残っていなかった。

だが、記憶の中にはしっかりと、幾人もの男子から強姦された感触が残っていた。

おかまかぶってちょっときておくれ

おかまそこぬけいかれません

夏海は海春を守るように抱き締める。

クラスメートの男子グループで結成したパーティに、何度も誘われ、何度も断っていた。

夏海たちの教室では、男子は男子、女子は女子でパーティを組むようになっていた。

それは男子が余りにも露骨に、女子に対して性的な欲望を向けていたからだ。

夏海も言い寄ってくる男子を拒絶して女子と、そして別の教室にいる海春と行動を共にしていた。

自分と同じように内向的な海春を放っておけば、いずれ孤立して男子の餌食になってしまうのが目に見えていたからだ。

普通の人間とは違う、化け物と罵られて育った自分たちは周囲から浮いてしまう。

今までと同じように、村八分にされるのを恐れていた。

ハグレモノに対し、集団はどこまでも残酷で無慈悲になるのを身をもって知っていたからだ。

ふとんかぶってちょっときておくれ
ふとんぼろぼろいかれません

「夏ちゃん……」

「春ちゃん」

ふわっと目蓋を開いた海春が夏海の名を呼んだ。

顔に触れてくる指先を受け入れ、頷く。

言葉を交わすまでもなく理解し合える。

裸のままで寄り添い、肌を重ね合わせる。

中学の時の数少ない友達に、怪しいくらいに仲が良いよねと、からかわれていたが当たり前だと思っていた。

自分たちは二人で一人、一人が二人になった存在なのだから。

だから、海春を掠って監禁していると脅迫された時も、疑えもせずに本当だと理解できてしまった。

海春が輪姦されているのを感じ取っていたからだ。

朝の教室で拉致したと伝えられる前に、夜通し構内を駆け回って海春を捜し続けていたからだ。

授業をボイコットしたクラスメートの男子に連れ出され、自分の身体をレイプされる前に、一晩中海春と一緒に輪姦を受けていた。

海春が抵抗せずに輪姦を受け入れたのは、せめて殴られる痛みや躾の苦痛を、夏海に伝えたくなかったからだ。

お互いの心を理解し合っている二人は、どちらを恨むことも責めることもない。

あのこがほしい
あのこじゃわからん
そうだんしましょ
そうしましょ

逃げ出すように地元を離れ、遠くの学校まで来た。

だが何も変わらなかった。

「夏ちゃん」

「大丈夫、大丈夫。ずっと一緒、だよ……」

今更、逃げる場所もない。

そんな場所は、今までどこにもなかった。

行灯のゆらゆら揺れる炎。

火鉢にかけられた鉄瓶から、しゅんしゅんと湯気が噴く。

きしり、と床板が軋み、障子の映る、小さな人影。

この訳の分からない場所でまた輪姦されるのだとしても、苦痛も悲しさも半分こにできる。

そうして、ずっと耐えてきた二人だ。


きまった?


開かれなかった障子の手前に、一人の童女が立っていた。

海春と夏海はゾクッとして手を握り合う。

どこもかしこも白い、色彩を持たない童女の、顔が見えなかった。

自分たちには見る資格が、ない。

幽幻世界の上位畏怖存在。

「な、夏ちゃんには……」

「春ちゃんには」

「「手出しはさせないっ」」

緋色も鮮やかな手鞠を手にした童女が、見えない顔にニコっと微笑みを浮かべていた。

腕を上げ、ちっちゃな指で二人の背後を指し示す。

薄暗い明かりに照らされる障子戸が、すっと開いていた。

＊　＊　＊

浴場のお湯は抜かれていても、シャワールームは自由な時間に利用できる。

早朝トレーニングで山野を走った後に、汗だくの身体へ熱いシャワーを浴びせた。

俺の密かな特技なのだが、昔から目覚ましがなくても好きな時間に起きることが可能だ。

もしかしたら、これもスキルの一種なのかも知れない。

食堂からは良い匂いがしてくるが、まだ時間が早いので一度部屋に戻ることにした。

部屋に戻って軽くストレッチでもしておこう。

静香や沙姫が居ないので、早速汗だくになる危険もない。

抱っこして寝ていた雪ちゃんは姿を消していたので、恐らく帰宅したのだと思う。

実は空間収納《アイテムボックス》に居そうな気もするが、勝手に引っ張り出すとプンスカ怒られるので自重している。

自販機から缶コーヒーを購入して自室に戻り、扉の向こうにすっぽんぽんの鏡合わせみたいな女の子たちが立っていたので、無言で扉を閉め直した。

幸い悲鳴は聞こえてこないが、部屋を間違えてスワッピング現場に鉢合わせた気まずさは堪らないものがある。

昨日も似たような現場に遭遇したし、いろいろとみんな性春を謳歌しているようだ。

階段まで撤退して身を伏せていたが、特段騒ぎ立ててはいないようだ。

身を潜めつつ、こっそりと部屋の扉を開けて中に入った。

廊下を確認しながら扉を閉めて溜息を吐いた。

どうやら、余計なトラブルには巻き込まれないで済みそうだ。

「ふぅ……」

缶コーヒーを片手に振り返ると、両手でおっぱいと股間を隠した美少女ズが、抱き合うようにしてこっちを見ていた。

黙ってドアノブを握った俺に、慌てたような声が背後から聞こえた。

「ま、待って、下さい」

「俺は何も見ていない。聞こえない」

「あっ、待って……」

これ以上余計なトラブルに巻き込まれると、愛想を尽かした静香から監禁されてしまうので勘弁してほしい。

おいたが過ぎると今以上に甘やかしてヒモ男にして差し上げます、と脅されたのだ。

昨日の別れ際に沙姫に手錠を填め、こういう風にして叶馬さんに繋いでおけば他の子を襲わないですよね、とかマジ顔で言っておられた。

戸惑ったように困惑顔だった沙姫も、ちょっと嬉しそうだったのがヤバイ。

静香の影響を受けすぎである。

裸でしがみつかれると雪ちゃんで発散したエナジーがリチャージされそうなので、取りあえずシーツを巻き付けて貰った。

俺は自分のベッドに腰掛け、謎のすっぽんぽんレディたちは誠一のベッドに座らせた。

いや、謎というか、昨日回収してきた双子姉妹なのだが。

白鶴荘で静香から洗ってもらった後、いつの間にか消えていたのでそのまま帰宅したのだと思っていた。

いきなり出てきたということは、もしかして雪ちゃんが、今まで空間収納《アイテムボックス》の中に匿っていたのだろうか。

今の空間収納《アイテムボックス》って、中身がどうなっているのやら。

生き物を納れると大体動かなくなってたのだが。

なんか雪ちゃんが、好き勝手に大改造してるような気がする。

「では。思うところを宣べよ」

「あっ……」

「あっ……」

ほとんど同時に顔を上げ、見つめ合って手を握る。

凄く百合百合しい仕草だが、不思議とエッチっぽい雰囲気はない。

ルックスからスリーサイズまで同じっぽい二人なので、騙し絵を見ている感じになってきた。


双子姉妹からのお願いは、部員兼パーティメンバーに加えて欲しいということだった。

無論、即ＯＫである。

童《わらべ》神様とかお導きとか守護とか、ちょっと宗教臭い単語が不穏だったが、まあ個人の信仰は自由だ。

壺とか売りつけてこない限りは気にしない。

男子寮の中で全裸美少女はマズイと悩んでいたら、ぺぺっと制服やら革鞄やら靴やらパンツやらが空から降ってきた。

空間収納《アイテムボックス》の中からでも、外の声が聞こえるようだ。

というか、雪ちゃん帰らなくて良いんだろうか。

恥ずかしそうに着衣する二人の姿を堪能していたら、オーバードライブが臨界に達しそうになるも、辛うじて因数分解に成功した。

「夏海ちゃん！」

「さ、沙姫ちゃん……」

そのまま黒鵜荘の食堂でトロロ納豆定食を堪能した俺たちを、外で待っていたらしい静香と沙姫が出迎えてくれた。

やはりルームメイトのことが心配だったのだろう。

沙姫は戸惑う夏海の手をギュッと握り、夏海は目を潤ませて沙姫にご免なさいと謝っていた。

夏海には沙姫に取り憑いた陰摩羅鬼《おんもらき》が見えていたらしく、恐怖から見捨てるように逃げ出してしまったことを後悔していたらしい。

涙ぐんで抱き合う二人を、海春ちゃんも優しい笑顔で見守っていた。

円満解決したようで何よりだ。

「おはようございます」

にっこりと満面の笑みを浮かべた静香さんがご光臨です。

海春は泣きそうな顔で俺の背後に隠れ、ぎゅっと背中を掴んでくる。

特に好感度が上がるようなイベントはなかったと思うのだが、懐かれたというか保護者認定されたようだ。

「海春さん、ですね。少し、お話をしましょう」

「は……はい」

静香さんに任せておけば問題ないだろう。

「……叶馬さんは、後でお話があります」

第20章　お仕置き

部員の勧誘は順調だ。

今のところ、俺、誠一、静香、麻衣、沙姫、海春、夏海、（＋雪ちゃん）の七名に増えている。

あと三人くらいなら、そこらを歩いてる奴を引っ張ってくれば良いんじゃないだろうか。

「叶馬くんが順調にハーレムメンバーを増やしてる件について」

「しっかり奇麗所を釣ってくる辺り、面喰いだよな。イイ趣味してるぜ」

「事実誤認だと思われる」

何故か椅子の上に正座させられているので、少し痺れてきた。

放課後の学生食堂には人目も多く、ちょっと目立っている感じもする。

倶楽部の設立会議というか、新しいパーティメンバーとの打ち合わせランチタイムだ。

「静香と姫っちじゃ満足できないの？」

焼きプリンのスプーンを咥えた麻衣が、いっそ感心しているような目を向けてくる。

「……私が甘かったです。叶馬さんの精力を見誤っていました」

「不甲斐ないです」

いや、はうーな沙姫はともかく、静香にこれ以上頑張られると睡眠時間がなくなります。

そもそも双子姉妹に手を出した覚えはなく、本人たちから釈明が欲しい所だ。

くっつくように椅子を寄せて座っている海春と夏海は、俯いて青くなったり赤くなったりしながらチラチラと顔を見合わせていた。

静香とお話ししてからこんな感じなので、きっと変なことを吹き込まれたのだろう。

取りあえず、親子丼が冷めるので食べた方がよろしい。

「その、よろしくお願い、します」

「ま。普通のパーティメンバーとして受け入れる分にゃ構わねえよ」

誠一には双子姉妹の情報閲覧《インターフェース》スペックを伝えてある。

二人ともクラス『なし』のレベル3。

何度かダンジョンから生還しているらしく、ちゃんとレベルアップしている。

ただ、頭上の▼表示にSPはない。

俺たちや沙姫は、本当にレアなパターンなのだと思う。

「ちょうど俺たちで倶楽部を作ろうとしてたタイミングだしな。歓迎するよ」

柔らかい物言いに笑顔だが、目が笑っていない誠一である。

身内とそれ以外をきっちりと分け、半端に妥協しない誠一のスタンスはドライだ。

基本的に人を信じない奴だが、一度受け入れればどこまでも信じ、それ以外の他人は利用し使い潰しても割り切る。

俺の誠一に対する人物評定はそんな感じだ。

善か悪かでいえば、決して善人ではない。

だがイイさ、嫌いじゃない。

腐臭でも嗅ぎつけたのか、静香がじぃっと見詰めてきますけど、正座を崩してもいいでしょうか。

「取りあえず、お試しの腰掛けで良いからさ。レベルを上げる手伝いはできると思うぜ。倶楽部の方は名前だけ貸してくれればいいよ。ギブアンドテイクってやつさ。虫除けに丁度いいだろ？」

「は、はい」

海春のほうは誠一の話を素直に受け取ったようだが、夏海は遠回しな拒絶に気づいたのか表情が固い。

最初はそんなものだと思う。

信じるか信じられないかは、関係しながら探っていくものだ。

――穿界迷宮『YGGDRASILL』、接続枝界『黄泉比良坂』――

――第『参』階層、『既知外』領域――


「あの子たち、レベル10までレベリングかな？」

「んだな。すぐ上がんだろ」

ロッドの先端に浮かべた光球をひょいひょいと投げる麻衣に、両手を上下左右に振った誠一がバックステップする。

玄室から逃走したゴブリンは黒炭と化し、逃げ遅れたゴブリンは前のめりにドサドサと倒れた。

「んで、『文官《オフィサー》』があったらおチ○ポ堕ちさせて、無かったら適当に遊んでポイ？」

「叶馬が気に入ったなら囲ってもイイんじゃね？　程々に可愛がってセフレ扱いにしてやるとかな。何を考えてんのか分からねえから異常に怖がられてんだよ、叶馬は。普通のエロ学生だと思われれば、少しは親近感も湧くだろ」

「鬼畜だねー」

頭と口元まで巻いたシュマグを引き下ろした誠一が、両手のトレンチナイフを鞘に収めた。

「手当たり次第に抱えられるほど、俺の手は長くねえんだわ」

「やんっ」

麻衣の背後に回った誠一は、片手でスカートを捲り上げる。

ジッパーを下ろしてペニスを取り出し、丸出しの生尻へと手際よく挿入した。

既にこのパーティにとって、バトルからセックスへの流れは当然の儀式になっていた。

「あっ、せーいちはあたしばっかりだと……飽きない？」

「外じゃ適当に遊んでっから、気にスンナ」

「もっ、このぅ、浮気者ぉ」

にひっと笑ってスパンスパンと腰を打ち付ける誠一に、唇を尖らせた麻衣が仰け反った。

「双方に利益があります。少なくとも一方的に弄んでる訳じゃ、ない」

「でも、ねぇ様……」

「クラスチェンジまでさせてあげる、その条件で拒む人はいないでしょう。……夏海さんが心配ですか？」

図星をつかれた沙姫の口に、指を当てた静香が背後から身体を重ねる。

「ダメです。沙姫はもう叶馬さんを選んだ……。他の誰を優先することも赦しません」

「……にゃぁ、ひゃま……ひにゃ」

偽りを赦さないとばかりに、口の中に入れられた指先が舌を嬲った。

そして、捲り上げていたスカートの下に手を這わせ、ずりっずりっと出し入れされている割れ目の合わせ芽を摘まみ上げる。

「では、沙姫はもう要らないんですね。なら私が叶馬さんと、ずっと」

「ひっ、ひにゃ、ひにゃ、ぁ」

ブンブンと頭を振る沙姫が涙目になって否定した。

「……なら、沙姫はそのまま叶馬さんのことだけを考えて、心を尽くして受け止めなきゃ駄目です」

頷いた沙姫が、更にぎゅっと正面から抱き付いた叶馬の肩にしがみついた。

「沙姫に選択を迫るのは、かわいそうだと思うが」

「だから最初に答えを教えてあげてます。沙姫が悩んだ末に選ぶ、本当に欲しいモノが何か、を」

今度は沙姫のお尻の後ろに手を滑らせ、ヒクヒクと震えている窄まりを優しくほぐした。

「迷わせる方がかわいそうです。……沙姫はもう、叶馬さんの物なんですから」

ビクビクッと幾度も痙攣する沙姫が、静香に支えられて陶酔した顔を晒していた。

「えーっと、姫ちゃんはあたしたちのパーティで最強だと思うけど、イッちゃうと使い物にならなくなるから手加減した方がイイんじゃないかな」

何事にも全力で立ち向かう子なので、全力で腰砕けになってしまう。

お姫様抱っこで運ばれている沙姫は、申し訳なさそうな、恥ずかしそうな、ちょっと嬉しそうなハイブリッド感があった。

レベルが上がってきた沙姫は案の定、玄室にソロで突っ込んでもゴブリンを軽く皆殺しにできる。

静香のレベリングもあるので、たまに休憩するくらいがちょうど良い。

「ぶっちゃけ、この階層のゴブリン相手じゃ楽勝になってきたし、イイんじゃね？」

「油断大敵！」

大雑把そうな性格に見える麻衣だが、割と堅実な視点を持っている。

ちょいちょい調子に乗る誠一とは、実に良いコンビだと思う。

だが、楽勝になってきたのは間違いない。

・船坂叶馬（雷神見習い、レベル６）
・小野寺誠一（忍者、レベル９）
・芦屋静香（巫女、レベル１０）
・薄野麻衣（魔術士、レベル１０）
・南郷沙姫（剣士、レベル１５）

沙姫のレベルが面白いように上がっている。

第一段階クラスなので、ＳＰや能力値補正は誠一たちのほうが高いようだ。

レベル20になったら、さくっと上位クラスにチェンジさせた方がいいだろう。

侍系のレアクラスがリストに出そうで楽しみだ。

ちなみにクラスチェンジは、学年で適性段階があるらしい。

一年生は第一段階、二年生は第二段階、三年生に第三段階まで到達するのが目安になっていた。

もっともエンジョイ組にドロップアウトしてしまった者や、運悪く罠クラスが割り振られてしまった場合は別だ。

上の学年になるほど、ダンジョン組の割合が減っていく。

ダンジョン攻略を続けていくと、試練のような難所がいくつかあるそうだ。

そこを突破できないと、先に進めないのだろう。

俺たちは順調に先行しているので焦る必要はないと思う。

まあ、時間が許す限りは攻略を続けよう。

それに俺の『雷神見習い』はどうにも罠クラス臭く、全然レベルが上がらない。

レベル10になれば、第一段階クラスへのダウングレードチェンジが可能になると期待している。

「やっ、やっ、やっ、やあー」

気の抜けるような可愛い掛け声で槍を突く静香が、半殺しにしたゴブリンにトドメを刺していく。

人型の生き物を絞める、という本能的嫌悪感は良い感じで麻痺してしまった。

大変、よろしい。

すっかり猿化している誠一と麻衣は、既に合体していた。

毎回フィニッシュまでイッてる訳ではないようだが、二人とも幸せそうなので突っ込みは無粋だろう。

麻衣を固定砲台化して、誠一をエナジーチャージ用に絶倫王《ドンファン》クラスにするのもアリか。

ご褒美が欲しそうな静香にはちょっと待ってもらい、受け取った初心者用ショートスピアの穂先に指を滑らせる。

「やはり刃こぼれが凄い。多分じき折れる」

「あぅ……ごめんなさい」

「いや静香の使い方ではなく、槍の素材的耐久力の問題だろう。スパスパ斬ってる沙姫の方がおかしい」

使用頻度は減ったが、俺の鎖鎌の刃も金属が腐食し始めている。

金属が喰われてるというか、刀身の表面が抉れて凸凹になっていた。

ダンジョンからログアウトして羅城門に帰還すると、装備品は何故か元通りになる。

汚れた制服やパンツなども、ログイン時の状態に復元されるのだ。

身体に受けたダメージ、打撲や切り傷なども元通りだ。

ただ幻痛というのか、神経に蓄積したダメージが残ってる感じはあった。

装備品もそういう変なダメージが蓄積するのか、変な感じで傷んできていた。

溶けるというか、スカスカになっているというか。

まるで、『硬い』とか『鋭い』という要素が抜け落ちているようだ。

所詮、初心者用の武器ということだろう。

購買部でもマジックアイテムの武器や、モンスターの素材から作った武器が売っているのだが、ちょっと桁が違ったので手が出ない。

材料などを持ち出しすれば、外の学生通りにある鍛冶屋で武器を打ってくれるそうだ。

手数料もあるだろうし、一度見に行くべきか。

ちなみに、沙姫が使っている安物の打刀は、刃こぼれどころか返り血も付着しない。

きっと鋼刃で切り裂いてるのではなく、オーラ力《ちから》とかで斬ってるんだろう。

ゴブリンがドロップする『小鬼剣』『小鬼槍』など、小鬼シリーズで状態が良い物は空間収納《アイテムボックス》にポイポイ納れている。

雪ちゃんが勝手に不法投棄していなければ、結構な数が溜まっているはずだ。

購買部で安物を買うよりマシだろうし、鍛冶の素材になるかもしれない。

戻ったら一度整理してみよう。

少し考え込んでいたら、静香がシュンと落ち込んだように俯いていた。

誠一たちもラブイチャコミュニケーションが終わったらしく、探索モードの準備している。

「静香」

「あっ……」

エロい意味でなく、正面から静香を抱き寄せて強めに抱擁する。

ダンジョンの中は気温的なモノではない、心胆を凍えさせる冷気に満ちている。

セックスコミュニケーションは身体のポテンシャルを保つために最適な儀式だ。

性的な要素は抜いても、スキンシップは絶対に必要だと思われる。

ぎゅうぅっと背中に回した手でしがみつく静香を抱え、スカートの中に入れた手でもっちりお尻を軽く揉む。

やり過ぎると俺が我慢できなくなってしまうので程々に、ボディーアーマー越しにもぷよぷよする胸部装甲を味わいつつ抱擁を続けた。


ダンジョンから帰った叶馬たちは黒鵜荘に戻っていた。

そしてを夕飯を済ませて身支度してから、女子寮に向かうのが習慣となっている。

「一応、クラフター系クラスに頼むって手もあるんだけどな」

「ネトゲでいう生産系だな」

髪を拭ったタオルを首にかけた誠一が、鏡の前に置かれたコロンを軽く首元につける。

昼間はムースで軽くセットしている髪をドライヤーで流し、口元に手を当てて口臭を確認する。

誠一ほど身嗜みに興味がない叶馬は、バスタオルでガシガシと髪を拭くだけだ。

黒鵜荘の浴室は、年季の入った旅館にある温泉風呂に似ていた。

実際、学園の敷地には温泉の湯元があり、各学生寮へと供給されていた。

脱衣所に設置されているウォータークーラーから、冷たいお茶を注いだ叶馬が一気に呑み干した。

「パーティメンバーには要らんが、倶楽部として考えれば欲しい要員かもな」

「バックアップは必要だ」

「デカイ倶楽部だと、そういう専属のクラフター系を囲っとくみてえだが。俺らにゃまだ要らんだろ？」

時間帯の早い浴室に、他の寮生の姿はない。

「双子シスターズに釣ってきて貰おうかと」

「……数打ちゃ当たる方式か。どのみち部員が必要なら、先延ばしにする意味もねえってことだな。お前さんのチートスキルがありゃ、後から探して勧誘するより、ノービスのままの方が扱いやすい」

クラスチェンジの候補は、個人の素質による影響が大きい。

だが、例え戦闘向けでなくても、自由に潜在クラスを誘導できるのならば、役に立たない者は居ないと言っていい。

竹のベンチに座って足を組んだ誠一がニヤリと笑う。

「イイぜ。先に倶楽部を作っちまう方向で動こう。足場を固めて、ハーレム要員を逃げられねえように囲ってからダンジョンに本腰入れるか」

「……ハーレム、欲しいか？」

「いや、そんな嫌そうな顔されてもな。今更だろ？　叶馬の場合、静香が管理してくれてるっぽいし」

基本的に軽いノリと雰囲気で後腐れなく、あるいは、どっぷりと深みに填めて手駒にするか。

そんな誠一から見れば、手をつけた相手を片っ端から侍らせる叶馬は、ハーレムを望んでいるようにしか思えなかった。

「俺は正直、同時に何人も相手にするとか勘弁なんだわ。叶馬は上手くヤッてるよな。尊敬するぜ」

「俺が望んだわけじゃない……」

「ま、秘密を共有するメンバーはがっつり囲っちまう必要があるしな。双子姉妹もさっさと堕としちまってくれ」

女子が隷属化するプロセスには、一人の男子から精を受け続ける必要があり、誠一は手出しを控えるつもりだった。

充分に叶馬が馴染ませた後なら、味見するのも悪くない、誠一にとってはその程度の相手だ。

「誠一が担当してもいいと思うが」

「いや……何となく、あの二人って重そうなんだよな」

軽い気持ちで手を出すと火傷してしまいそうな、面倒な相手を避ける誠一の嗅覚が反応していた。

「お前があの子らを仕込んだら、俺も適当な奴を釣って来るからさ。試しに参加してもイイみたいな子は何人か居るぜ」

「誠一のことだ、やはり女子か？」

「……お前な、今更俺らのパーティでダンジョンダイブすっ時、野郎が混じってたらヤバイだろ？」

議論の余地がない説得力だった。

「ま、取りあえず行こうぜ。あんま待たせるとピーピーうるせえからな」

静香と麻衣が所属している白鶴荘に、叶馬と誠一の姿があった。

そろそろ一部の寮生には、顔馴染みの男子となっていた。

「つうか、毎晩麻衣とヤルがの当たり前になっちまったな。よく飽きねえもんだ」

「しみじみ言うこと、じゃ、ないと思うんですけど……やんっ」

接合部の根元をくりっと抓まれ、騎乗位で尻を振っていた麻衣が腰を跳ね上げる。

下から抱えられて餅を捏ねるように腹の中を蹂躙されている麻衣は、飽きるどころかもう誠一と離れられなくなっている自分を悟っていた。

ダンジョンの中で小便を済ませるように適当なセックスをされても、今こうして暇潰しのように抱かれていても、何も考えられなくなる位に気持ち良かった。

型取りされた鋳型のように充たされる。

それは肉体の快楽に加え、溶け込み、混じり合った精が与える魂の心地良さだった。

「でも、これヤバイよね……」

ちゅっちゅと下半身から粘音を響かせて、誠一の胸にへちゃりと抱き付く。

「寝る時間以外、ずっとせーいちからセックスされてるんだもん。テストとか絶対ヤバイ」

「俺、関係なくね？」

「せーいちの所為だもん、あっ、いっ、やあん」

「馬鹿な子ほど可愛いっていうじゃん。変に賢《さか》しい女より、馬鹿の方が好きだぜ？」

そんなバカップルな会話をしながらベッドを軋ませる二人を、羨ましそうにチラ見している沙姫が指を咥えていた。

「……ねぇ様ぁ」

切ない声の訴えを、ベッドの上で寝そべる静香が黙殺する。

二人は既に下着姿となってベッドに乗っていた。

スポーティな薄いグリーンの沙姫と、透けたキャミソールの静香に挟まれた叶馬が歯を食い縛っている。

喉の奥にまで咥えていた物をゆっくりと吐き出し、ヘソにまで反り返ろうとする根元を指で押さえつける。

「静香」

「んぅ……ぅ、ダメ、です」

亀頭の裏筋をねろんっと舐め上げ、陰茎の根元にある尿道を指先で圧迫する。

「出しちゃ、駄目です……今夜は射精禁止です」

「確実に夢精する自信がある」

根元を堰き止めたまま亀頭を咥え込み、ちゅうっと吸い付いて鈴口を舌先で舐る。

キャミソールの中に這入り込んだ叶馬の手が、乳房と尻肉を揉みほぐしていた。

「ぷは……これは叶馬さんが辛抱する練習と、お仕置きと」

尻肉の谷間を弄ばれる静香の秘所は、ねっとりした汁が零れるほどに仕上がっていた。

「あ、明日、海春さんと夏海さんに注ぐ精を、濃くするためです……んっ」

「今、静香とシたい」

「だ、駄目です」

下半身を抱き寄せられ、かぱっと開かれた股の間に叶馬が顔を埋める。

「あっ…駄目、お仕置き、お仕置きだから、だめ…っ」

両手で叶馬のペニスを扱き、パンパンに腫れ上がった先端を舐めて奉仕しながら譫言のように繰り返す。

「静香。キュッとしてくれないと粗相《そそう》しそうだ」

「はっ、はい。んぅ、ちゅぅ……」

叶馬の指示により、静香の指先が根元をギュウッと締めつける。

先端を舐めながら吸いつく静香は、精魂込めたご奉仕を続けた。

ぷっくらと膨らんだ女陰の溝に、叶馬の舌先が往復している。

今まで最初に二人掛かりで可愛がられていた沙姫は、もはやお仕置きシチュエーションプレイと化したシックスナインで放置され、太腿を捩り合わせたまま涙目になっていた。

「では、挿れます」

「だ、駄目です……あっ！」

「先っちょだけ」

亀頭だけが填まった秘部に静香が手を伸ばし、簡単に挿ってしまいそうなペニスの竿を握った。

「さ、先っちょだけ、なら……」

ぬぽんぬぽんっと亀頭の括れが女陰を捲り返し、たまにすっぽ抜けた亀頭が滑って、クリトリスを捏ねるように潰した。

「んぅ」

「沙姫にもお尻の開発具合、見てもらおうか？」

「は、はわわ……だ、旦那様」

違う場所にヌコッと這入り込んだ先端を、静香のアナルが柔らかく広がって呑み込んでいた。

静香は唇を噛み締めて頭を振り、沙姫は食い入るように凝視している。

ストッパーになっている静香の握り拳ごと軽く出し入れした後、ぬぽっと窄まりから抜いて本来の穴へと挿れ直す。

「静香。出そうだから抱っこして」

「は、はい……はぅ、お、奥は駄目です」

言われるままに両手を背中に手を回した静香は、求めていたモノがしっかりと奥まで填まり込んだ感触に仰け反った。

「先っちょだけ」

「な、ならイイです……あっ、いっ」

ベッドが軋みながら根元まで激しく出入りしている様子に、沙姫は指を咥えたまま太腿を擦り合わせていた。

「出そう」

「だ、出しちゃ駄目、です」

「一回だけ」

「いっ、一回だけなら……あっ！」

脚を叶馬の腰に絡みつけ、強く引き寄せながら至福の脈動を受け止める。

我慢していた分、大量に迸った精子が胎内に搾り出され、腰を震わせる叶馬を静香が愛おしそうに撫でていた。

「……静香の訓練は過酷だ」

「は、はぃ……。お仕置き、ですから」

「沙姫にも？」

「先っちょだけ、一回だけ、なら……」

腰を抜かし、潤みきった瞳でへちゃっている沙姫を交え、もう一回、を夜が更けるまで積み重ねられていった。


静香のお仕置きは過酷を極めた。

昨夜は沙姫も頑張ったので、腎虚になるんじゃないかと心配になるレベルで深夜の訓練が続いた。

朝には静香の機嫌も直っていたので、死力を尽くした甲斐はあった。

仲良く並んで朝食の席に座った静香と沙姫は、ニコニコ艶々ですっかり上機嫌になっている。

「目の下に隈ができてんぞ」

「……カロリーが足りぬ」

本日の白鶴荘のブレックファーストメニューは、ベーグルサンドと新鮮野菜のスムージーだ。

照り焼きチキンと海老アボカドサンドの、どっちをお代わりするか悩ましい。

「やっぱ俺はハーレム要らんわ」

コイツにも同じ幸せを分け与えてやりたい。

第21章　匠工房

双子シスターズの加入取り扱いについては、俺が担当として見られているようだ。

逃げ出さずに会話可能な対象であるのならば、ネットで学んだ『あなたのコミュニケーション能力を飛躍的に伸ばすコツ』を初めて役立てることができそうだ。

つまりシスターズとのアポイントメントはコンディションをデイアフターし、イブニングのタイミングでレッツパティーという感じ。

緊張した二人からミラーリングで捲し立てられると、ドップラー効果が発生してラポール感が半端なかった。

安易に英単語を多用すると、知能レベルが低下しそうな気がする。

いろいろ準備があるので夕方にお逢いしましょう、という話だった、多分。

こちらもスカウトを急かすつもりはないし、二人で話し合う必要もあるのだろう。

加入条件とか、待遇とか、交渉が必要なのかもしれない。

今日の放課後、誠一たちは揃って専門科目の見学に行っている。

授業以外でも専門科目の講義は開催されており、単位も取得することが可能だ。

自己管理さえできれば、各自が自由に単位の取得スケジュールが組めるようになっている。

学園の成績評価基準も、上級生になるほど専門科目が重要視されるようになり、座学に出席せずダンジョン攻略だけしている生徒もいるとか。

それで卒業できるなら良いのだが。

まあ、そんな感じで夕方まで時間が空いてしまったので、空間収納《アイテムボックス》の整理をすることにした。

最初は黒鵜荘の自室に帰ってやろうと思ったのだが、ちょっとスペースが足りなくなりそうだった。

天気も良いので中庭の片隅に茣蓙《ござ》を引き、空間収納《アイテムボックス》から取り出した小鬼シリーズの武器を並べていく。

ゴザとか入れた覚えがないのだが、雪ちゃんが出してくれた。

便利な妖精さんみたいな子である。
・・・まよひがの備品だから、使い終わったら返して欲しいそうだ。
意味が分からないが、ありがたく使わせてもらおう。

小鬼シリーズでイメージ検索し、何もない空間から武器を引っこ抜いていく。

中に入っている物のリストとかないので、検索サイトで類似画像検索している感覚に近い。

一括取り出し機能もなく、入れて忘れてしまったやつは、多分ずっと空間収納《アイテムボックス》に死蔵されるだろう。

中がどうなっているのか、どれだけの量が入るのかも不明のまま。

情報閲覧《インターフェース》と同様に、ヴァージョンアップが望まれる。

だが、何となく取り出しやすいというか、これは雪ちゃんがある程度分類してくれてるっぽい。

今度お饅頭でも御供えしてあげよう。

種類別に分けて並べていたら、予想以上の分量になってゴザをはみ出してしまった。

面倒なので適当に積み重ねていく。

武器の形状はいろいろなタイプが混じっており、情報閲覧《インターフェース》に表示される名前で分類した。

一応、『小鬼剣』『小鬼鉈』『小鬼棒』『小鬼槍』『小鬼斧』の五種類になっている。

状態が良いやつだけでも、それぞれ一〇個以上あった。

ポワーっと光ってるやつとか、黒いオーラを滲ませてるやつとかが混じっているけど情報閲覧《インターフェース》に表示される名称は同じだった。

恐らく、魔法武器《マジックウェポン》や呪詛武器《カースウェポン》とか呼ばれている武器っぽい。

俺の情報閲覧《インターフェース》では判別できないようだ。

購買部の鑑定窓口に居たような、『鑑定士《オーセンティケーター》』などの特殊クラスでないと鑑定できないのだろう。

武器の善し悪しなど、素人目に分かるものではない。

だが、雑魚モンスターからドロップした装備に、わざわざ鑑定料を支払う必要があるのか迷う。

ポワーっとしてるやつとかは切れ味も良さそうに見えるが、グリップの形状がゴブリン用なので使いづらそうだ。

ゴブリンは小学生高学年くらいのサイズであり、ドロップする武器も微妙に子供サイズだ。

『小鬼剣』なども、俺が握れば短めのショートソードになる。

ポワーっとしてる『小鬼槍』を一本、静香用に確保して、残りはダンジョンに投棄するのが良いかもしれない。

人前で空間収納《アイテムボックス》は使うなと誠一には念を押されているし、二束三文にしかならないなら大量の小鬼シリーズを担ぎ、買取窓口に持ち込むのも面倒だ。

取りあえず物は試しに、この禍々しいオーラを垂れ流しているが凄い斬れそうな『小鬼剣』とか、誠一に預けてみるのもアリだろうか。

「ちょっと待って。ソレ、すっごい呪われてるから」

呆れたような声が聞こえた。

「ていうか何してるの、君？　フリマでもないのに、こんなトコで露店出してると怒られちゃうよ？」

ゴザに並べた品々を覗き込んでいるのは、制服の上にエプロンを掛けた女の子だった。

エプロンとはいっても、新妻が裸で装着するようなフリフリの可愛いやつではなく、厚いデニム地でポケットやフォルダーが沢山付いているガチ作業用だ。

癖っ毛を無造作に首の後ろでまとめ、前髪もボサボサ。

洒落っ気がまったくなくて野暮ったい、けど素材は可愛らしい女子生徒さんだった。

海春や夏海より小柄な少女が後退る。

「な、なに？　どうしてそんなに怒ってるの？　わ、私をレイプしたいの？」

「遺憾すぎる」

最近レイプという単語をよく耳にするが、女の子が気軽に口にしていい言葉じゃないと思われる。

誤解されているようなので、微笑みを浮かべて警戒心を和らげてみる。

「ひっ……わ、私に手を出したら、『匠工房《アデプトワーカーズ》』のみんなが黙ってないんだからねっ」

酷い偏見だ、流石に落ち込む。

言葉の暴力が心に突き刺さる。

俺には生きている価値がないんじゃなかろうか。

駄目だ、もう死のう。

「えっ、待って待って、呪いに取り込まれてるから！　今すぐ手を放してっ」

「……なるほど。これが呪い武器の効果か。危険すぎる」

ネガティブな感情が、際限なく増幅されていくような感じだった。

「うん。これは自己否定を増幅させるタイプの呪詛だね。闘争心を増幅させるタイプとか、猜疑心を増幅させるタイプとか、呪詛にも色んな種類があるよ。呪いの基本は感情に対しての干渉だからね。これはダンジョンで産出される武器の材質の問題だと言われてるの。一見普通の鉄や青銅に見えるけど、分析すると未知の物質が化合物として混じり合ってるんだよ。これがモンスターやダンジョンに満ちた想念、いわゆる感情や精神的な思考エネルギーを保存してるんじゃないかって思うの。実際マジックアイテムの中には魔法を込めると不思議なパワーが宿るタイプもあるし。この精神感応鉱石の干渉が呪詛と呼ばれる現象なのね。でも呪詛が強――」

ゴザの前にしゃがみ込み、マシンガンのように講義をなされ始めた。

怯えた様子は既に破片もない。

自分の好きな話題になると抑えが効かなくなる、オタク娘さんのようである。

ガードの弛い足下から覗く、水玉パンツを鑑賞させて頂きながら適当に頷いていた。

『あなたのコミュニケーション能力を飛躍的に伸ばすコツ』には、相手の話は最後まで聞くように、というアドバイスがあった気がするが、延々と終わらない場合はどうすればいいのだろう。

まあ、パンツが可愛いので待ちますが。

「――という訳で、鑑定もしていないダンジョン装備を使うのは危ないの。忘れないでね？」

「模写できるレベルで脳裏に刻まれました」

絵心がないので描き起こすのは無理だと思う。

要約すると、呪いの武器、というか魔法の武器が好きだという情熱は伝わりました。

「えーっと、うん。確かに好きなんだけど、なんで私ってば初対面の後輩くんに熱弁奮ってるんだろ……」

「察するに、良くあることじゃないかと」

「なっ、どうして知ってるの？」

オタクというのは、そういう人種だと思われる。

そして相手から引かれて拒絶されるのを繰り返して、コミュ症になるのである。

俺はコミュ症ではないが一般論としてだ、俺は違うが。

「お、怒ってるの？　や、やっぱりレイプして黙らせてやろうと思ってるの？」

「レッツ、クールダウン」

ご要望ならばそこらの茂みに引っ張り込み、レイプして差し上げようかと思わないでもなかった。

だがしかし、何やら先輩さんであろうし、他の学年にまで悪評を轟かせるつもりはない。

ちゃんと着けている学年章を見れば、やはり二年生の先輩さんだった。

取りあえずゴザに座らせ、微糖の缶コーヒーを手渡した。

「あ。温かい……。えっと、ありがと」

最初の頃、空間収納《アイテムボックス》に入れておいた物体は、凍りつく寸前まで冷えていた。

最近は温かかったり冷たかったりと、変化している。

温冷兼用のやつが迷うらしい。

夜食用に学食で買ったお弁当とか、取り出したら空箱になってたりもする。

特におにぎりセットが好物らしいです。

「……一年生だよね？　凄いたくさんゴブリンシリーズを集めたみたいだけど、『武器庫』でも見つけたの？」

オタク娘さん曰わく『武器庫《ウェポンラック》』とは、装備が無雑作に放置されている一種のボーナスルームみたいなやつらしい。

他にも貴金属やクリスタルが詰まった『宝物庫《トレジャーチェスト》』とかもあるそうだ。

宝箱と似たような感じか。

「一年生ならまだ一階層だよね。下の階層で見つけたら、もう一財産だよ。ていうか、これ結構、品質《クオリティ》高いね。マジックアイテムもあるし」

エプロンのポケットから出したモノクル眼鏡を掛け、手袋を填めたオタク娘さんが勝手にアイテムの鑑定を始めてしまう。

他の物が目に入っていないというか、もう魅入られているような集中力だ。

オタク娘さんのスカートを捲っても気づかないんじゃないだろうか。

「オタク娘さんは止めてね……。二年丙組『匠工房《アデプトワーカーズ》』の蜜柑《みかん》だよ。ん……コレ純度高い、規定でプラス2は付きそう」

名乗りの作法というやつかな。

校内では思った以上に『倶楽部名』が幅を効かせているようだ。

「ん。二年のクラフタークラスの皆で結成した倶楽部なんだ。ほら、非戦闘クラスってお荷物扱いじゃない？　でも、武器のメンテとか製造を外注で請け負うって感じで、他の倶楽部と連携できればって……んー、呪いの武器もいっぱい」

どうやら手袋と眼鏡がマジックアイテムっぽい。

SP表示がないのでスキルは使えないと思うのだが、『鍛冶士《ブラックスミス》』クラスの能力値補正がサポートしているのだろう。

「うん。どれもゴブリンシリーズの武器としてはハイエンドだね。まるで五階層以降のモンスターからドロップしたアイテムみたいだよ」

「購買部で買うより良さそうですか」

「もちろん、購買の武器は所詮繋ぎだしね。先に進めばダンジョン産のマジックウェポンがメインだし……って」

上機嫌で滑らかに回っていた口が止まる。

またやっちゃった、みたいな感じで膝を抱えて丸くなる蜜柑先輩ヘタレ可愛い。

パンツ丸見えで、イジメる？　みたいな上目遣いをなされる。

「……やっぱり怒ってる？」

「怒ってません」

どうやら今まで、ウゼェとか、話が長ェとかで、散々怒られたトラウマがある模様。

こちらとしては無料で鑑定してもらった形であり、有り難いばかりだ。

「これくらいなら別に、幾らでも見てあげるけど……。ホントに信用しちゃって良いの？」

首を傾げると、ますます丸くなった。

「格好いいこと言っちゃったけど、私たちってやっぱりダンジョンでのレベル上げとか苦手だし。レベルが低いままだから鑑定とかもあんまり信用されなくって」

「問題なく信じられます」

見栄を張ることなく、嘘を吐かずに話してくれたのは、十分信用に値する。

「うん。じゃあ駆け出しの『職人《クラフター》』で良いんなら、また見てあげるねっ」

早速、嘘を吐かれた。

というか、本人ニコニコで後ろめたい所とかまったくなさそうだし、『職人《クラフター》』系列のクラスという意味なのだろう。

『鍛冶士《ブラックスミス》』は『職人《クラフター》』の上位派生職のはずだ。

まあ、『匠工房《アデプトワーカーズ》』には蜜柑先輩が最初吹いたほどの知名度はなさそうだったが、生産系クラスの倶楽部に伝手があるのは損にならないだろう。

縁は繋いでおきたいところだ。

そのまま使用できそうな静香用の小鬼槍を確保し、残った大量の小鬼シリーズ武器はお近づきのしるしに進呈した。

「えっ、や、ちょっと待って。カースウェポンも呪詛を抜けばマジックウェポンになるし、結構な価値があるよ、これ。簡単に貰えないよっ」

結構ボロボロ落ちるし、誠一たちも既に拾おうとすらしない。

クリエイター視点から見れば、勿体ない素材ということか。

「今度、倶楽部に顔を出しますので、その時に俺たち用の武器を見繕ってもらえれば」

「……信じてくれるんだ。うん。分かった。じゃあ預かっておくね」

購買部で購入するよりグレードアップした武器がもらえそうだ。

蜜柑先輩が持っていた小っちゃなバッグに、ゴザの上の小鬼武器が入れられていく。

どう見ても突き抜けそうな槍とかも格納されていくのだが、もしかして見掛け以上に入る魔法のバッグだろうか。

「うん。スーパーレアなマジックアイテムなんだよ、これ。ダンジョンの宝箱から見つけたんだ〜」

なんとか全部入ったが、それほど膨らんでいるようには見えない。

重量も軽減されるらしく、これぞ魔法のアイテムという感じだ。

俺の空間収納《アイテムボックス》の方がいっぱい入るっぽいが、中が人外魔境と化しているので困ったものである。

「改めて、一年丙組の叶馬と申します」

「叶馬くん、だね。うん。改めまして、二年丙組『匠工房《アデプトワーカーズ》』部長の蜜柑です。よろしくねっ」

差し出された可愛らしいお手々を握ると、ニコッと微笑まれた。

笑顔が似合う先輩さんであった。

＊　＊　＊

「どっこいしょっと」

えっちらおっちらと肩に担いできたバッグを、妙に年寄り臭い掛け声でカウンターに下ろした。

古びた革製のボストンバッグにしか見えないが、内部の空間拡張という魔法要素が付与された一級品のマジックアイテムだ。

ダンジョンの宝箱やレイドクエストで獲得できるマジックバッグには、いろいろなタイプの類似品が存在していた。

重量軽減率や格納容量は様々であり、ＳＲ級ともなればオークションで数百万銭の値がつけられる。

「お帰りー。蜜柑ちゃん」

プレハブ部室棟にある『匠工房《アデプトワーカーズ》』の倶楽部室は、部員たちの手で魔改造されていた。

扉は壁ごと撤去され、店舗の如きカウンターと陳列棚が増設してある。

入口の上にはシャッターが設置されて戸締まりも万全だ。

立てられた幟旗には『武器のメンテナンス請負升』『武器作製ＯＫ材料持込み歓迎』『部員募集中』などの文字がプリントされていた。

カウンターに肘をついて、暇を持て余していた店番役の副部長が、くぁ…と欠伸をする。

「買い出しに行ったまま帰ってこないし。もーみんな工作室に行っちゃったかな」

「なにそれ酷い。私ブチョーなのにっ」

「蜜柑ちゃんのことだから、新入生の男子に絡んで拉致してるんじゃないかって、みんなが言ってたよ」

最後にさり気なく、自分の無関係を強調していた。

「わ、私が拉致されるんじゃなくて、私が拉致する方なの？」

「……大丈夫、蜜柑ちゃんは磨けば可愛いかな」

「今のままだと可愛くないって言ってるのと同じだよっ。もうね、最近、部長としての尊厳が危機だわ」

そんなのは最初から無い、と思いつつカウンターで猫のように伸びる副部長である。

店舗としては閑古鳥が鳴いている状態だった。

「うん？　随分といっぱい廃棄武具買えたんだね。ちょっと予算足りないかなって思ってたんだけど」

マジックバッグから取り出されていく武器を眺めていた副部長が首を傾げる。

廃棄武具とは、購買部で売り払われたダンジョン産アイテムの内、利用価値がないと判断されて文字通りに廃棄処理される物だ。

欠けて折れた武器や、精神感応鉱石の保有率が低いアイテムが該当する。

『匠工房《アデプトワーカーズ》』ではそれらのアイテムを買い取ってリサイクルを行っていた。

非戦闘系クラスのクラフター系でも、落ち零れではなく役に立つのだと証明する。

そのために蜜柑は、生産系オンリーの倶楽部を立ち上げたのだから。

結果的に部員が女子だけになったのは、生産系倶楽部などという怪しい蜜柑の誘いに頷いたのが女子だけだったこと、それでも頷くほどに非戦闘系クラスの女子の扱いが酷かったが故だ。

「蜜柑ちゃん、ちょっと待って。それ廃棄品じゃないよね？　どこから盗ってきたのかな？」

ずらりと並べられた小鬼シリーズの武器は、そのまま再利用可能なレベルの品質《クオリティ》だった。

一年生ならメインウェポンとして使用可能で、幾つか混じっている魔法武器《マジックウェポン》は上級生が腰に提げていてもおかしくない。

「盗んで来たわけじゃないもんね。これは『匠工房《アデプトワーカーズ》』への投資、かな？」

「……蜜柑ちゃん、もしかして身体でパトロン見つけてきたとかじゃないよね」

「あはは。私で釣れるパトロンなんて居るわけないよ～」

はぁ、と副部長は溜息を吐いた。

磨けば可愛いという言葉は、メイクや着飾るという意味ではなく、ただ普通に身嗜みを整えれば可愛い、という話だ。

自分を含めた部員は、みんな蜜柑が大好きだった。

諦めていた自分たちに、希望と笑顔を与えてくれたのが蜜柑なのだから。

「あ、でも最初はレイプされるんじゃないかって思ったけど、お話ししたら良い子だったなー」

「蜜柑ちゃん詳しく」

だから、この可愛くて大切な部長を傷つける相手を、自分たちは絶対に許さない。

＊　＊　＊

いろいろと誤解されているようだが、俺に多数の女性と同時にお付き合いする甲斐性はない。

イスラーム文化的な後宮世界は物語だからこそ映えるのであって、リアルでやろうとすればトラブルが満載だ。

ハーレムに憧れるような奴は、一種のコレクター気質なんだと思われる。

男女交際とは、誠実に一人一人と向き合って愛を育んで行くべき。

「そのように愚考する次第です」

「えっと……」

麻鷺荘の沙姫部屋は、ルームメイトの夏海のお部屋でもある。

ベッドに挟まれた床に正座し、正面に並んで座らせた双子シスターズとお話し合いをしていた。

約束の時間に出向いてきた俺を待っていたのは、ランジェリー姿で待ち受けていた双子姉妹だった。

着替えのタイミングで扉を開けてしまった、というラッキースケベ的なアクシデントではなく、全力でビーンボールを投げ込まれるようなストレートスケベ展開である。

準備された上げ膳据え膳に、ストップを申し出た俺の心情は宣べた通り。

誠一の思惑がどうであれ、静香たちに不義理を働くつもりはない。

肝心の本人からは、いまいち信用がない気がする。

「でも、静香さんから」

「ちゃんと奉仕するように、と」

「やはりか」

静香さんはどれだけ俺が性欲の化け物に見えているのか。

恐らくだが、静香石リンクで逐一俺のパッションを察知してしまえる静香なので、本当にささいな刹那的衝動も判断材料にしているのだろう。

ちょっと可愛い子や胸の大きい子に視線が向くことはあっても、それがイコールセックスしたい性奴隷にしてやりたい、ではないのだ。

「話は終わりだ」

取りあえず、風邪を引かれても困るので服を着て頂きたい。

可愛らしい子に扇情的な格好をされていると、鋼の如き平常心を持つ俺とはいえ、やんちゃな坊主が鋼の如きエクステンションになります。

海春と夏海は顔を見合わせて何やら頷き合っていた。

青臭い青年の主張に過ぎないが、理解して頂ければありがたい。

据え膳と河豚汁を食わぬは男の内ではない、という故事もあれど、浅慮すぎると常々思っていた。

脳内議会では二：八くらいで意見が分かれている。

食ってから考えろ派と、ジェントルマンで行こう派で、無駄に議論も白熱しているようだ。

ちなみに武装決起した旧議員たちは治安部隊の手を逃れてゲリラと化している。

奴らも中々必死だ。

「……何のつもりだ」

少し脳内議会に意識を向けていたら、ふわりと温かい感触を胸と背中に感じて引き戻された。

正面に海春、背中から夏海が抱き付いていた。

緊張しているのか、少し汗ばんだ身体が火照っている。

静香ほどではなくても、ペッタンな沙姫とは違う、ふんわり柔らかな胸の膨らみがダブルアタックしていた。

こちらも正直我慢している部分があるので、身体に余計な力が入ってしまう。

これがどうにも厄介なのだ。

レベルアップで急速に身体補正能力が上昇した副作用というべきか、日常生活でも余計な力が入りすぎてしまう。

コップを割ってしまったり、未開封のスチール缶を握り潰してしまったり。

本能に身を任せるセックスの時には、特に注意が必要だった。

静香も沙姫も、同じようにレベルアップで耐久力も増幅されていたが、万が一という恐れはあった。

背後からオッパイを押しつけてくる夏海が上着を脱がせ、おデコを胸板にくっつけた海春がシャツのボタンを外していく。

正座したまま身体を硬直させた俺を、二人は手際よく半裸に剥いてしまった。

ランジェリー姿の海春と夏海は、改めて裸になった俺を前後からサンドイッチしてぴったり肌を重ねてくる。

昂奮のボルテージが上がってしまったので、下手に振り解くとレベルの低い彼女たちを傷つけてしまう気がした。

静香とも沙姫とも違う、二人の女の子の匂いにクラクラする。

「気が済んだら離れろ」

下手に触ったらテンションが天元突破し、ベッドダイブしてエクストリームバトルへと移行してしまいそうだ。

無理に身体を差し出さずとも、パーティの仲間として二人を受け入れる用意がある。

頬っぺたに涙を零しているような娘を、貪り抱くような趣味はないのだ。

はっとした海春は自分の頬に指で触れてから、おデコを擦りつけるように首を振って強くしがみついてくる。

おんぶする格好で抱き付いている夏海が意を決したように、するりと手を差し伸ばしてズボンのベルトを外してしまう。

少し待って頂きたい。

最終防衛ラインに対する威力偵察は会戦の狼煙だ。

ゲリラ議員がバリケードを突破しようと、突貫態勢でスタンバイしていた。


「…んっ…んっ」

不慣れな仕草で勃起したペニスを咥えた海春は、叶馬の足の間に跪いていた。

フェラチオの経験はあっても、無理矢理に咥えさせられていただけだ。

それでも、精一杯の性知識を使い、初めて自分から奉仕を捧げた。

海春が押し、夏海が引っ張って尻餅をついた叶馬は、目を閉じ、唇を噛んで身を委ねていた。

傷つけたくない、というシンプルな思いは、二人にとって泣きたくなるほどに尊く感じられた。

背中を支えるように抱き付いている夏海も、自分から肌を密着させている。

姉妹以外では恐ろしく、おぞましく、気が狂ってしまいそうになる行為。

接触精神感応《サイコメトリー》、分類するなら感覚外知覚《ESP》の一種。

幸い二人の異能力は、それほど強い物ではなかった。

少なくとも、精神崩壊をせずに自我を確立できた程度には。

それはお互いのバックアップともいえる、自分の分身が側に居た恩恵も大きい。

お互いに相互補完し、依存し合っている二人は、名前という識別以外は同一存在として認識していた。

二人の感覚外知覚《ESP》は、生まれつきの恩恵《ギフト》だった。

彼女たちのような能力を受け継いだ者を、日本では古くから『いたこ』や『のろ』などと呼んでいる。

現世ならぬ常世の幽幻を知覚する、シャーマニズムの一種といえた。

「…んっ！」

先端のぷっくりと膨らんだ部分を咥え、舌先で舐め上げた瞬間に股間が痺れた。

叶馬が感じた快感のフィードバックだ。

接触が深いほど、敏感な部分であるほど、はっきりと伝達されてくる。

心を開いた相手であれば、なおさらだ。

叶馬のペニスを咥えている海春は、チロチロと舐めながら悶えていた。

舌という繊細な感覚器官による粘膜接触により、まるで自分の性器を舐められたようにダイレクトな快感が返ってくる。

二人の感覚外知覚《ESP》は半ば開きっぱなしのチャネリングであったが、拒絶した状態とは比べ物にならないシンクロ感があった。

そして、海春の感覚はそのまま、夏海にも伝わっている。

「…はぁ…はぁ」

叶馬の背中に抱き付いてるだけの夏海は、ショーツをぐっしょりと濡らしながら悶えている。

肌の接触が深い分、海春よりも叶馬が感じている快感をダイレクトに受け取っていた。

女性には存在していない、未知の器官《ペニス》へ与えられる感覚は、未知の快感だった。

静香のように深層で溶け合った精神での結合ではなく、もっと表層的でずっと生々しい感覚の共有。

受動的なチャネリングしか持たない二人にとっては、叶馬から侵食されているようなものだ。

大胆に舌を絡みつかせる海春のフェラチオは、自分を慰める自慰行為にもなっている。

叶馬のボルテージが射精への閾値に達すると、堪えきれなくなった海春がショーツを脱ぎ捨てて胸に飛び込んでいった。

トロトロにほぐれて開いた肉弁に『挿入して射精したい』という、男性的な性衝動に支配されていた。

自分を犯したいという叶馬の欲望と、挿れて欲しいという自分の欲望が重複し、我慢するなどできるはずがなかった。

「待っ、た」

「いっ…イヤぁ、い、挿れて、下さい」

男性と女性の性衝動はベクトルが異なる。

男性は瞬間的に強烈で、刹那的な排泄衝動に似ている。

もはや自分のペニスと認識している海春と夏海は、自分を犯したいという倒錯的感覚に思考を灼かれていた。

海春の尻を押さえた叶馬は、小柄な身体を抱え直してしっかりと抱き寄せる。

寸前にまで昂ぶっているペニスの先端が、茹だるように蕩けていた海春の女性器に填め込まれた。

奥まで一気に滑り込んだペニスから、盛大に精液が放出される。

「あっ、ひいっ……」

「あっ、ひいっ……」

前と後ろから、サラウンドでオルガズムに達した声が木霊した。


言い訳をするつもりはないが、思い切り流されてしまった。

いや、進行形で流されている最中だ。

「……くぅん。……あっ……あぅ」

ベッドに上半身をうつ伏せた夏海は、可愛らしい声で子犬のように鳴いている。

カーペットに両膝をつかせ、突き出させたお尻を貫いていた。

ペニスが出入りしている夏海の膣は、ねっとりと潤み、蕩けきっている。

スタイルの良い双子姉妹とはいえ、小柄な身体はパーツ自体が小振りだった。

最初に連続で逆レイプされた時など、少し苦しそうに受け入れていた。

まあ、すぐに馴染んで今はパンパンと尻を鳴らしていますが。

やはり受け身ではなく、攻めたいお年頃なのです。

段々とずり上がっていく夏海を、グイッと引き寄せてペニスを填め直す。

「はあぅ……やぁ」

ベッドの上には、くったりと脱力して丸くなっていた海春が寝ている。

手を伸ばして触れたがる夏海たちは、磁石のように引きつけ合う性質があるらしい。

くっつけると少し問題があるので、かわいそうだが離した状態でフィニッシュへと突入する。

抱え込んだ夏海の尻をパンパンと突きまくり、伸ばされた手を押さえ込んで射精した。

舌を出してヒクヒク震える夏海を抱きかかえ、射精が治まるまで海春から切り離した。

腕の中で余韻に浸っている夏海と口づけを交わした。

先に果てた海春と同じく、オルガズム後の脱力から回復していない。

オッパイを揉みながらキスに浸っていると、そーっと伸ばされた海春の手が夏海に触れていた。

途端、夏海がビクッと腰を震わせ、締めつけながら喘ぎ声を漏らし始める。

ベッドで丸くなっていた海春も同様だ。

ダメージ分散というか、体力共有というか、とにかく隔離作戦は失敗した模様。

これも二人の特殊能力らしい。

片方を撫でた感触が伝わる、というシンクロレベルではなく、感覚なども全て共有しているようだ。

RAID1で組んだパソコンのミラーリングシステムっぽい。

夏海の中に挿りっぱなしのペニスは、押しつけるようなお尻の動きに硬度を回復させている。

静香から毎晩強引に勃起させられてきた男性器は、その状態に順応してしまったらしい。

「はぁ、はぁ……はぁう」

腰を一振りすると、ベッドの上にいる海春が空腰を振った。

俺とキスし続けている夏海は、手を伸ばして海春と手を握り合っている。

もう分離させるのは無理だと思う。

「あ……」

夏海のお尻に填めたまま抱き上げ、ベッドの上に昇る。

このまま最後まで、二人に責任を取ってもらうことにした。

うつ伏せにした夏海に種付けしてから、仰向けになっている海春の上に移った。

手を繋ぎ合っている夏海の身体も、再挿入されたようにビクッと痙攣している。

良く見ると、何も挿っていない夏海のソコが、ヒクヒクと口を開いていた。

「ぁ、あぁ……見ちゃ、ダメ、です……」

穴の奥から俺が放った精液が、トロッと溢れ出ている。

片手で顔を隠しているのは、夏海も海春も一緒だった。

だが、俺の知的好奇心は、二人の願いを無視してしまった。

正常位で海春にのし掛かったまま、夏海の下半身を抱え寄せる。

ギシギシというベッドの軋みに合わせて、夏海の秘部がくぱくぱと開いたり閉じたりしていた。

多分、俺が挿入している海春の膣も、こうなっているのだろう。

刺激的というか、かなり昂奮しました。

湧き上がった学術的好奇心により、フィニッシュしてから夏海に挿れ直して確認し、再確認のために海春へ挿れ直してを繰り返してしまった。

二人も、こうなるとは知らなかったのか、蕩けるように喘ぎながらお互いの秘部を観察していました。

結局、夜が更けるまでイチャイチャとサンピーを続けてしまった。

後悔はしていないし、腹は括っている。

「今更だが」

右腕に海春を、左腕に夏海を抱えてベッドに寝そべる。

左右で向き合うように身を寄せている二人が、同時に顔を上げる。

「その、どうして俺を選んだ？」

終わった後で確認するのは卑怯だと思うが、二人が俺を選んだ理由が分からない。

パーティを組むだけならば、わざわざ肉体関係を結ぶ必要はない。

親しく話した訳でもなく、殊更アプローチもしていない。

相手が誰でも良いというタイプではないのは、何となく理解している。

雪ちゃんからのお奨め、沙姫のルームメイト、それだけの縁だ。

庇護が欲しいにしても、保護者として俺を選んだ理由が知りたい。

自分で言うのも何だが、俺は付き合いやすいようなタイプでは無いだろう。

「それは」

「内緒」

「です」

交互に言葉が繋がれる。

「お世話になります」

「吾主様《わぬし》」

ああ、余り沙姫に影響されて変な呼び方をしないで欲しい。

周りの視線が気になるお年頃なのだ。

第22章　レアクラス

——穿界迷宮『YGGDRASILL』、接続枝界『黄泉比良坂』——

——第『参』階層、『既知外』領域——


ダンジョンの攻略において、学園が提示するパーティ部隊の適正人数は四〜五名と言われている。

これは羅城門の同時転移最大数が六名までという制限にも関係している。

だが高難易度のクエストや、発生したインスタンスダンジョンへの挑戦時には、適正値を超えた大人数パーティが結成された。

この場合は複数パーティの共闘、若しくは合流前提の大人数部隊運用、どちらも『軍戦《レイド》』と称されている。

パーティ人数が多いほど戦闘は楽になるが、経験値を稼ぐという意味では効率的ではない。

大人数がダンジョンの同一座標に固まっていれば、『天敵者《アグレッサー》』の出現確率が高まるという考察も為されていた。

とはいえ、大規模な『軍戦《レイド》』ではなくてもパーティ同士の共闘は珍しくはない。

中層や深層に至れば、複数パーティで共闘するのが普通になる。

一年生の場合は、効率よりも安定したレベリングを目的にしてレイドが組まれていた。

「おっ、来たな」

念のため壁際に寄っていた誠一が、回廊中央に発生した空間の歪みに気づいた。

空中の一点に発生した空間接合の黒点が、音もなく瞬時に膨張する。

漢字や梵字、アルファベットや象形文字のようなパターンが、幾重にも取り巻いてほどけた。

「おー、ダンジョンにダイブする時って、こういう風に出てくるんだ」

自分では見ることができない、客観視点からのダンジョンダイブに麻衣が感心したような声を出していた。

外の空気とダンジョンの冷気が混じり合い、霧のような白い煙が床に流れる。

「合流成功ですね」

腰に提げた刀に手を乗せていた沙姫が、ホッとしたように呟く。

安全確保《クリアリング》のために、誠一、麻衣、沙姫の戦闘クラス三名が、先陣パーティを組んでいた。

第二陣のパーティは、叶馬、静香、海春、夏海の四名だ。

同じ場所でログアウトしたパーティメンバーをリーダーに設定すれば、パーティを分割しても同じ座標地点へとログインすることができる。

ゲートウェイと呼ばれる転移出現地点に物体があった場合、弾き飛ばされるので注意が必要だった。

「問題はなさそうだな」

「おう。ま、双子ちゃん以外は、だけどな」

案の定、階層の瘴気に当てられた二人が、真っ青になって抱き合い震えていた。

「夏海ちゃん、海春ちゃんっ」

既に順応しているが、同じ恐れに身体がすくんだ沙姫が二人を抱きかかえる。

考えた行動ではない、だがストレートに気づかう思いは双子に伝わっていた。

「んじゃ、ま。さくさくっとレベリングいってみっか」

「少し、お待ち下さい」

壁から身体を起こした誠一を静香が止める。

お団子になった叶馬たちを見守る静香に麻衣が並ぶ。

「静香は良いの？」

「……私はまだ、あの子たちを思い遣れませんから」

「あ～、静香的にやっぱり受け入れられない？」

麻衣からすれば、ぽっと出の双子姉妹より静香の比重が高い。

トラブルの元になるなら、追い出してしまうことにも異論はなかった。

パーティの戦力追加も、倶楽部の結成も急ぐ必要はないのだから。

「そうではないのですが、これは心の問題なので」

姉妹の異能力、それを沙姫と一緒に本人たちから聞かされた静香は二人を叱った。

拒絶したのではない。

人から忌避されうる秘密を、不用意に暴露する愚かさを叱ったのだ。

隠し事を全て話すことが誠実さだと、静香は考えていない。

例えそれが心を捧げた人であれ、無二の親友と呼べる相手であれ、秘密の共有が相手の重荷にしかならないのであれば、一生抱えて墓場まで持って行くべきであると。

だが、重荷を抱える辛さ、理解して貰えない寂しさも分からなくはない。

同情しているし、二人の存在を許容はできる。

だが、まだ友達にはなれていない、故に触ることはできない。


「コレ、パーティで経験値共有だと便利なんだけどね〜」

赤いボールを指先に浮かべた麻衣が、二つ、三つとお手玉のように舞わせる。

イメージ操作に熟練し、『炎』のような熱や揺らぎから昇華させた純エネルギーだった。

本来、火・水・風・土が司る、活動・流動・揮発・固定の操作に長けているのは、『術士《マギ》』系上位派生クラスの『精霊使い《シャーマン》』であり、麻衣のクラス『魔術士《ウィザード》』の得意分野ではなかった。

「ゲームとかにある、パーティメンバーで公平分配されるタイプか」

魔力操作に特化している『術士《マギ》』系クラスは、身体強化の分野は一般人とさほど変わらない。

フットワークを利かせて前に出る誠一の動きは、麻衣にとって文字どおりの目にも止まらぬ速度だった。

忍者クラスの隠遁スキルと組み合わされれば、姿を見失っているゴブリンへの打撃は全てクリティカルヒットに等しい。

SPとは、肉体《マテリアル》を強化する星幽《アストラル》を意味する。

攻撃する時には武器に集約され、防御する時には身構えた場所への装甲になる。

SP値が大きい相手であろうと、不意を突かれればバリアを貫通する致命的一撃《クリティカルヒット》となった。

瘴気が受肉化したモンスターとはいえ、ベースは生命活動を行う肉体だ。

特に亜人タイプのモンスターであれば、肉体の構造は人に酷似している。

急所も、ほぼ同じだ。

「グゲェ……」

鳩尾を抉るように打ち貫かれ、肺腑の空気を吐き出したゴブリンが失神状態で這い蹲る。

「だが、ま。パワレベには都合がいいだろ？　つうか、こりゃマジでヤベエな。武器が保たねえわ」

トレンチナイフのナックルガードで殴っているのは、ブレード部分がへし折れているからだ。

「武器のランク上げねえと詰んじまう」

「前衛は大変だねぇ。ん〜、そういえばすんごい高いロッドとか売ってたけど、魔法使う時に違うのかなぁ」

ゴッ、ゴッ、と鈍い音が響いていた。

臼と杵で餅をついているような音だ。

「はぁ、はぁ……」

「ふぅ、ふぅ……」

最初の半泣き顔から、今は死んだ魚のような目をしている海春と夏海だった。

鉛のように重くなった腕で、初心者用メイスを振りかぶっては振り下ろしている。

うつ伏せで倒れたゴブリンの後頭部がゴッゴッと鳴る度に、生々しくビクンビクンと痙攣していた。

トドメを刺した対象が、一番多くＥＸＰを獲得する。

致命傷となるダメージが複数の対象から与えられていればＥＸＰも分配された。

「グルーヴィー。レッツネキスト」

消滅したゴブリンを踏みつけていた叶馬が、サムズアップして次のゴブリンを踏んだ。

もう嫌です、と泣き言を漏らしていた二人は既に麻痺し、黙々とゴブリンを殴り始めていた。

刺さりづらい得物より、確実に質量ダメージが通っている。

だが、中々に凄惨極まる絵面だった。

死骸が瘴気に還元するので、スプラッター度合いが薄いのが救いである。

「あっ、あっ、あの旦那様っ」

「沙姫？」

刀を握ってアワアワしていた沙姫だが、とうとう見かねて手を上げていた。

「きゅ、休憩、じゃなくて……ご、ご褒美が必要だと思います」

「しかし」

「叶馬さん、その、せめて抱っこしてあげた方が良いかと……」

いちにー、いちにー、と腕を振り上げるマシーンと化した双子に、流石の静香も視線を逸らしている。

ゴブリンが還元した後も、床をカンカン叩いているのは頂けない。

「いい感じで倫理観が破棄されたと思われる」

「確信犯！」

「まー、通過儀礼ってやつだな。結局ソレができねえのがドロップアウト組な訳だしよ。無理矢理にでも一線越えさせちまうのはアリだろ」

叶馬がメイスを取り上げた後も、バンザイしている二人から顔を逸らした。

「んだが、今日のレベリングはここまでにしようぜ。ケアしてやれよ、マジで」

「……ああ。ふむ」

「おいおい。マジヤバイからな、ちゃんとしろよ？」

アフターケアが大切だ。

洗脳とは、そういうものである。

ダンジョンの冷気、『生物に限りなく酷似した何か』を殺した罪悪感。

向けられた殺意と、殺されていたかも知れない恐怖。

現代の日本人には、縁遠い感覚だろう。

そうした闘争本能を鎮めるには、温もりと生命を感じさせる行為が必要だ。

「あっ……」

「はぅ……」

ぴったりと向かい合って肌を重ねてる二人を、無理に剥がそうとは思わなかった。

二人まとめて、上乗せするように抱き締める。

横向きで抱き合っている姉妹の、海春の後ろに回り込んだ。

お尻を撫でさすり、尻タブの片方を捲り上げる。

二人が同時に震え、視線が合った夏海が潤んだ瞳で頷く。

突き立つ剛直を海春の尻に押し当てる。

夏海の首元に顔を埋める海春の表情は見えなかったが、顔を反らした夏海が甘い吐息を押し出していた。

先端をねっとりとした肉穴に咥え込ませたまま、海春の尻を揉みながら馴染ませていく。

小振りで引き締まった触感は、先に挿れほぐした夏海の尻と瓜二つであった。

中の締まり具合も肉感も似ている。

今は二人纏めて面倒を見ると引き受けているが、どちらかが別の彼氏と付き合い始めたりしたら凄い嫉妬心を抱きそう。

凄まじい寝取られ感が味わえると思う。

どちらにも不満を感じさせないよう、ちゃんと同じように愛してあげるべき。

いや、二人は保護を求めて俺を頼っているのだから、変な独占欲は禁物か。

夏海の頭を撫でていた俺の右腕は、二人の枕になっている。

ズンズンと尻を突き上げられながら、上気した頬をすり寄せて喘ぎ声を合唱している。

やはり、静香と沙姫が醸し出すような、レズっぽい性的感覚がない。

奇妙な感覚なのだが、二人を相手にサンピーしてるのではなく、鏡の前で一人の娘を抱いている感じなのだ。

どちらに挿れていても、二人とも同時に、同じように反応をする。

とはいえ、生で繋がり合っている方が感じ方も激しい。

腰を反らしている海春のお尻を抱き寄せた。

置いて行かれないようにぎゅうっとしてくる夏海には済まないが、先程と立場が逆になったとご容赦願いたい。

ひっ、ひっ、と可愛らしく嗚咽を漏らしている海春の、太腿を押さえてお尻を固定した。

びゅっと射精が注がれる度に、海春の腰がビクッと痙攣する。

しばらく続いた脈動に合せて、ビクッビクッと痙攣も続いた。

二人とセックスをしたのは二度目、というか初夜にたくさんしたので回数での勘定は駄目か。

まあ、二日目の夜なので、保護者として少しはリードしてあげられたかと思う。

静香さんから一通りのテクニックは仕込まれたので。

「リードっていうか……。絶対妊娠させてやるぜ、同時に孕め俺の子を！　って感じのレイプ？」

「惨すぎる」

隣のベッドから麻衣さんの突っ込みを頂戴した。

真っ裸でシーツにうつ伏せになっている麻衣は、ポテチをポリポリ齧りながら足をパタパタさせていた。

「ほーれ、お前らのご主人様のおチ○チンをさっさと覚えるんだ、一生これしか味わえないんだからなぁ、って絶対思ってるでしょ？」

麻衣の横でグースカ寝てる誠一よ、さっさと復活せよ。

暇を持て余している小悪魔をエクソシズムしてくれ。

というか、寝る前にスナック菓子とか食ってると太りそうである。

「麻衣は俺を誤解していると思われる」

「えー…っていうか、叶馬くんが自分のヤッちゃってるコトに無頓着すぎ。春ちゃんとか、完全にイッちゃってるし」

腕枕の上で仰け反って、夏海から首元にちゅっちゅされてる海春は舌を出して蕩けていた。

脚を絡ませるようにロックしてきているので、まだ大丈夫かなと思ったが、派手にアクメしていらっしゃる模様。

「そういうイッちゃった、じゃなくて。もう叶馬くんから離れられなくなっちゃったって……まあ、いっか」

レベルアップによる体力精力の補正上乗せ効果が、体感できる勢いで増幅されている。

回復能力とかも、ちょっと気持ち悪いくらいだ。

今日のダンジョンダイブで少し油断し、ゴブリンからプスっと腕を刺されたのだが、ジュウッ…っと蒸発するような音を立てて傷が塞がってしまった。

過保護な静香から傷跡が残らないように何度も『祈願』され、槍ゴブリンは怒り狂った沙姫からなます斬りにされていた。

消滅する前にあんなにバラバラに分断されたゴブリンは初めて見た。

沙姫は怒らせちゃ駄目だと思いました。

スキルが使えないので何とも言えないが、『雷神見習い』クラスについては肉弾戦能力に限っては前衛戦闘クラスに引けを取らないポテンシャルがあるらしい。

というか、特化してるんじゃなかろうか。

「……あ」

フィニッシュ後も奥を捏ね捏ねしていた海春から物を抜き取る。

ヒクヒクっと痙攣している海春の片足を固定したまま、うっすらと恥毛の生えた初々しい秘所を覗き込んだ。

猿のように勃起し続けている亀頭の鈴口から、ねっとりした糸が海春の穴と繋がっていた。

「…っ…っぁ…」

ぶり返しに可愛らしく悶える海春の膣口から、ちゅぷっと白いどろっとした塊が押し出されてくる。

やはり一緒に達しているらしい夏海の足の付け根も、内側がぬらっと濡れているのが見えた。

最初に夏海へ射精した精液も、オナ禁した後の夢精レベルで大量に出してしまったのだが、海春に出してしまった量も大差ない感じだ。

もしかして、傷が治るのと同じように、超回復で精液もリチャージされているんだろうか。

静香さんの『祈願』で、変な風に身体が調教されてしまった感じだ。

ご満足して頂けたのか、海春から磁力が抜けて俺の方に寄り掛かってくる。

入れ替わるように、というよりは泣き縋る勢いで夏海ちゃんが迫ってきた。

「い、いやぁ……わ、私も一緒に、同じに、一緒に」

同じように見えても、お姉ちゃんっ子気質の妹ちゃんである。

場所を入れ替わった海春と、サンドイッチするような格好で夏海を受け止める。

小柄だが女の子らしい発育した姉妹なので、正面から抱っこするといろいろと柔らかい感触がした。

仲間外れにはしないので泣かなくていい。

ちゃんと同じように面倒を見ると約束した。

海春もコクンと小さく頷き、一緒に前後から夏海を可愛がっていく。

「ちゃららららっちゃら～。叶馬くんの称号に『レズキラー』が追加されました」

「ん。くぁ……ソレな。あんま変な噂流行らせると、マジで新しい概念が追加されたりするらしいぞ」

「オハヨ。んっ」

「……ポテチ味がする」

＊　＊　＊

「はぁ……」

麻鷺荘の自室、自分のベッドに寝転がった沙姫が、枕を抱えて寝返りを打った。

人肌恋しい。

そんな思いをしている自分に戸惑い、少しだけ嬉しくなった。

他の誰かと一緒にいることを望む気持ち。

それは弱さではなく、欠けたものが満たされるような喜びだ。

甘くフワフワとした色恋とは違い、もっと生臭くて、呼吸が苦しくなる切実さがあった。

だから、怖い。

『今』を失ってしまうことが、とても怖かった。

「はぅー……」

連日になる独り寝に、自然と溜息が漏れていた。

叶馬と静香から少しずつセックスの気持ち良さを教えられ、トラウマも解消されつつある沙姫だ。

欲求不満には至っていないが、肌を重ね合わせる心地良さが恋しかった。

一緒に泊まりに来ている静香は、夏海のベッドを使っている。

潜り込もうかなと顔を上げ、机のダウンライトが淡く照らされているのに気づいた。

「……ねぇさま？」

上体を起こし、半分寝惚けたまま小首を傾げる。

枕を抱えた無防備な姿は、凜とした美少女とは違うあどけなさがあった。

「済みません。起こしてしまいましたか？」

「ふに」

机に向かってカリカリとペンを走らせていた静香が、寝惚け眼の沙姫に苦笑する。

姉と呼ばれている内に、いつの間にか妹のように思い始めている沙姫の枕元に腰掛けて、優しく頭を撫でた。

満足そうに目を細めた沙姫は、ぽてりとベッドに沈み込む。

「……ん、静ねーさま……。いっしょに」

「はい。一緒に寝ましょう。先に休んでいて下さいね」

「んぅ……」

すぅ、すぅと寝息を立て始めた沙姫を愛おしげに眺め、そっと撫でてから腰を上げる。

窓際に立ってカーテンを開け、周囲に人工の明かりがない分、プラネタリウムのように映える夜空を見上げた。

「ラフはともかく……ペン入れはコ○スタ、いえク○スタに乗り換えましょうか」

学園から支給されているノートパソコンでも充分なマシンパワーが期待できた。

「……叶馬さんは総攻め、誠一さんは俺様で受け、ですよね。ええ、絶対」

微かな腐臭は幸い、誰にも気づかれることはなかった。

少なくとも、今しばらくは。

＊＊＊

セックスで果てて寝落ちし、夜中に起きてセックスをして寝直す。

最近のパターンだが、寝不足の原因でもある。

海春と夏海の場合、どちらかと始めると、もう一人もオートで再起動して同時に、あうーとなります。

そして公平に扱わないと泣きそうになるので、二発がワンセット。

まあ、全然余裕なので、二発分にゃんにゃんしてから寝直しましたけど。

明け方近くに目が覚めた今は、もうワンセット突入するか迷っています。

求めたら間違いなく応えてくれる二人なので、俺が自制心を持たなきゃ駄目だ。

「この子たちは、レズビアンとは違うと思われる」

ベッドの上に胡座をかいた俺の後ろから、タオルケットで裸を包んだ双子が頷いている。

多分、性行為なんかせずに、抱き合ってまったりゴロゴロしているイメージが浮かぶ。

百合百合しい光景だとは思うが。

イメージ的には子兎っぽい。

ネザーランドドワーフの姉妹が、一緒に丸くなってる感じ。

「分かる分かる。モロ草食系って感じだもんな。放っておくと狼さんに食われちまいそう」

乙女らしからぬ格好の麻衣は、誠一の膝に頭を乗せてクースカ寝ていた。

枕になった誠一は、缶コーヒーを開けている。

「俺とも仲良くしてみるか？　それなりに守ってやるぜ」

キラッと歯を光らせる誠一に、随分と変なスキルを使えるのものだと感心する。

きっと眼鏡を光らせるスキルとかもあるに違いない。

ちなみに海春も夏海も、俺の背中に隠れて怯えているだけだ。

「振られたか。まあ、そんなもんだろうよ」

あっさり引いた誠一に、ほっとした様子の二人が寄り掛ってくる。

何か知らんが距離感が一気に近づいた模様。

「んじゃ、叶馬に判断任せるわ。面倒見るだけの価値、ありそうか？」

びくっと両側からバイブレーションする双子を、右と左の膝に乗せて抱え込んだ。

小柄ですっぽり填まる感じがイノベーション。

散々肌を重ねたせいか、とても抱き心地がよろしいです。

甘えるような頬ずりに、背筋がゾクゾクとした。

「……言っとくが、セフレとして面倒見んのは別だぞ。そっちは静香と相談しろ」

誠一にも俺が性獣に見えているようだが、いくら可愛いとはいえセックスフレンドとして扱う気はない。

だが、海春と夏海はそれでも良いと訴えるように、俺のアレを握ってシコシコダブルでギュッとなコラボレーション。

ちょっと真面目な話し合いなので中断を願います。

「海春も夏海も、レベル１０まで上がってる」

「そこまで話すか？」

問い詰めるような誠一に頷いて見せた。

今更、この子たちを排除する選択肢はない。

「二人に戦闘系クラスの選択はない。アーキタイプ系のクラスチェンジだと『文官《オフィサー》』がリストにある」

「……へえ、いいじゃん？　いろいろと、仲良くできそうだな」

誠一の二人に対する価値が決まり、ちょっと良くないことを考えていそうな顔になる。

秘密を知った上で使える奴なら、逃げられないようにエロ漬けに、とか思ってそう。

「んで、どっちが？」

「海春も夏海もパーフェクトに同じだ。レアクラスの選択肢も」

二人とも完全に後衛向けの素質だった。

そして、表示されたクラスの候補は、コピーしたように同じだった。

ちなみに、この子たちのステータスを見ているときに気づいたのだが、現状一番適してるっぽいクラス候補が太文字になってた。

逆に色の薄い候補は、適性も低いのだと思う。

このまま『聖堂《カテドラル》』のランダムクラスチェンジをするのなら、一番確率が高そうなのが『遊び人《ニート》』で、もしくは上位派生の『娼婦女性《ニンフ》』になってしまうと思う。

「同じだってんなら潰しも利くな。ま、ヤル気のある方が頑張ってくれんなら、片方が『遊び人《ニート》』だろうと俺たちのパーティで面倒を」

「レアクラスの候補は『祓魔士《エクソシスト》』、もう一つはスーパーレアクラスの『癒し手《ヒーラー》』だ」

どちらもかなり色が薄かったが、両方とも初めて見るクラスだ。

「ふにゃ……っ？」

誠一の膝枕から転がり落とされた麻衣が、猫のようにビクッとしていた。

「んもぉー、マジ幻滅なんですけど」

プリプリと麻衣が怒っておられる。

誠一から構ってもらえなくて、拗ねている飼い猫の如しだ。

「違いますー。そんなんじゃないですー」

「まあまあ、麻衣さん」

「落ち着きましょー」

微笑している静香と、少し困った感じで苦笑している沙姫のコンビが宥めに入った。

麻鷺荘から白鶴荘へ合流した二人に、追い駆けっこの意味は分かっていないだろうとは思う。

登校中の俺たちの周りを、クルクルと双子シスターズが逃げ回っている。

「頼む、俺の話を聞いてくれ！」

「いっ、嫌、です」

「吾主様、助けて」

誠一に粘着されている二人が逃げ込んできた。

今朝から押しの一手で迫られ、拒絶反応がマックス状態になっていた。

シリアスモード全開でマジ顔の誠一は、全力で空回りをしている。

普段、女の子を口説いているときはもっと飄々と、感心するほどに回る口が全力ストレートだ。

今の誠一は、本当の意味で害がない。

俺を盾に威嚇している二人を宥めて、話を聞いてくれるようにお願いする。

渋々という感じで、誠一の猛プッシュに向き合ってくれた。

「もぉーサイテー、超ダサい。チョー格好ワルイ！」

「……そうか？」

格好なんてお構いなしに、真剣だからストレートに、駆け引きを忘れるほど誠実に。

無様で必死な誠一は、そこそこ格好良いと思うが。

「まあ自分以外の女を、必死に口説かれていれば面白い筈もなし」

「ちがーう！」

ニャーニャーと吼え猛る麻衣を皆であやしながら学園への道を歩いていった。

第23章　部室

「探してた『文官《オフィサー》』と、チョーレアな『癒し手《ヒーラー》』が同時に見つかるとか、ちょっと出来すぎじゃない？」

バニラシェイクのストローを咥えた麻衣が、じゅーっと吸いながら頬を膨らませるという器用な真似をしていた。

これは雪ちゃん占いのおかげであろう。

おはぎとずんだ餅のパックを、お礼として空間収納《アイテムボックス》にお供えしてみた。

空になったパックがぺっぺっと即座に返却されたので、凄く気に入った模様。

和スイーツコーナーのカートに積まれていたパックを全部買い占め、お供えしたのでゆっくり味わって欲しい。

「夏ちゃんも春ちゃんも良い子なので、仲良くできると思いますよー」

両手で持ったどら焼きを頬張る沙姫が呑気さんだ。

何より本人が表裏のない良い子なので、嫉妬心やモヤッとした気持ちには縁遠そうだ。

ちなみに、沙姫と静香は和菓子派だ。

湯飲みを手に、ほわほわと和んでいる静香の前には、苺大福が積まれている。

デザートは別腹と聞くが、ランチを平らげた後に、あんこ系をモリモリ食べられるのは凄いと思う。

こういった甘味系は贅沢嗜好品扱いになっており、円換算するとえらく割高になっている。

「……大体、あの子たちって外でスキル使えないんでしょ？」

双子シスターズには聞こえない囁きで麻衣がぼやく。

そこら辺は誠一も分かっているのだろうが、最悪連れてくるなり何なり手はあるだろう。

肝心の誠一は、テーブルにクラス情報紙を並べて、二人を相手に猛烈講義中だった。

夏海と海春からヘルプを求める視線を向けられているので、ほどほどで止めさせよう。

二人からは既に、『文官《オフィサー》』と『癒し手《ヒーラー》』へのクラスチェンジに承諾を貰っている。

どっちがどっちについては未定だ。

最初はどっちでも良いですみたいな感じだったのだが、誠一の猛攻により『癒し手《ヒーラー》』が嫌がられそう。

誠一お手製のクラスチェンジ解説書《レジメ》は、分かりやすく纏められていた。

学園のテキストより分かりやすい。

第一段階クラス：アーキタイプ
『戦士《ファイター》』
『盗賊《シーフ》』
『術士《マギ》』
『職人《クラフター》』
『文官《オフィサー》』
『遊び人《ニート》』

これらがベーシックなクラスとなる。

通常はこの六クラスから、第二段階の派生クラスへアップグレードチェンジしていく。

誠一たちは第一段階クラスをスキップして第二段階クラスにチェンジしてしまったが、アーキタイプクラスのルートから外れていない。

誠一は、『盗賊《シーフ》』上位派生の『忍者《ニンジャ》』へ。

麻衣は、『術士《マギ》』上位派生の『魔術士《ウィザード》』へ。

静香は、『術士《マギ》』上位派生の『巫女《ミコ》』という感じだ。

ちなみに『巫女《ミコ》』は女性限定のクラスになっており、同じような男性限定には『陰陽師《オンミョウジ》』というレアクラスがあるそうだ。

基本六クラスに該当しないクラスが、稀少《レア》クラスと呼ばれている。

沙姫のクラス、『剣士《ブレイダー》』が一応レアクラスに該当している。

『剣士《ブレイダー》』は第一段階のクラスである。

『戦士《ファイター》』が武器を選ばないオールマイティな戦闘スタイルなのに比べ、『剣士《ブレイダー》』は剣を使った戦闘スタイルに特化している。

能力値補正はパワーが劣って、その分スピードに勝っていた。

『剣士《ブレイダー》』のスキル『斬撃《スラッシュ》』は、剣以外の武器では発動不可。

剣を使った戦闘スタイルでは、第二段階クラスに匹敵するらしい。

汎用性を代償にして、ピーキーに突出している感じだろう。

クラスチェンジの仕組みからいえば、『SR《スーパーレア》』な『癒し手《ヒーラー》』もアップグレードチェンジの流れは変わらない。

第一段階から第二段階というように、順を追って強化していく流れになる。

特殊なのはSSR《すごいスーパーレア》に分類されている罠クラスだ。

男子の『王系』や女子の『姫系』が該当し、最初から能力値補正も高く、スキルもルールブレイカーな品揃えになっている。だが、その代償に半端ないペナルティがあり、ぶちゃけ戦闘にも向いていない。

何よりレベルアップに膨大なEXPが必要で、実質的に再クラスチェンジも不可能になる、どん詰まりの罠ルートだった。

分類『GR』は——不明。

というか、『神殺し見習い《ジューダスサン》』や『雷神見習い《ライジングサン》』などはクラス辞典にも載っていなかった。

一応レベルは上がっていくので、さっさと再クラスチェンジしてアーキタイプルートに戻りたい。

「誠一、一度話は区切るべき」

「いや、だがな」

海春と夏海は萎んでしまったフワフワ焼きたてスフレチーズケーキを悲しそうに見ていた。

女子にとってお菓子の恨みは百年祟るというのに、ちと焦りすぎである。

クラスチェンジは明日のダンジョンダイブまでに決めてくれれば問題ない。

どちらの道を希望するにしろ、適性候補はすべて非戦闘クラスになる。

バトルスタイルや必要な装備は変わらないだろう。

上位へのクラスチェンジ講義をするより先に、二人を含めた武装のアップグレードが優先だ。

非戦闘クラスはなおのこと、直接ダメージを与えるスキルがないので武器が大切だ。

「……確かにそうだな。スマン、気が急いてた」

「まったくもー、二人とも引いてんじゃん。誠一マジ早漏！」

「人聞きが悪いことを、デカイ声で言うんじゃねえ」

ニャーニャーと猫パンチで構ってアピールしている麻衣に苦笑し、冷めたコーヒーを口にしていた。

「俺のナイフもぶっ壊れちまってんだよな。みんなで購買部でも冷やかしに行くか」

「それだが、購買で武器を買うより、良さそうな伝手ができた」

「……なにそれ、スゲエ嫌な予感がする」

なんと失礼な奴であろう。

と思っていたら、静香たちの視線も妙にウェット。

どうも仲間からの信用度が低下している気がしてならない。

ここは新加入メンバーに、ウィットに富んだナイスガイっぷりをアピールしてみるべき。

冷めてしまったスフレチーズケーキの皿を拝借し、さり気なく空間収納《アイテムボックス》に入れてから取り出した。

これぞ、雪ちゃん式冷温調整マジックだ。

温かくなれば風味も戻るだろうし、冷たくなったとしてもレアチーズケーキっぽくなるはず。

海春と夏海の前に皿を戻すと、スフレチーズケーキがおはぎとずんだ餅に入れ替わっていた。

錬金術過ぎる。


ダンジョンで入手したマジックアイテムの取り扱いについては、在学中に限って生徒個人の所有権が認められている。

ただし、学生通りを含めた学園敷地内からの持ち出しは、基本的に禁止されていた。

ほぼ世俗から隔離されている学園施設だったが、日常物資や人の出入りは行なわれている。

監視の目を盗み、超常のアイテムを外部へと持ち出す者もいた。

それらのマジックアイテムは確かに現世でも効果を発揮したが、常世の接続地点である学園敷地エリアの外では急速に機能が劣化していく。

瘴気《みあずま》の濃度が希薄な現世では、マジックアイテムの魔法回路《アストラルサーキット》から魔力が揮発してしまうのだ。

それ自体が瘴気を発生させるような高位マジックアイテムについては、学園側の監視下に置かれていた。

とはいえ、ダンジョンから産出されるマジックアイテムの数は膨大だ。

チェック機構があるとはいえ、全てを管理するのは難しかった。

そうした、いくつか存在するチェック機構には、学園で主催しているオークションも含まれている。

生徒が出品する高位マジックアイテムを効率よく精査できる場だ。

オークションに出品するまでもないプチレアなマジックアイテムについては、生徒同士のトレードが認められていた。

それが月に一度、定期開催されているフリーマーケットだ。

倶楽部単位で出店の申請が可能であり、使用料を支払ってグラウンドのスペースと屋台を借りることが可能だった。

一種の仮想通貨である『銭』のやり取りをするためには、屋台に設置されたプリペイドカードの書き換え装置《キャッシャー》が必要だ。

フリーマーケットで出品される品は、モンスターからドロップしたアイテムや、ネタ扱いのマジックアイテム多かった。

他にも『職人《クラフター》』系クラスがモンスターの素材を使って自作したアイテム、アメリカンドッグやタコ焼きの露店なども出され、縁日のような賑わいを見せる。

オークションやフリーマーケット以外になると、アイテムのやり取りは物々交換のトレードになる。

駆け出しの新入生にとって、人型モンスターであるコボルトやゴブリンシリーズのドロップアイテムは、そのまま流用できる装備だ。

購買部で販売している装備よりは性能が高く、自分のクラスに合った武器種類と交換するのが一般的だった。

知らずに魔法武器《マジックウエポン》や呪詛武器《カースウエポン》を交換し、後からトラブルになるのも珍しくない。

「おー、なんかお店っぽい」

魔改造されている『匠工房《アデプトワーカーズ》』の部室に麻衣が呆れる。

「コイツはまた……悪目立ちしてるっつうか。ハイセンス過ぎんだろ」

可愛らしいフォントでプリントされた幟旗が風に揺れている。

正面カウンターの上には生首と招き猫と福助の人形が置かれ、ネオン管らしき電光文字で『ADEPT☆WORKER'S』の看板が提げられていた。

「このような倶楽部もあるのですね」

「ちょっとワクワクしてきます！」

感心した様子の静香と、何故かテンションが上がっている沙姫が拳を握る。

海春と夏海は倶楽部棟でのトラウマから、手を握り合ってビクビクとしていた。

「！？　……ひゃあ」

カウンターに載っていた生首がゴロリと転がり、閉ざされていた目蓋が開いた。

変な悲鳴を上げた双子は、叶馬の背中に縋りついていた。

「んっ……もしかして、お客さんかな？　いらっしゃいませ～。アデプトワーカーズへようこそ」

くぁ、と欠伸をした生首、ならぬ副部長がカウンターで猫のように伸びる。

台の上に顎を乗せ、ぐったりと脱力した姿に勤労意欲は見えない。

「部室を露店に改造ね。良いのか、コレ」

「校則では特に禁止されてないかな。他にやってる人はいないけど」

ぐでっとした卵の黄身になった副部長が叶馬たちを見やる。

「君たち一年生でしょ？　入門用の装備も置いてるから見ていくといいよ～」

「そいつは助かるな。いろいろと」

「これって、ゴブリンが落とす武器だよね？」

カウンターは部室の中に食い込んでおり、入口から四畳ほどのスペースにはアイテムの陳列棚があった。

麻衣が手にしたのは、扱いやすそうなショートソードだった。

分類では『小鬼剣』と呼ばれる、ゴブリンからのドロップアイテムだ。

ただし、なまくらの刀身は鏡のように研ぎ直され、柄の部分も人間用に作り直されている。

グリップにはダンジョンモンスタードロップ品である革紐が用いられ、新しい鞘も作られていた。

購買部で販売されている大量生産品とは違う、装飾にも拘ったハンドメイド品だ。

「……リサイクルでこんな逸品になんのか。ドロップアイテム、つうか『職人《クラフター》』ってクラス舐めてたわ」

「うんむ、ダンジョンで拾ってきた武器は、使う前にちゃんと磨がなきゃ駄目よ？」

「あ、これ可愛い。キーフォルダー付いてる。欲しいかも」

「刀は無いんですね」

陳列棚を見回した沙姫がしょぼんとする。

展示されたアイテムの多くはゴブリン産の武器であり、刀に該当する剣はなかった。

「注文作製も受け付けてるかな。けど、工作室の使用料も加算されるし、わざわざゴブリンの武器を鋳潰して新造するのはお奨めしないけど」

「いやいや、購買で売ってるやつよか全然良いっしょ。値段も同じくらいだし」

「でも売れないんだよねー。何でかなぁ」

やる気のない黄身が、カウンターの上でぐてる。

ニーズがあってクオリティが高くても、セールスが悪ければ商売は成り立たない。

彼女たちのスタンスは、基本的に受け身商売だった。

「俺たちが買っていきますよ」

「毎度あり～。一年生なのに、もう銭を稼げてるんだね。えらいえらい」

「アザっす。一個上の先輩さんっすよね。ちょっと加工とかして欲しいんすけど、お願いして貰えますかね？」

「カスタマイズは別料金になるかな。でも久し振りのお客さんだしサービスしちゃおっかなー」

「マジっすか！　スッゲー嬉しいっすね」

利用価値があると判断した誠一は、爽やかな笑みを浮かべてフレンドリーモードになっていた。

ただし、溜息を吐いた麻衣の好感度は、順調に低下している。

「俺らも倶楽部を作る予定なんで、先輩の所とは仲良くしたいっすねえ。いやあ、叶馬が縁を結んだなんつうから、どんだけヤバイ相手かと思ったんすけど」

「……あー、君が叶馬くんかな。そっかー」

制服を掴んでくる双子を抱っこし、背中をポンポンしていた叶馬が目礼する。

「蜜柑先輩は居られますか？」

「うん。ちょうどみんな工作室から帰ってくる時間だから――逃げないでね？」


「あ、叶馬くんだ。やほー」

「お言葉に甘えて推参しました」

「あはは、叶馬くんは変に固いよね。もっとフランクでいいよっ」

エプロン姿の蜜柑先輩が、ニコニコと突っ込みを入れてくる。

人見知りな俺にもフレンドリーに接してくれる蜜柑先輩は人格者だと思われる。

「……ホントに友達？」

「……ブチョーご機嫌だし」

「……殲滅は無し？」

「……なんてレイプしそうな顔してるの」

「……もしかして部長に春が」

『匠工房《アデプトワーカーズ》』の部員の皆さんが、遠巻きにこちらを観察しておられる。

各々クラフター系に相応しい、ハンマーやパイプレンチやバールのような物などを握っていた。

何やらボソボソと内緒話しており、華やかだが姦しい感じ。

ほとんどは『職人《クラフター》』クラスだったが、何名かは上位派生クラスになっていた。

全員が『職人《クラフター》』系統、そして女子部員の純生産系倶楽部のようである。

「蜜柑ちゃん本当に大丈夫？　脅迫されたり、騙されたりしてない？」

「えっ、なんで？　ちゃんと私説明してたでしょ」

「叶馬、お前マジでレイプしてねえとか嘘だろ。脅迫か？　何をネタに脅してる？」

「一度、俺たちは腹を割って話し合う必要がある」

蜜柑先輩の爪の垢でも飲むがいい。

「取りあえず奥に上がってね。良さそうな得物は研ぎ直しておいたから」

「お邪魔します」

カウンターの端にある西部劇のようなウェスタンドアを潜り、部室の奥へとお邪魔した。

ロッカーや衝立で区切られた奥は、畳が敷かれてくつろぎ空間となっていた。

ちゃぶ台やら座布団やらポットにお菓子、内装もいろいろと女の子の部屋っぽく可愛らしい感じだ。

素晴らしい、理想の駄弁り空間である。

結構な人数で来てしまったので、邪魔にならないように奥まで詰めた。

ちょっと顔色が悪かった海春と夏海は、女の子らしいファンシーな空間に大分復活していた。

「じゃあ、好きなの選んでね。一応、みんな補正付きのマジックウェポンだよー」

ちゃぶ台を挟んで座った蜜柑先輩が、例のマジックバッグからピカピカの小鬼武器シリーズを出して並べていく。

お渡ししたのは『小鬼剣』『小鬼鉈』『小鬼棒』『小鬼槍』『小鬼斧』の五種類だったが、なんか名前から別物になっていた。

今は『ゴブリンダガー』『ゴブリンナイフ』『ゴブリンメイス』『ゴブリンスピア』『ゴブリンアクス』だ。

これ、誰が名付けしてるのだろう。

それぞれブレード部分はギラリと磨かれ、グリップ部分や装飾もスタイリッシュに仕上げられていた。

展示品にあまり興味がなさそうだった静香も、ほわ……みたいな感じで見入っている。

気持ちは分かる。

洗練された武器というのは、機能美的な美しさがあるものだ。

「グルーヴィー。素晴らしい仕上がりです。蜜柑先輩」

「やーはっはっは。私だけじゃなくて、みんなで一緒にカスタマイズしたんだよ～」

頭を押さえて照れる蜜柑先輩が可愛い。

衝立から顔だけをにゅにゅにゅにゅにゅっと出してさり気なく覗いている部員の方々も、中々の腕前をなさっておられるようだ。

どうでもいいのだが、重いだろうし、手にしている武器は置いた方が良いと思う。

「さっきのよりスゲエ。つかコレ、タダでくれるとか意味分かんねえ」

「元は君たちが寄越した武器かな、『武器庫』、見つけたんでしょ？　んで、それを餌に蜜柑ちゃんを釣ってレイプ」

「……それは誤解、らしいっすよ。いや、未遂というか……多分、先っちょくらい」

「やっぱり私刑かな……。後で部内裁判をし直さなきゃ」

店番をされていた副部長さんと誠一がイチャイチャしていた。

麻衣の機嫌が悪化しそうだが放置である。

蜜柑先輩から静香たちの武器を選んでもらった。

静香はそろそろ槍の扱いにも慣れてきたので『ゴブリンスピア』を、武器を扱い慣れていない海春と夏海は『ゴブリンメイス』を選んだ。

そして、麻衣を含めた女子メンバー全員に、サブウェポンとして『ゴブリンダガー』を一本ずつ頂戴する。

誠一は二本セットの『ゴブリンナイフ』を選び、トレンチナイフとしてのナックルガード加工をお願いしていた。

それくらいなら明日まで仕上げてくれるそうだ。

『職人《クラフター》』スキルの、『加工《プロセス》』というスキルを使うらしい。

職人クラスの基本スキルとのことだが、『鍛冶士《ブラックスミス》』の蜜柑先輩なら更に出来が良いのだろう。

というか、先輩方には▼にSP表示がない。

どうやってスキルを使っているのだろう。

「もしや、これからダンジョンダイブされるのですか？」

「ん？　ああ、違うよ。そういえば、一年生はまだ知らなくても当然だね。特別施設の中にはスキルが使える所があるんだよー」

学園には人工的に疑似ダンジョン空間を作り出している施設があるそうだ。

先輩たちが利用しているのは、主に『職人《クラフター》』クラスがアイテムを加工する『工作室《ファクトリー》』。

他にも、スキルを使用した戦闘訓練や、武闘会の会場となる『闘技場《コロッセウム》』などがあるらしい。

闘技場は体育館よりも大規模な地下施設とのことだ。

改めて変な学校だと思う。

蜜柑先輩のサービスで、『匠工房《アデプトワーカーズ》』お手製のタクティカルベルトも頂いた。

腰巻きのベルトに武器やアイテムを装着できるタイプで、先輩たちが実際に使って改良してきた逸品だった。

静香たちには普段からこのベルトとダガーを装備させておこう。

使う使わないは別にして、女の子相手だと舐めてかかるような輩への御守りになる。

「蜜柑先輩、ありがとうございます。とても助かります」

「いーよいーよ。可愛い後輩のためだもん。他の武具は譲って貰っちゃうしね」

「では、ダンジョンから回収した武器素材は匠工房《アデプトワーカーズ》に持ってくるようにしましょう。構わないだろうか？」

一応、誠一たちにも承認を求めた。

みんなが放置しているドロップアイテムだが、パーティの共有取得物でもある。

蜜柑先輩たちが欲しいのならば、譲っても良いのではないだろうか。

ボロボロと落ちる装備品とはいえ、重くてかさばる荷物になる。

蜜柑先輩が持っているようなマジックバックや、俺の空間収納《アイテムボックス》でもない限り、回収せずに放置されているドロップアイテムだ。

「カッチョイイ剣貰ったしね」

「叶馬さんが宜しければ」

「良いと思います。いずれ私の刀も……」

沙姫の打刀は、購買部産の数打ち品である。

蜜柑先輩に鍛造してもらったほうが、ずっと良い逸品になるだろう。

海春と夏海も控え目に頷いてくれた。

「……そんなに一杯、ドロップアイテムを取ってこれる自信があるとか、普通じゃないね？」

「らしいっすね。――先輩。本気で俺たちと仲良くしませんか？　ウィンウィンな関係ってやつでひとつ」

「ふぅん。訳あり、なのかな？」

蜜柑先輩は遠慮していたが、回収するくらい大した手間ではない。

「うぅ……、うん。それは助かる、かも。じゃ、じゃあね、叶馬くんたちが使う装備のメンテナンスは私たちがしてあげる！」

「助かります」

斬るタイプの武器はメンテナンスが面倒臭いのだ。

小まめに研ぎ直さないと、切れ味が落ちる。

ダンジョン内では購買で売っているスティックタイプのシャープナーを使っているのだが、欠けたり凹んだりはどうしようもない。

誠一もウィンウィンなバイブとか卑猥なセクハラ発言をしているが異論はなさそうだ。

「じゃ、叶馬くんも好きなの選んで。表に置いてあるのでもいいよー」

「俺はダンジョンで拾った鉄棒があるので」

重くて固くて頑丈なだけの棒でも、すっかり手に馴染んでしまった。

蜜柑先輩が準備してくれた武器に不満はないが、どれも少しばかり軽すぎた。

沙姫のような技も、誠一のような速さもない俺には、名前だけは仰々しいこの無骨な鉄棒がマッチしている。

「なら早速メンテナンスしてあげるよ。そっちの彼のナックルガードと一緒に、明日の放課後まで仕上げておくね」

「では、多少重いですが」

「わっ、コレどこにしまってたの？　やっぱり叶馬くんも収納系マジックアイテム持ち……」

まあ、身長を超える長さの六尺《180センチ》棒なので誤魔化しようがない。

偽るのは心苦しいが、マジック巾着でも持っていることにした方が無難か。

と思っていたら、蜜柑先輩はポーズボタンを押したみたいに固まっている。

「……『餓鬼王棍棒《オーバーグリードギア》』、銘器《ネームド》どころか固有武装《オリジンギア》かな」

ずっと眠そうな顔をしていた副部長さんが、ジト目で俺を睨んでくる。

クラスが『鑑定士《オーセンティケーター》』になっているので、もしかしたらアイテム情報とか読めるのかも知れない。

ただ、ネームドとかオリジンギアとやらには心当たりがない。

俺の情報閲覧《インターフェース》より詳細な情報が見えるのだろうか。

「うん。私もちょっと君たちに興味が出てきた、かも？」

第２４章　準備完了

——穿界迷宮『ＹＧＧＤＲＡＳＩＬＬ』、接続枝界『黄泉比良坂』——

——第『参』階層、『既知外』領域——

蜜柑先輩が部長を務める『匠工房《アデプトワーカーズ》』と、俺たちのパーティが提携する話にまとまった。

提携というか、実質パトロン的な感じだろうか。

ありがたいことだ。

俺たちが倶楽部を立ち上げたら、正式に同盟《アライアンス》を申請する。

同盟《アライアンス》とやらが良く分からないが、いざとなったら手続きは誠一が一晩でやってくれるだろう。

「デザインも可愛いのばっかりだったし、防具も作って欲しいなー」

「センス良いですよねー」

張り切ってゴブリンを虐殺した麻衣と沙姫が、クリスタルとドロップアイテムを回収していく。

今まで全スルーしていたのに、蒐集欲が芽生えた模様。

だが、蜜柑先輩たちのセンスが良いのは認めよう。

ビジュアルのお洒落さと、ツールとしての機能性が両立している。

ムーンライト仮面ヘッドの誠一も、おニューのゴブリントレンチナイフを手に、シュッシュとシャドーをしている。

めっちゃ気に入ったらしい。

俺が使っている六尺棒は、残念ながらそのまま返却されてしまった。

固有武装《オリジンギア》をカスタマイズするにはレベルが足りないそうである。

あうぅ、みたいな感じで申し訳なさそうな蜜柑先輩は可愛らしかった。

固有武装《オリジンギア》については、所謂ボスドロップのレアアイテムらしい。

ダンジョン産のマジックアイテムにもランクがあり、『無銘《ノーネーム》』〈『銘器《ネームド》』〉『固有武装《オリジンギア》』という希少度となる。

ただし、レアなアイテムが必ずしも強力とは限らない。

稀少《レア》なだけで、役に立たないアイテムも多いそうだ。

小鬼シリーズの武器だと、ゴブリンからドロップした武器の幾つかは『無銘《ノーネーム》』のマジックアイテムだった。

これは普通のアイテムに魔力が宿ったやつで、性能は良いのだが特殊な能力はない。

これが『銘器《ネームド》』になると特殊能力が付与される。

ブラッドシェッド＋ゴブリンソード、という感じ。

刈り集めた小鬼シリーズ武器の中に一本だけ混じっていたので、結構なレア度だと思われる。

誠一が手にしているトレンチナイフに加工されたソレは、『流血《ブラッドシェッド》』の名前が示す通り、斬られた傷が塞がらないというちょっと危険な能力があった。

再生能力のあるモンスター相手に効果的らしいが、ゴブリン相手では余り意味がない。

良い匂いがするだけの『香り《フローラル》』や、効果音や残像が出る『演出《エフェクト》』、ブルブルと震えるだけの『振動《バイブレーション》』など色んな銘器《ネームド》があるようだ。

ちなみに、『演出《エフェクト》』がついたマジックアイテムは、地味に人気があるとのこと。

対して、『固有武装《オリジンギア》』というのは、類似品がないオンリーワンのマジックアイテムになる。

さぞかし強力な武器なのかと思ったが、性能的にはピンキリなのだという。

入手元はボスモンスターからのレアドロップになり、ボスモンスターに関係した『固有武装《オリジンギア》』が出る。

副部長さんから鑑定して貰ったのだが、やはりレベルが足りないそうで詳細性能は不明だった。

購買部の鑑定窓口なら分かるかもしれないとのことだが、お勧めはされなかった。

『固有武装《オリジンギア》』は学園に登録する必要があり、最悪没収されてしまうそうだ。

取りあえず、呪いはついていないそうなので、このまま使おうと思っている。

ただ、思い返してもボスらしきモンスターを倒した覚えがない。

『天敵者《アグレッサー》』は確かに物ごっついスーパーアイテムをドロップしたが、ボスとはちょっと違うと思う。

「はぁ……」

「あぅ……」

抱っこしていた海春と夏海が、同時に吐息を漏らしてぎゅっと抱き返してくる。

基本二人ワンセットで、順番も一緒だ。

昨夜の内にクラスチェンジを済ませており、促成で育成中である。

レベルも1に戻っており、ガンガンと上昇中だ。

そして案の定、ガンガンに発情してしまった。

突貫レベリングの時にはゾンビみたいになってしまったが、すっかりダンジョンに適応している。

流石に最初は青姦ならぬ、ダンジョン姦でアワアワと戸惑ってはいた。

だが、スタイリッシュに合体している誠一と麻衣ペアや、しないなら私が、と割り込んできた静香とのエッチを見せつけられて、吹っ切れてしまった感じ。

プルプルと震えている海春のお尻から腰を引く。

と思ったら、お尻が追ってきた。

夏海も俺にしがみついたまま、プルプル痙攣を続けていた。

二人が落ち着くまで、あやすことにする。

背面立位で後ろからお邪魔しているので、中腰をキープしているのが少し辛い。

小柄な海春の、お尻の位置に合わせた空気椅子状態だ。

完全に抱き上げてしまうと、もう片方が床に崩れ落ちてしまって変な格好を晒してしまう。

オルガズムの強い刺激を共有すると、身体が同じ格好になってしまうらしい。

最初の頃は、誠一があぶれた方を回収して手込めにしようとしていたが、余りにもアレな状態だったので完全に諦めている。

実際のところ、静香石と静香のシンクロのように、物理的距離を離せばそこまで同調はしない。

わざわざ教えるつもりはないが。

海春と正面から抱き合ったまま、オルガズムを共有している夏海のお尻を撫でる。

戦闘ごとに二人ずつ鎮めるのはタイムロス過ぎるので、受け入れる役は交代していた。

夏海のショーツを引っ張って、お尻の谷間に食い込ませる。

夏海のお尻がビクッと痙攣し、落ち着いていた海春のお腹もギュッと締まった。

レベルアップとセックスを繰り返した双子は、もう完全に忘我のヘブン状態になっていた。

トロンと蕩けた顔のまま、ゴブリンを仲良く撲殺しており、ちょっとスパルタ過ぎたかなと思わないでもない。

また二人が妖しい感じでお尻をモジモジさせ始めたので、勃起したままのペニスを海春の中から抜く。

海春と夏海のレベリングが目的なので、今日の俺は二人を鎮める肉バイブ役だ。

あくまでケア目的のセックスですので、毎度射精までは致さないのです。

ちょっと不満そうな感じで見られても困ります。

そこの静香さん、ちょっと得意そうな顔で搾り方とか教授なさっているようですが、お止め下さいますよう。


海春と夏海のレベリングは順調に進んでいた。

頻繁にご休憩を挟んだ狩りは、作業に近い。

護衛役の誠一と麻衣は、持て余した時間を有効に活用していた。

「んっ……挿って、くるぅ」

股間に押し当てられた熱い異物が、ズルッと肉を掻き分けて胎内に侵入する。

自分の身体が分泌した汁と、誠一が出した汁に塗れた肉窟は、簡単に奥底にまで到達されていた。

すっかり誠一専用の穴と成り果てた性器は、あるべき物が正しく結合された多幸感に充たされている。

何度ヤラれても、どんな状態で受け挿れても気持ちが良かった。

ずぶずぶと内側を蹂躙され、先走りと共に漏れ出している精《アストラル》が麻衣を侵食していく。

生命を育む器官に子種を注ぎ込まれれば、多幸感がほとばしって一気にオルガズムへと達してしまう。

「ふ、ぁ～…ホント誠一も好きだよね」

「そりゃスケベが嫌いな野郎はいねえよ」

正面から腰を抱きかかえられた麻衣は、肩に手を掛けて首元に顔を乗せた。

レベルが上がり、ゴブリンから得られるEXP程度では体調が崩れることはない。

受け皿が拡張され、キャパシティが増加してる証拠でもあった。

肉体に宿っているのは心地良い虚脱感と、じんわりとした火照り。

「順調、だよね」

「まあな」

すとんと床に降りた麻衣は、ポーチから取り出したウェットティッシュで股間を拭う。

使い終わればその場に投棄だ。

捨てたゴミがどのようになるのか不明だが、同じ場所へログインログアウトしても投棄物は消えている。

身嗜みを整え、軽くデオドラントを使った。

ただし、下着に関しては最初からノーパンのままだ。

穿いたままの方が悦んでそうだからと、わざわざ替えのパンツまで持ち込む静香たちは感心するやら呆れるやらだ。

「何か気になるのか？」

声を抑えて、囁くように問い掛けてくる誠一に、少し嬉しくなっていた。

気に掛けてくれている、それは間違いない。

「ん～、なんて言うかさ。物事って、もっと上手く・い・か・な・い・モノでしょ」

「……あー」

「ちょっと順調過ぎて、そういうの素直に信じられないんだよね。あたしは」

思い当たる節がある誠一も、苦い笑みを浮かべていた。

どこから始まったのか、どこで外れたのか。

メンバーが必要になったと思えば、希望通りのメンバーが見つかり、あまつさえ極レアな素質者が付いてきた。

装備が必要になれば、学園への影響が薄そうな生産系倶楽部との繋がりができた。

いや、最初の切っ掛けは、失った自分を取り戻した、あの時からだろうか。

気づけば下っ端の間諜としての役目を放り出し、仲間と呼べる奴らと、ダンジョンの攻略に挑んでいる。

「……まあ、順調な時は転がるように進展する。そういうモンだろ」

ひとつひとつは偶然でも、積み重なれば必然に見える。

そんな、まるで物語の脚本があったとしても、中心に居るのは恐らく自分たちではない。

視線の先にいるのは、叶馬を挟んで背中に隠れた海春と夏海、正面には指を立ててお説教しているらしい静香と、困った笑みを浮かべた沙姫がいた。

願いは諦めなければ叶うと、真顔で口にできる頭のイカレた友だ。

だが、物語の主人公のようにお膳立てされたシナリオがなくても、力尽くで願いを叶えてしまいそうな奴だった。

運命の女神がそっぽを向いていようが頰笑んでいようが、あっさり押し倒してレイプしそうだ。

「うん。公開青姦レイプとかしそう。ちゃんと誠一が手綱を握らなきゃね」

「……無理じゃね？」

「他に誰か居る？」

居て欲しい、と切実に願う誠一だが、自分の役回りだと諦めてはいる。

本人は何故か四人を前にして、土下座を繰り出していた。

とても、綺麗な土下座である。

「やっぱ無理じゃね？」

「……うん。理解とかは無理だと思うから、フォローがんば」


衆人環視に見守られて土下座する屈辱感は、そのままマゾヒズムの快感に昇華してしまうことを知った。

ひとつ賢くなったが、知らなくても良かったかな、とも思う。

だが、知ってしまった以上は性癖として受け入れる、それもマインカンプだ。

冷たく固い床に膝を突く痛み、両手を突いて頭をジリジリと下げる葛藤、腹の底から迫り上がる熱い塊のような屈辱感。

誰も踏んでくれなかったのが物足りない、ような気がする。

いや、きっと気のせいだろう。

そうであって欲しい。

これまでにないレベルでジト目だった静香や、アワアワしていた沙姫には無理だろうが、海春と夏海がちょっと心配になるくらいに呼吸を乱れさせて上気していました。

やはり性癖とは見かけによらないものなのだ。

あっさり踏んでくれそうでもあり、力加減が分からないっぽいのが一層ブリリアント。

なんで土下座する羽目になったのかいまいち不明であるも、きっと静香たちにも男を平伏させたいという秘めた欲望が。

「違います」

「然様で」

静香さんはきっと踏まれたい方だろうから、俺がそっち側に傾倒してしまうのはイクナイのだろう。

屈辱や鬱憤が、心の一線を越えた瞬間、反転するあの昇天感。

以前は静香の望みに応えられなかったが、今なら踏んであげられそうな気がする。

いやいや、やっぱり良くないな。

なので、ビクッと一気にスイッチオンして潤んだ瞳を向けるのは無しにしましょう。

そんな俺たちを尻目に、両手で握った刀を八相に担いだ沙姫は、短距離走のクラウチングスタートのような前傾姿勢で突貫していった。

「ツチェア！」

掛け声とは、呼吸を吐く行為である。

息を吸うときに、身体に力を込めることはできない。

故に肉体のポテンシャルを最大に引き出す時は、呼吸を吐くか、呼吸を止める。

生物の構造的な仕組みなのだと思われる。

空気を切り裂くような電光石火の剣閃で、足を両断されたゴブリンが悲鳴を上げて転がっていく。

レベリングは海春と夏海、そしてクラスチェンジに届きそうな沙姫に稼いで貰うのが目的だ。

俺たちはサポート役に徹している。

なのだが、沙姫さんが無双すぎて、全部アイツだけでいいんじゃないかな状態だ。

もう、ゴブリンとは動く速度が倍以上違う。

『剣士』は『戦士』と比べて、パワーダウンのスピードアップな補正らしい。

全ての斬撃にスキルを乗せているっぽいので、攻撃力も充分だ。

玄室に詰まっているゴブリンが多いときは麻衣がボーンと吹っ飛ばすので、俺と誠一は慰安要員みたいな感じである。

海春と夏海も無力化されたゴブリンを相手に、二人一緒でゴツゴツとやり始めてたりする。

すっかり逞しくなってしまった。

・船坂叶馬（雷神見習い、レベル6）
・小野寺誠一（忍者、レベル11）
・芦屋静香（巫女、レベル12）
・薄野麻衣（魔術士、レベル13）
・南郷沙姫（剣士、レベル19）
・神塚海春（癒し手、レベル8）
・神塚夏海（文官、レベル8）

沙姫は今回で第二段階クラスチェンジに手が届くだろう。

海春と夏海も、いい感じで上がってきた。

今日はレベリングを優先として、スキルの使用訓練は後回しで良いだろう。

順調だ。

俺のレベルが上がらないことを除けば。

いや、レベリングが目的なので、俺のノーレベルアップはパーフェクトな仕事をしている証拠だ。

もはやGR系クラスは、SSR系クラス並みの罠クラスだと確信している。

誠一と麻衣はイチャイチャちゅっちゅしているので、俺がコツコツとドロップアイテムの回収をしていく。

ゴブリンの武器が消えずに残る割合は、大体二〇％くらいだろうか。

一回のダンジョンダイブで百匹以上は狩っているから、選別しなければ二〇本程度は確保できる。

たまにナマモノ系の素材もドロップしたりもする。

このゴブリンの右腕とかも蜜柑先輩は欲しがるだろうか。

試しに持って行ってみよう。

どうも奇麗に屠殺すると、素材系のドロップ率が良いような気がした。

襲いかかってくる表情も生々しい、沙姫の一閃で首ちょんぱされた生首を空間収納《アイテムボックス》に放り込む。

「……お」

ゴブリンのカードを発見である。

装備や素材より珍しいのだが、今までにも何枚か落ちていた。

手帳サイズの厚紙らしきカードに、ゴブリンのイラストとテキストが記載されている。

トレーディングカードゲームのようなやつだ。

集めると『俺のターン！　ドロー！』とかやって遊べそうなので、コツコツ回収して大事に保管していた。

現状、ゴブリンのウィニーデッキしか作れないので他のモンスターも欲しいところ。

「ふむ。誠一」

「どした？」

両膝に手を乗せて中腰になった麻衣を、背後からパンパンとしている誠一が振り返った。

「このフロアにはゴブリンしか居ないのだろうか」

「ああ、それな。俺も気になってたんだよ」

スパン、と打ち込み、尻肉を捏ねるように腰を回す。

珍しくポニーアップに結っている麻衣の毛先が、首振りに併せて揺れていた。

「第一階層だとな、ゴブリンの他にコボルトが居るはずなんだよ。ゴブリンより弱っちいモンスターな」

静香たちも後片付けと交渉が終わったらしく、沙姫が子犬のようにテテテっと駆けてきた。

私のご褒美の番、みたいな感じでニッコリしている沙姫がワンコ可愛い。

頭をナデナデしてからキスハグし、後ろを向かせて麻衣と同じ格好にさせる。

水玉パンツをずり降ろし、きゅっと引き締まったスレンダーヒップに手を伸ばした。

「んだから多分、まあ既知外エリアだとゴブリンから駆逐されちまってんじゃねえかな」

「環境淘汰か」

指先で初々しい陰唇をくぱっと開くと、注いである前の精子が垂れ落ちていて糸を引いていた。

沙姫ももどかしげにお尻を揺すっており、そのままペニスを当ててずぶりっと中にお邪魔する。

すっかり俺に順応した沙姫の膣肉は柔らかく、ヌルヌルと出し入れしていると瘤のような襞に引っ掛かって強烈に搾ってくる。

「ちと物足りない感じがするしな。いい加減、下のフロアを目指そうぜ？」

「ひゃん」

ちゅぽんっという感じで麻衣からペニスを引っこ抜いた誠一が、尻タブの溝に挟んで扱き続けていた。

「やっ、……ばかぁ。背中までヌルってしたの流れてきたぁ」

「悪ぃ悪ぃ。ケツん中、ザーメンでタプタプだったからよ」

「や、あ……お腹搾っちゃ、漏れちゃ……ぁ」

後ろから手を回した誠一が、抱えた麻衣の下腹部を撫でるように押す。

麻衣の股下の床に、ねっとりと糸を引いた粘塊がに垂れ落ちてきた。

ダンジョンの中だと肉体的に漲って絶倫になってしまう。

やはり、誠一も同じようだ。

「にゃ、あっ、旦那、さまぁ」

沙姫の左脚を抱え上げ、すっかり馴染んだお尻の穴を思い切り掘り抜いた。

＊　＊　＊

夜の学生食堂に、生徒の姿はまばらだった。

それがエントリークラスの学生寮であれ、朝食と夕食は無料で提供される。

外食する生徒は少数派らしい。

「準備はオッケー？　んじゃ、姫ちゃんクラスチェンジおめでとー」

チンチンチンとグラスが触れ合う音が響いた。

麻衣の音頭で乾杯したのは、沙姫のクラスチェンジお祝いパーティだ。

そして、沙姫、海春、夏海の加入歓迎パーティも兼ねている。

「ありがとうございます。これもみんなのおかげですっ」

嬉しそうな笑顔を見せる沙姫は、見えない尻尾をパタパタと振っている感じだ。

テーブルの上にはずらりとご馳走が並べられ、ジュースの他にスパークリングワインの瓶も並んでいる。

アルコール飲料はメニューに載っていないのだが、情報通らしき誠一がちゃっかりと確保してきた。

甘くないタイプなので、焼きたてのスペアリブとも良く合う。

「うっ……ザ、肉塊って感じなんですけど、叶馬くん一人で食べられるの？」

「問題ない」

こと肉料理に関して、学食のシェフさんの腕前は一流だと思っている。

照りの艶が美しい。

胸焼けしそうな顔をしている麻衣だが、山盛りされたスイーツを見ると俺も同じ感じになる。

色とりどりのジェラートとか溶けてしまいそう。

茶碗蒸しを並べてほわほわと幸せそうな静香はさておき。

大皿に色んな種類の串焼きを並べている海春と夏海は、見た目よりもずっと健啖であるらしい。

胸、皮、軟骨、つくね、手羽、レバー、砂肝、牛タン、椎茸、獅子唐、銀杏、アスパラ巻きなど、ニコニコしながら二人で同じ串に手を伸ばしていた。

もしかして鶏冠《とさか》とか混じってないだろうか。

結構マニアックだ。

沙姫は鍋一つのおでんを、パクパクと平らげている。

定番の大根、練り物、卵、牛すじ、ちくわ、はんぺん、こんにゃく、巾着などに混じった豚足はインパクトがある。

基本的に、この子たちは和食系好きっぽい。

静香とも趣味が合いそうだ。

「本格的な酒盛りは、ここじゃ流石に駄目だぜ？」

「それで良いのか」

「まあ、学生寮は治外法権なのがお約束だろ」

俺も弱くはないが、たまに記憶が無くなるので自重している。

「取りあえず、これで下層に挑む準備は整ったって感じだな」

双子に関してはサポート枠なので、じっくりレベルアップして行けば良いだろう。

上級クラスには劣るようだが、『文官《オフィサー》』スキルの『位置《ロケーション》』でもマッピングは可能だ。

「姫っちのリハビリしつつ、界門《ゲート》を探して下層に降りるって感じだな」

クラスチェンジを済ませた沙姫は、レベル1にダウンしている。

身体能力の補正は上がっていても、スキルの源泉であるSPが減少していた。

現在の沙姫は、第二段階の戦士系レアクラス『剣豪《ソードマスター》』だ。

他のアップグレードチェンジ候補は、『闘士《ウォーリア》』『侍《サムライ》』『殺戮者《スレイヤー》』だった。

『闘士』と『侍』はアーキタイプの第二段階戦士系クラス。

海外のダンジョン施設だと『侍』はレア扱いになるらしいが、日本だとなり手が多いのでアーキタイプに含まれている。

外国にもダンジョンがあるとは知らなかった。

『闘士』は『戦士』の正当強化版で、『侍』は速度に特化した補正になる。

『殺戮者』はクリティカルに特化したレアクラス、らしい。

んで、ダンジョンオフ日を丸々悩んでコロコロ転がって考え抜いていた沙姫の『剣豪』は、刀に特化したレア系『侍』という感じになる。

『刀』のカテゴリー武器以外は使用不可というペナルティ。

だがその分、今までの『剣士』にワンランク上の斬撃力があったのと同じ、第三段階に等しいポテンシャルがありそうだ。

「第二階層に降りてるクラスメートもいるようだ」

「みてえだな。ウチのクラスは中々優秀らしいぜ」

第一階層のダンジョンマップについては教材として配布されており、自分たちがいる座標を把握できれば道に迷うこともない。

階層間を繋ぐ界門《ゲート》はひとつだけではなく、既知エリアマップに何ヶ所も存在していた。

既知外エリアを攻略している俺たちの場合、自力で界門を探し出さなければならない。

地図のない迷路を効率よく攻略していくには、やはりナビゲーター役が必要だ。

下の階層になるほど界門《ゲート》の数は減っていくそうなので、夏海の『文官《オフィサー》』としての成長に期待したい。

「そいや、俺らの教室にいるトップの連中ってレベルどんくらいなんだ？　リア充っぽいスカしてる奴らがいたろ。あんま強そうに感じねえんだが……」

「まだ誰もクラスチェンジしていないのは確かだ」

パーティメンバー以外だと、情報閲覧《インターフェース》で見られる情報は、氏名、クラス、SP表示くらいだ。

今のところ、俺たち以外のクラスメートは全員、一般人《ノービス》のままである。

初期状態ではゴブリンにダメージを与えるのも難しいだろうし、どうやって狩ってるのだろう。

ああ、いや蜜柑先輩から貰ったような武器があれば、ダメージを通せるのか。

「恐らく、経験値稼ぎより金策を優先してるのではないだろうか？」

「ああ、装備とアイテムパワーか」

MMOやソシャゲでも、課金アイテムというのはコワレ性能と相場が決まっている。

俺たちの場合、食事に銭を費やしているが、装備やアイテムはなおざりだった。

というか、目立たないように自重していた面もある。

誠一も実感していたようだが、マジックウェポンの威力はノーマル品と比べて完全に別物だった。

装備の重要度は、想像していたよりもずっと大きい。

俺たちも装備をグレードアップしていく必要があるだろう。

今は全員タコ殴り、みたいな感じでレベリングしているが、パーティには役割分担がある。

授業でもそこら辺は重要視されていた。

パーティ構成では大まかに、三種類の役割《ロール》で分けられていた。

『アタッカー』は、火力メインでモンスターへの攻撃に特化した役割だ。

ダメージディーラーとしてEXPを稼ぎやすく、みんなコレをやりたがるらしい。

俺らのパーティだと、メインアタッカーが麻衣と沙姫、サブアタッカーが誠一だろう。

『タンク』は、モンスターからの攻撃を受け止め、または引き付けて仲間の盾となる役割だ。

あんま人気が無いらしいが、コレが俺の役割だと思われる。

『サポーター』は、文字通りに戦闘のサポート要員だ。

役割に応じて、バッファー、デバッファー、ヌーカーなどに細分化された。

戦闘のコントロールというか、モンスターの弱体化や味方が戦いやすいように、補助を担当する。

サポーターは『職人《クラフター》』『文官《オフィサー》』『遊び人《ニート》』系のクラスが該当するらしい。

固定メンバーではない、仮募集でダンジョンに挑む臨時パーティとかでは、余り歓迎されない役割になる。

上級クラスになれば強力なスキルが使えるようになるとはいえ、トリッキーな能力は扱いづらいのだろう。

ヒーラー役も絶対数が少ないので、サポーター枠に数えられていた。

静香の『巫女《ミコ》』クラスなどは、貴重な回復役として人気がある、らしい。

「やはり、素材を集めて蜜柑先輩に依頼するべき」

盾役として、もう少しまともな装甲装備を希望する。

「蜜柑ちゃんの倶楽部、悪くない腕してるよな。是非ともお近づきになっときたいぜ」

「先輩を付けろ、デコ助野郎。敬意を払え」

「お、おう……蜜柑ちゃん先輩な」

「んぉあー、ま～た女の子の話してる～！」

サバンナに棲むヌーの鳴き声のように呻いた麻衣が、明後日の方向を指差す。

ゆらゆらと頭が振られ、微妙に焦点が合っていないお目々で絡んできた。

「また新しい子をコマす相談してるんでしょ。この淫獣どもー」

ぷはぁっと吐きかけられる息がアルコール臭い。

「うお、コイツ一瓶空けやがった」

空のワインボトルを振った誠一が、テーブルの真ん中に目を向ける。

ペットボトルのジュースやお茶はそのままで、ガラスのボトルだけ三本ほど空いていた。

「部屋に持って帰る分、全部空けやがった……」

「ジュースだと思ったんではあるまいか」

スパークリングワインと、ドライ系の炭酸ジュースは結構似てる。

どうでも良いが、ノンアルコールの缶酎ハイとか、それってただの炭酸ジュースだよねって思う。

最初は消費者を馬鹿にしてる商品だと呆れたが、あれはあれでニーズがあるらしい。

宴会とかでアルコールを勧められて断るときに、ジュースを手にしていると舐められる、というか馬鹿にされるそうだ。

これはあくまで缶酎ハイだけどノンアルコールなんです、という言い訳に使うアイテムらしい。

「うらー、エロがっぱどもー。あたしの話を聞けー」

「誠一。麻衣は以降禁酒で」

「これはこれで、普段通りと言えるんじゃねえかな」

いつも通りの毒舌ではあるが、分身しそうな感じで左右に揺れてる。

静香はテーブルに突っ伏してスヤスヤだし、海春と夏海はぽーっと呆けてお互いに寄り掛っている。

沙姫だけは両手で持ったグラスを、くぴくぴと可愛らしく傾けていた。

「あは、昔から晩酌とか付き合っていたのでー」

顔色も変わっていないようだし、飲兵衛さんらしい。

「よし、分かった。歌え」

なにやら麻衣さんが命令を下し始めた。

「苺、残ってっぞ。ほれ、あーん」

「うむ。大義である」

ドヤ顔でもきゅもきゅと餌付けされる麻衣をあやす、誠一のナイスガイっぷりがイカス。

幕間　勇者団《ブレイバーズ》

――穿界迷宮『YGGDRASILL』、接続枝界『黄泉比良坂』――

――第『壱』階層、『既知』領域――


階層間を繋ぐ界門《ゲート》は、羅城門と同じ空間を繋ぐワープゲートだ。

第一階層、第二階層、第三階層と深度を増すダンジョンの構造上、降りる、という表現が使われていても階段を上り下りする訳ではない。

階層フロア毎が異なった別空間であり、第一階層の床を掘り進めても第二階層に貫通することはない。

ダンジョンの中でより深い階層に移動した場合には、注意が必要になる。

書き換わった階層規定値に従い、空間に満ちた瘴気圧も高まっており体調にも影響する。

界門の周辺は、そんな異なる瘴気圧が混じり合っている場所だった。

浅い階層への出口ある場所は瘴気圧が低いということであり、階層のモンスターが近づかない一種の安全地帯になっている。

もっともモンスターからすれば、何となく近づきがたい、という程度の保証だ。

逆に深い階層への入口がある界門は下層から流入する瘴気により、階層規定値よりもレベルが高いモンスターが発生する場所になる。

モンスターに界門の移動は不可能であり、瘴気圧の薄いフロアを徘徊することなく界門に留まることになる。

そうした超越個体《オーバーボーダー》は界門守護者《ゲートキーパー》と呼ばれていた。

ダンジョン攻略者からすれば厄介な障害だが恩恵もある。

階層規定値をオーバーした瘴気を宿している超越個体《オーバーボーダー》は、高確率でドロップアイテムを残すのだ。

既知エリアの界門は通行者も多く、滅多に界門守護者《ゲートキーパー》に遭遇することはない。

界門のある玄室を狙って界門守護者《ゲートキーパー》を狩る。

ダンジョン組にとっては、基本的なボス狩りテクニックのひとつだ。

だが、彼らが第二階層の界門守護者《ゲートキーパー》と遭遇したのは、望んだわけではないタダの偶然だった。

「ちょっと！　あきらかにコイツ、ヤバイんですけど！」

槍を構えている聖菜《せな》は、完全に腰が引けていた。

グルルッ、と唸って威嚇するモンスターは、第一階層で見たことのないサイズとプレッシャーがあった。

カテゴリーとしてはコボルト。

既知エリアではゴブリンよりも数が多く、初心者が相手取るには丁度いい入門モンスターだ。

外見はちょっと愛嬌のある、二足歩行のシベリアンハスキーという感じだ。

体格も小さくて動きも鈍く、噛みつきや引っ掻くなどの攻撃に注意すればレベル1でも圧倒できる。

「ねえっ、逃げるの？　ていうか、逃げたほうがいいと思うんだけど」

同じく槍を構えた志保《しほ》が、パーティメンバーに同意を求める。

「くそヤベェ。つーか、マジヤベェ」

「もしかして、深い階層のモンスターが上がってきたのか？」

彼らは一年丙組で唯一、第二階層に足を踏み入れているパーティだった。

他のクラスメートと比べるまでもなく、一年生の中でもトップグループと言っていいだろう。

極一部の例外を除いては。

ただし、攻略が先行している弊害として、ダンジョンについての受講内容が追いついていなかった。

「どうする？　和人《かずと》。ヤルか、やっちまうか？」

前屈みになった剛史《たけし》は、幸運にも宝箱から入手した『銘器《ネームド》』の両刃斧を担いで合図を待つ。

「イレギュラーモンスターだとしても、恐らくはコボルトの上位種。コボルトリーダーかコボルトキングだと思う」

槍を床に突き、学生手帳で検索をかけた虎太郎《こたろう》が冷静さを装う。

まだ中に踏み込んでいない彼らには、玄室の中から動こうとしないコボルトキングを観察する余裕があった。

通常のコボルトより二回りは大きい体躯は、より人型に近づいてプロレスラーのように逞しい。

くすんだ灰色の通常コボルトとは違い、青みがかった体毛。

何より、武器を持っていないノーマルコボルトとは違い、銀色に煌く槍斧《ハルバード》を手にしていた。

「相手が一匹だけなら丁度いいさ。第二階層のモンスター相手の予行演習になる。そうだろう？」

槍を構えた和人が、先頭に立って五人の仲間を振り返った。

彼らの基本戦術は、槍を使って間合いを確保する安全策だ。

危険は極力犯さず、ダンジョンから生還してレベルアップすることを目標にしている。

無論、何度か死に戻りはしていたが、ダンジョンダイブで生存できる時間を少しずつ延ばして、堅実に攻略を続けてきた。

多くの生徒にとって、それは正しい攻略方法だった。

第一階層に慣れつつあった彼らだが、第二階層に挑んで簡単に全滅してしまった。

素手から武器を持つようになったモンスター。

単独でしか遭遇しなかったモンスターが、同時に複数出現するようになる。

そのリベンジのために、彼らは第一階層でレベリングを続ける予定だった。

「はあ、もう仕方ないなぁ……」

「了解しました。女は度胸です」

「それでこそ和人だぜ」

「経験を積むというのは必要だね。仮にアレがゲートキーパーと呼ばれる個体だとすれば、ドロップアイテムも期待できるよ」

「——よし。じゃあ、征くぞ！」

掛け声と共に先陣を切った和人に続き、コボルトキングを囲むように散開した。

ダンジョンの空気をビリビリと震わせる咆吼。

振り下ろされるハルバードはフロアを砕き、まともに直撃すれば一撃で戦闘不能になる。

幾度かレベルアップを果たしても、まだ彼らは人間の枠を越えてはいない。

だが、産み出されたばかりの個体であること、一対多の連携を積んできたこと、剛史が手にしているマジックウェポンが『狩猟斧《ハンティングラブリュス》』という動物カテゴリー特攻武器であったこと。

どれが欠けても、まだクラスも得ていない彼らに勝目はなかったはずだ。

「くっ、ハアッ！」

正面から立ち向かう和人が、自分に向かって振り下ろされたハルバードを穂先で叩き落とした。

第一階層の階層規定値は『1』。

それはレベル1のモンスターしか存在を許されない法則を指す。

第二階層の階層規定値は『10』となり、レベル1からレベル10までのモンスターが出現する。

第三階層の階層規定値は『20』となり、レベル10からレベル20のモンスターと難易度が増していく。

この第二階層から流入する瘴気によって発生した超越個体《オーバーボーダー》、界門守護者《ゲートキーパー》コボルトキングのレベルは10だ。

学園が規定するレベル換算では、レベル1のモンスター＝一般人のSPが等しいとされる。

肉体《マテリアル》の強靱さを除いても、星幽《アストラル》だけで一〇人力の力が個体に秘められていた。

「不用意に近づくな！　四方から囲んで的を絞らせないようにするんだ」

槍を素早く引き戻した虎太郎は、ヒットアンドウェイで傷を負わせながら仲間に警告する。

力任せに振り回される人外の暴力では、わずかなミスが致命傷となるだろう。

ハルバードの切っ先ではなく柄の部分に槍を合せ、いなし、再び床にパワーを叩き付けさせる。

ひび割れて折れる寸前の槍を、和人は上から重ねるように押し付け、力を溜め込んでいた剛史へと叫んだ。

「今だ！」

「オオオオッ、アアッ！」

フルスイングするだけでも全身の膂力を必要とする大斧が、身体ごと突進する剛史の渾身で振るわれた。

ゾギン、とSPの障壁を特攻効果で貫通させた一撃は、コボルトキングの首を跳ね飛ばした。

「おおっしゃ、俺ツエエ！」

「はあぁ……マジヤバかったぁ」

「何とか、倒せましたか。やはり、通常のモンスターとは違ったようですね」

コボルトキングの死骸があった場所には、青銀の毛皮と、一本の槍斧《ハルバード》が残されていた。

今まで第一階層でモンスターからドロップしたのは、豆粒のように小さなクリスタルだ。

「コイツは……」

和人がコボルトキングが残した斧槍を手にする。

剛史が手にした『狩猟斧《ハンティングラブリュス》』と同じマジックウェポン、いやそれ以上の力を感じさせている。

『偽銀斧槍《ランベルスティルギア》』

鑑定のスキルで見れば、その『固有武装《オリジンギア》』の名称が読めただろう。

「気に入った」

「はぁ。仕方ないですね。分け前はちゃんと考慮して下さいよ？」

「志保は死に戻っちゃったね」

緊張から解放された聖菜が、床にへたり込んで呟いた。

上下真っ二つにされてしまっては、流石に苦しむ暇もなかっただろう。

今まで何度も死に戻りを経験した身からすれば、大怪我をして苦痛を味わうより、あっさり死んだ方が救いがあると知っている。

「えっ、ちょ、ちょっと。何するの？」

「もう辛抱堪んねぇ。ちょっと犯らせろよ」

尻餅をついた聖菜の背後に、剛史がしゃがみ込んだ。

背中を押して四つん這いにさせ、無造作にスカートを捲り上げる。

「やっ、みんな見て、っていうか、ダンジョンの中で、こんなの」

薄いブルーのショーツも一気にずり降ろされていた。

本来、人目に晒されることのない部分が丸出しにされる。

「ペッ……イイじゃねえか、今更だろ？　散々愉しんできたじゃねえか」

「な、なにをいって、やっ脱がさ……塗り込んじゃダメっ」

聖菜の下半身を押さえ込んだ剛史は、剥き出しにした尻に顔を寄せて唾を吐きかけた。

その唾は潤滑油として塗されていく。

剛史の腕力に抗えない聖菜は、顔を真っ赤にして仲間を振り返った。

「やっぱり覚えてませんか？　僕も結構死に戻ってるんで、忘れてることもあるんでしょうけどね」

「やっ、や、挿れちゃダメえっ」

「おっ、おお。やっぱ中身はヌルヌルしてやがるぜ。バトルの後は女も昂奮すんだよなっ」

包皮がズル剥けになって挿入された剛史のペニスが、聖菜の性器の中で更に反り返った。

中腰になった剛史は、性欲のおもむくままに腰を打ち付け始める。

「ああ、聖菜のマ○コマジ気んもちイイぜぇ」

「う、嘘ぉ……私、レイプされて、るっ」

手慣れた強姦に抵抗らしい抵抗もできなかった聖菜は、ペニスを結合されて一層抵抗力を失っていた。

格上《レベルアッパー》な相手との性交は、受け手が女性であれば影響を受けやすい。

ましてや、何度も精を受け、身体が馴染ませられていれば尚更だ。

「大丈夫ですよ、聖菜さん。すぐに気持ち良くなってきますからね。ほら、こういう風に」

「あっ……コレ、私？　と、志保？」

学生手帳のカメラ機能で撮影された写真を、スライドショーで聖菜に見せつける。

液晶に映った聖菜と志保は、性器をさらけ出し、うっとりしたアヘ顔で自分から尻を開いていた。

次の写真はダンジョンの中で全裸になった自分を、剛史が小脇に抱えたまま荷物のように運んでいる。

背後から撮られた写真の中で、ねっとりテカった尻には足首まで精液が垂れていた。

次の写真では、和人と虎太郎に前と後ろからサンドイッチされ、別の写真では剛史と虎太郎に上下から挿れられていた。

抱っこされて性器を押し開かされ、がっぽりと開いた膣の空洞一杯に精液が詰まった接写まであった。

聖菜の前にしゃがみ込んだ虎太郎は、突き上げで揺れる髪を優しく撫でた。

「死に戻っても写真、残ってるみたいなんですよね。日付を見るとパーティを組んだ初日から、いろいろヤッちゃってたみたいですよ。僕たち」

「そん、なっ…あっ…あっ」

「今でこそ多少慣れましたが、極限状態で男と女が居れば、ね？」

「出る、出るっ、イクぞオオオ」

遠慮の破片もない勢いのピストンが、パンパンパンぶぴゅ、っと聖菜の胎内でフィニッシュを迎えた。

聖菜の尻肉を鷲づかみにした指が食い込み、歯を食い縛った剛史が天井に顔を反らせて腹筋を痙攣させる。

「んお。スンゲぇ出たぜ」

「ん、あっ……」

ずろりっと引き摺り出された陰茎に、ぽっかりと開いた肉の穴からドロリとした粘液がこぼれ落ちる。

急角度に反り返ったままの剛史のペニスは、先端から白い粘塊を垂らしていた。

「残ったのがお前で良かったぜ。志保マ○コより、聖菜マ○コの方が具合イイからなっ」

四つん這いの聖菜の前にしゃがみ込んだ剛史が、悪びれもせずに言い放つ。

自分をレイプしたばかりのペニスを見せつけられた聖菜は、混乱してテンパった頭の片隅で微かな優越感を覚えていた。

「それじゃあ僕も失礼しますね」

「あっ……うそぉ」

入れ替わりで後ろに回り込んだ虎太郎が、返事を待たずにあっさりと挿入した。

「ああ、先生と違ってこのキツイのがイイですね。今日こそはちゃんと守って生還しますから、今日からは地上でもお世話になりますよ」

「あっ、あっ、んッ」

「俺も一丁頼むぜ。聖菜」

青臭く濃い性臭に咽せそうになりながら、聖菜は突きつけられた剛史のペニスを咥えさせられた。

どぴゅっと胎内の奥で粗相された感触があったが、虎太郎は素知らぬ振りをして腰を振り続けている。

体内に挿れられた男性器は、前も後ろも呆れるほど絶倫だった。

星幽《アストラル》が肉体《マテリアル》を凌駕するダンジョン内では、欲望が肉体という枷を逸脱する。

彼らが意図していなかったとしても、その構図はモンスターとのバトルと同じだった。

ダンジョン内のバトルは星幽《アストラル》と瘴気《アストラル》の削り合い、奪い合いが本質だ。

相手を屈服させ、支配下に置く。

権限の奪い合い、それが戦いの本質だ。

「ああ、ああ。堪りませんね。どうしてこんなにセックスが気持ち良いのか」

昂ぶる衝動に身を任せた虎太郎は、二度目のトリガーを引き絞りながら腰を振り続ける。

まだ所有権が定まっていない、王冠を奪い合う本能的な衝動に突き動かされて渾身の精を絞り出す。

「虎太郎」

「ああ、済みませんね、和人。でも、僕が続けても構わないでしょう？」

「……程々にしておくんだぞ」

『狩猟斧《ハンティングラブリュス》』を融通された剛史と、今回『偽銀斧槍《ランペルスティルギア》』を手にした和人からすれば、虎太郎の意向を尊重せざるを得ない。

「だ…ダメっ、なんかヤバイの……せ、せめて和人と剛史もシテよぅ」

「つれないですね、聖菜。心配しなくても僕がずっと面倒を見てあげますよ、いろいろと……ね？」

既に限界が見えた抗いようのない臨界点を前に、舌を突き出した聖菜の顔を剛史が押し下げた。

連射してなお剛直する陰茎を、半ばまで引き出して小刻みにクチュクチュと掻き混ぜる。

大砲をぶっ放した剛史の精子は大半が亀頭のエラで掻き出され、膣奥の精液溜まりは虎太郎の精子が占めていた。

注射器の薬液を押し込むように、丁寧に、子宮の奥へと注入していく。

ダンジョンの外でも既に志保を相手に確認していたが、ダンジョン内のセックスの方が精気に溢れているのを実感できる。

三度目の射精を前に亀頭がパンパンに膨れ上がり、ただでさえキツイ聖菜の膣道を塞ぐ栓となっていた。

第25章　スキル発動

——穿界迷宮『YGGDRASILL』、接続枝界『黄泉比良坂』——

——第『参』階層、『既知外』領域——


「えっと……『位置《ロケーション》』、です」

目を瞑り、胸の前で祈るように手を組み合わせた夏海がスキルを使う。

ちょっと照れが入っているのは、詠唱が恥ずかしいのだろう。

俺もスキルを使うため、いろいろと詠唱《スペル》を試しているので同感できる。

『漆黒の闇に染まりし地獄の業火よ、我が前に顕現し敵を滅ぼせ。神魔滅殺雷神浄炎《ラグナロクフォーエバー》！』などと叫んでいると、少しばかり気恥ずかしい。

ちなみに、まだ『雷神見習い』のスキルは使えていない。

いや、良く考えれば雷神と名が付いてるのに、爆炎をイメージしても発動しないのは道理。

大地を割ったり、メテオストライクが振ってくるイメージも駄目だった。

そういえば、一度轟雷を雨のように降らせるイメージで天に両手を掲げて叫んでみたが、やはり何も起きなかった。

確かあの時は、晴天だったのに急ににわか雨が降ってきて空が真っ黒になったので、途中で帰ってきてしまった。

おかげで風邪を引かずに済んだのだが、まったく手がかりが掴めない現状には萎える。

たまにゴブリンに向かって『ソウルクラッシャー！』『ジャッジメンドデス！』などとこっそり呟いてみるも、たまにその場で即死するくらいでスキルらしいエフェクトは何も発動しない。

GPのバーメモリが減少しているので、スキルになり切らない謎パワーが出ているのかもしれない。

少しだけ手応えはあるのだが、もっと確固たるイメージが必要なのだろう。

そう、スキルを発動させるには、何よりもイメージが重要だ。

「未踏破エリアはコッチ、だと思います……」

自信が無さそうな夏海の頭をナデナデする。

『位置《ロケーション》』のスキルは、ダンジョン内の現在座標を把握できる。

隣接する周囲の回廊や、玄室も認識できるとスキル辞典に記載してあったが、範囲はそれほど広くないようだ。

上位クラスのスキルにあるという広範囲マップ検索の『地図帳《アトラス》』や、界門や特定モンスターの位置を割り出す『検索案内《ナビゲート》』などに比べれば、使い勝手は劣っていた。

スキルの効果はレベルアップで拡張していくそうなので、焦らずEXPを稼げばよろしい。

「海ちゃんさ。ちなみに座標値、教えてくんね？」

「は、はい。ココは……36度06分24・2秒nの136度42分14・4秒e地点、です」

誠一の手には、バックパックから取り出した第一階層の地図があった。

地図を睨んで、変な顔をした誠一が溜息を吐く。

「完全に既知外エリアだな」

「大体どこら辺なの？」

方眼紙にびっちりと書かれたクロスワードパズルっぽい地図を覗き込んだ麻衣に、図面から外れた地点を指さしている。

「あっち方向に百枚くらい繋げた先じゃねえかな」

「……このダンジョンって、そんなに広いの？」

麻衣は眉を八の字にして小首を傾げていた。

まあ、黄泉衣と同化していた記憶は曖昧になっているが、それくらいは広大だった気もする。

なので不安そうな顔をしなくても大丈夫だ。

夏海をナデナデしていると、隣に海春と静香と沙姫が並んだ。

何故、整列するのか。

「それじゃあ、春ちゃんの『癒し《ヒール》』は怪我しなきゃ試せないし、姫ちゃんのリハビリから始めよっか」

「界門があれば、そのまま降りても良さそうだよな。第二階層でもいけるだろ」

五月末に行われる中間試験では、専門科目の課題が『第二階層への到達』になるらしい。

まだ慌てる時間じゃないが、進めるだけ進んでしまおう。

「パワーとシールド効果が落ちているだろうから、無理はせずに」

「はいっ。えへへ」

撫でられて嬉しそうな沙姫だが、無茶はしないで欲しい。

さて、唐突ですがボス戦だ。

もう少し沙姫のレベリングをしたかったが、遭遇してしまったのなら否は無し。

「セイァ、アアッ！」

上段に刀を振りかぶった沙姫が踏み込み、不自然に加速する。

次の瞬間、ギギギン、と三連撃が同時に響いた。

スカートを閃かせながら、片膝を突いて一気に離脱する。

というか、カタパルトで発射されたように、後ろ向きでズザザーっと床を滑っていった。

ニーパットがなければ、盛大に膝を擦り剥いていそう。

間合いの外から超加速で肉迫、斬撃三連発、間合い外まで離脱。

もはや、格闘アニメの戦闘シーンな感じ。

攻撃開始から離脱までの一連に、『剣豪』クラスの『閃撃《スカッド》』というスキルを発動させていた。

呼吸を止めている間、加速状態で行動できる。

鉄砲の弾とかも切り落とせそう。

目にも止まらぬ高速機動は、肉体に掛かる負担も大きい。

こういう行動遅延状態を、技後硬直《スキルディレイ》と呼ぶそうだ。

一時的にオーバーパワーを引き出すのだから、相応のペナルティがあるのが当然だ。

「グゲガァァァ！」

ゴッツイ篭手を填めた両腕でガードしたゴブリンロードが、沙姫に向かって突進してきた。

その巨体は通常のゴブリンとは違い、大きく逞しいマッシブボディの怪物だ。

巨体に相応しいパワーとタフネスぶりを発揮して、俺たちパーティの前に立ちふさがっている。

「チェリーボール × テン、シューット！」

杖を構えていた麻衣が、ビー玉サイズの魔法球を散弾銃のように放った。

避けられるはずもなく、巨体のあちこちで炸裂する。

だが硬い、というかSP装甲が分厚いらしく、魔法攻撃の通りが悪い麻衣は目眩ましや足止め役に回っていた。

「後ろだ。ノロマ野郎がっ」

沙姫から麻衣へとヘイトを移したゴブリンロードの背後で、誠一が両手に握ったゴブリントレンチナイフを尻に突き刺す。

沙姫のような圧倒的速度はなくても、認識を薄れさせる隠遁を駆使する誠一は暗殺者のようだ。

チクッと刺さったナイフが痛かったのか、麻衣から誠一へとヘイトを移して豪腕を振り回している。

何というか、通常のゴブリンより頭が悪い。

馬鹿だがその分異常なタフネスぶりを発揮して、もう三十分くらいバトルが続いている。

玄室の奥に石門というか、鳥居らしき施設があり、あれが探していた界門《ゲート》というやつらしい。

そしてゴブリンロードが界門守護者《ゲートキーパー》になっており、倒さなければ次の階層へは進めないと。

中々のRPG感だ。

静香から受け取ったペットボトルをあおり、夏海から手渡されたタオルで汗を拭った。

真正面から殴り合いをしていた俺だが、流石にしんどくなって一時離脱している。

俺だけがサボっている訳ではなく、順番にローテーションで補給していた。

「『癒し《ヒール》』、です」

ぽわっとした弱々しい光が俺を包み込み、気怠い疲労感が和らいだ気がした。

「助かる。無理はしないように」

胸の前で手を組み合わせた海春を撫でる。

海春が使う『癒し《ヒール》』は肉体損傷の治療の他にも、疲労回復など体調を整えてくれる効果があるようだ。

二日酔いとかも治してしまうらしいので、結構な万能治療だった。

ただ、海春のＳＰがごそっと減っているから、温存した方が良いだろう。

「いえ、一番ダメージを受けているのが叶馬さんですから」

「大丈夫だ、問題ない」

俺には誠一や沙姫のようなスピードがないので、確かに躱しきれない攻撃は当たっている。

だが、相手は防御ステに極振りしたボスっぽいので、一撃が軽い。

両手の篭手を鈍器代わりに、雄叫びを上げて床を砕いたりしているが見かけ倒しだ。

篭手に演出《エフェクト》とかのスキル効果がついているんだろう。

「……棍棒とガントレットで打ち合って、互いに一〇メートルくらいドコーンって弾け飛ぶのは軽くないと思います」

割と渾身の力で殴っても相殺された。

武器としては微妙な六角六尺棒でも、とにかく頑丈で、乱暴に扱っても壊れないのが心強い。

誠一たちはヘイトを上手く回し、ゴブリンロードをチマチマと削っている。

雑魚ゴブリン戦で無双していた俺たちパーティが苦戦している理由は、ゴブリンロードが装着している甲冑だ。

篭手と同様に、日本風の鎧兜とは違う、西洋風のプレートメイルだ。

博物館に飾ってあるようなフルプレートメイルではなく、スタイリッシュ系ファンタジーイラストで蛮族が装備していそうな、微妙に露出部分が多いデザイン重視系。

全身を覆い包むタイプではないが、急所や関節はしっかりガードされているのが厄介だった。

沙姫の斬撃は鎧に阻まれ、誠一のナイフも隙間や尻に刺さっているが致命傷には遠い。

開幕でぶち込んだ麻衣のフルパワー魔法球も、クロスアームブロックされた篭手を黒く煤けさせただけだった。

オマケにこやつ、ダメージを自動回復する能力があるらしい。

手足をへし折るくらいの一撃を与えないと、こちらが先に根負けしそうだ。

どうやら俺たちのパーティには、重装甲をぶち抜くような攻撃手段が不足している模様。

爛々と目を光らせ、更にテンションを上げていく沙姫とか、甲冑ごと両断するつもりで燃えていそう。

負けず嫌いというか、何ともバトルジャンキーな娘である。

誠一と麻衣の方には、精神的な疲れが見て取れた。

静香と海春たちが継戦能力をサポートしてくれているとはいえ、ワンミスからパーティが決壊しうる綱渡り状態だ。

そう、状況を打開する、切り札が欲しい。

休憩時間はもう少しあるので、真剣に『雷神見習い』のスキルを再考してみる。

雷神のイメージといえば、金屏風に描かれた風神雷神画だ。

雷神というより、かみなり様という呼名が似合ってそう。

太鼓を背負って手にバチを握り、パンツ一丁で雲に乗って空を飛び、ゴロゴロドーンと雷を落とす。

なるほど、太鼓というアイテムは思いつかなかった。

戻ったら購買部で太鼓を買おう。

まずは形から入るべき。

バチの代わりは、少し長いが六角六尺棒で良いだろう。

そして、取りあえず脱いでみる。

双子姉妹はぎょっとして俺を見るが、静香は慣れたもので良い感じに視線がウェット。

パンツ一丁はビジュアル的に厳しく、下半身はノータッチだ。

「出でよ、雲」

駄目元でチャレンジしたら、窓枠に溜まってる綿ぼこりみたいな雲が出た。

良い感じだ。

座布団サイズのちっちゃな雲だが、一応乗れた。

足が突き抜けるようなこともなく、低反発素材のクッションを踏んでいる感触。

雪ちゃんが装備しているクッション枕の中身をコレにしたら、喜んでくれそうな感じ。

まあ、大きさはちょっとしょぼいが、見習いなので致し方なし。

そのまま発進してみると、走るくらいの速度で上昇した。

操作性もラジコン感覚で楽勝だ。

ただ、天井に頭をぶつけそうになったので注意しなければならない。

雲の上で直立したまま腕を組んで下界を眺めると、誠一、麻衣、沙姫、ゴブリンロードが唖然と口を開いて俺を見ている。

戦闘の途中で隙を見せるとは、敵も味方も疲労が溜まっていると見える。

手の届かない高さですぅーっと発進し、真上からゴブリンロードの頭を棒で殴った。

怯えた目で呆然と俺を見ていたゴブリンロードは、ゴツっと頭を鳴らして膝を突く。

折角の追撃チャンスだというのに、疲労の極にあるパーティメンバーは、全員口を開いたまま動こうとしない。

「……なあ、真剣にバトってる最中なんだが、ちょっといろいろ突っ込んでイイか？」

「ねえ、ねえ、あたし先に休憩しちゃダメ？　魔法使える精神状態じゃないんですけど」

「かっ、格好良いです！　旦那様っ、凄いです！」

沙姫がキラキラした目で褒め称えてくれるので、段々とテンションが上がってきた。

今ならスキルが使える気がする。

雲を出して空を飛ぶだけ、というネタスキルではないのだ、多分。

イメージしろ。

かみなり様のスキルとは、如何《いか》に？

ゴブリンロードの上空に立ちつつ、強いイメージを練り上げる。

ちなみに、対空技がないらしいゴブリンロードは右往左往するだけだ。

俺の華麗な雲捌きからは逃げられない。

足下の座布団雲がバリバリと放電し始め、ロックなバックグラウンドミュージックを奏でる。

そして、恐怖に豚面を引き攣らせているゴブリンロードに掌を向けた。

「――ヘソをよこせああああああああっ！」

ぶっちゃけ、かみなり様のスキルといえば、これしか思い浮かばない。

ゴブリンロードの、多分あるだろうと思われる下腹部のヘソに向け、バリバリしたイメージを発射した。

ドン、というか、バン、というか、空気が炸裂する音と共に、白い光が蛇となってゴブリンロードの腹部に食らいついた。

足下の雲が放電するバリバリが身体を伝い、自分の髪が逆立っているのが分かる。

だが、俺自身は不思議と感電しなかった。

真っ白に光りながらビクンビクンと仰け反るゴブリンロードには、雷光の先が接続されたままだ。

タンパク質が焦げる嫌な臭いと、多分オゾンっぽい変な臭いがしていた。

ＧＰのバーメモリがぎゅーんという感じで減少していき、五秒くらいでガス欠になってしまった。

なんて燃費が悪いスキルであろうか。

雲も消えてしまい、六尺棒を担いだまま床に着地する。

しゅーしゅーと白煙を上げて痙攣するゴブリンロードは、良い感じで生焼けになっていた。

まるでブラクラ画像並みのスプラッターだ。

だが、数々のエロ偽装グロ画像で鍛えられた俺には通用しない。

「よし、追撃だ」

片手を振って一斉攻撃の合図するも、何故かリアクションがない。

ビクビクもしなくなってきたゴブリンロードを警戒しつつ振り返ってみた。

仲良くシェーみたいなポーズで硬直してる誠一と麻衣は、何がしたいのか不明である。

合体スキルとか取得したのだろうか。

おパンツ丸出しで尻餅をついている沙姫、踞ってブルブル震えている海春と夏海、ドライな目で遠くを見ている静香が立ち尽くしていた。

なんらかの精神攻撃《サイコショック》を食らった可能性が高い。

新手の襲来か、ゴブリンロードの奥の手か。

取りあえず、ゴブリンロードを五、六発殴ってみようと六尺棒を振りかぶった。

ガラン、と音がして、輪郭が崩れるように消滅していくゴブリンロードから、鎧が外れて転がった。


「白状しろ」

「何のことやら」

無事に第二階層へと降りた俺たちは、ボス戦の余韻に浸る間もなくタイムリミットで帰還となった。

あのままゴブリンロードに粘られていたら、時間切れになっていたやもしれぬ。

苦労してスキルを発動させた甲斐があったというものだ。

だというのに、何故か詰問されている。

「あのサンダーの魔法、つうか黒っぽい綿菓子みてえな乗り物は何なんだ。そもそも何で脱いだ。言え」

「落ち着け」

ダンジョンダイブした日の晩飯は、学食でちょっと豪華な反省会をやるのが習慣だった。

今回はお弁当や、持ち帰りのお総菜を買い込み、白鶴荘の静香麻衣部屋でわびしいディナーとなっている。

六人も居ると流石に狭苦しかったが、これはこれでお泊り会みたいなワクワク感もある。

「てゆーか、あのピカッてしたのホントに魔法スキルなの？　いや魔法じゃなきゃ何なんだって感じだけど」

「腰が抜けちゃいました……」

「床を伝ってかなり放電してましたが、私たちには無害な感じでしたね」

静香たちがタコ焼きやらフライドポテトを摘まんでいる。

俺も食べたい、というか正座を崩しちゃ駄目だろうか。

「どうぞ」

「です」

左右に侍った海春と夏海が、うやうやしく両手に捧げ持って配膳してくれてる。

塩とか生米とかお酒とかお供えされても、ちょっと困る。

後、どうして拝むのかね。

新手のイジメだろうか。

学食に行った時に、パタパタと慌てた感じで買い込んでいたやつだろう。

「御饌《みけ》、という物らしいです。私が食べさせた方がいいと二人から言われたのですが、その叶馬さん」

「後程」

生の大根とか人参とか、せめてスティック状にしてマヨネーズが欲しい。

ＧＰはＳＰと比べて中々回復しないのだが、海春と夏海のお世話で何故かジワジワと回復していた。

後、エロいことを致しても回復する。

「なあ、叶馬。お前が自分の奥の手を隠しておきたい気持ちは分かる」

誠一が腕を組んで一人頷くも、そんなつもりはまったくナッシング。

「だけどな。俺たちは、もう仲間だろ。それにな。ダンジョンの中で、こう……ぴゅーっと飛ばれたり、裸で光ったりされると、流石に俺たちも頭が真っ白になんだよ。対応に困るんだ、分かるだろ？　ていうか分かれ」

「あたしも叶馬くんの非常識っぷりには少し慣れたつもりだったけど、心構えはさせて欲しいカナ……」

もっともだ。

俺も全裸の誠一がピカッと光って飛翔していたりしたら、少しは驚く。

しかし、どう説明していいものやら。

「アレは俺のクラスが使えるスキルなのだと思う。未登録なので名称は不明だ」

多分、ヘソスナッチとかいう技名。

「そいや、『見習い』とかいうクラスだったよな。……なあ、何の見習いなんだ？」

「……雷神だ。正式名称は『雷神見習い《ライジングサン》』と情報閲覧《インターフェース》に出てる」

突っ込まれてしまったら答えるしかない。

虎革のパンツ一丁でダンジョン行こうぜ、とか言われたらパーティ抜けようかと思う。

「雷神様。……あー、なんかちょっと納得したかも」

「そういうクラスもあるんですねぇ」

麻衣と沙姫は、軽い感じで受け止めてくれた。

静香は俺の情報閲覧《インターフェース》を覗き見できるので、最初から知っておられるが。

海春と夏海は、俺を拝むのを止めましょう。

「……やっぱ無えな。完全に未登録《アンノウン》クラスだ。なんでそんな訳の分からねえクラスになってんだよ、お前は」

「聞くな」

生徒手帳のデータベース検索をしたらしい誠一は、溜息を吐いて頭をボリボリと掻く。

というか、俺のと同じく壊して差し上げたのに、いつの間にか新品と交換してきたらしい。

「SSRみてえな趣味特化枠じゃねえし、レア枠みてえに一極特化してるクラスとも違う感じだよな」

「思うに、サンダー魔法に特化した『術士《マギ》』系のレアクラスじゃないだろうか」

「いや、お前が使う魔法スキルは、普通とその、なんか違う……」

「あたし、ボスとガチ殴り合いするような魔法使いが出るゲームとか知らないんだけど」

装備次第なんじゃなかろうか。

魔法力を攻撃力に変換する系アイテムみたいな。

なんちゃらギアとか呼ばれてた六尺棒がソレ臭い。

「前にパンチでゴブリンの頭を吹き飛ばしてたよね」

「トンファーと同じだ。装備していることに意義がある」

それに良くあるRPGだと、クラスによって装備可能な武具カテゴリーが決まっている場合が多いが、別にそういう縛りはない。

重たい甲冑などは、筋力や体力に補正が掛かる『戦士《ファイター》』系クラスしか装備しないとは思うが。

装備できるのと、使い熟すのは、また別の話になる。

『剣豪《ソードマスター》』になった沙姫も、普通に斧とか持てる。

ただし、『閃撃《スカッド》』などの『剣豪《ソードマスター》』系スキルは使用不可になる。

そういう武器依存のスキルは極々一部なので、海春も安心してフルプレートメイルを装備し「ワレニカゴー」とか祈っていい。

ただ、今はご飯を食べさせてほしい。

生米をボリボリ齧っても、あまり美味しくないのです。

「前衛クラスっぽいと思うんだが、まあ問題はない、のか？　スゲエ怪しいクラスだけど」

「ああ。大丈夫だ、問題ない。クラスチェンジが可能になった」

「はあ？」

ゴブリンロードを倒したら『雷神見習い《ライジングサン》』がレベル10になって、クラスチェンジポップアップ表示が出た。

丁度いいタイミングなので相談してみる。

「俺たちのパーティに必要なのはタンク。つまり、盾役だと思われる」

「えと、今も叶馬さんが問題なく担当されてると思いますが」

「かーなーり、バーサーカーっぽいけどね。別に今のクラススタイルでも良くない？」

「『戦士《ファイター》』上位の『騎士《ナイト》』系とか？　確かにタンク役は欲しいけど、叶馬が盾を持って防御とか無理だろ」

「大きな盾を振り回してモンスターを潰すんですね。分かります」

皆の俺のイメージは野蛮人なのだろうか。

「今のクラスでも充分ツエエと思うけどな。取りあえず、候補のリスト教えてくれ。変なレアクラスがありそうだ」

静香以外には見えないので、紙に書き出してみよう。

ダンジョン内でリストを開くと、また誤爆しそうだったので確認していない。

クラス名をタッチしてリストボックスをポップアップさせてみる。

他のメンバーからは妖しい動きで指を振っているように見えるのだろうし、ちょっと恥ずかしい。

うむ、クラスチェンジ候補が減ってる。

ダウングレードクラスチェンジの選択肢がないのが不思議だ。

SSR：
『堕落魔《ベルフェゴール》』EX、『強欲魔《マモン》』EX、『肉欲魔《アスモデウス》』EX
GR：
『神殺し見習い《ジューダスサン》』、『餓鬼喰い《オーバーグリード》』、『＊＊＊見習い』
『雷神』EX、『禍津日神』EX、『＊＊＊＊＊』EX

「……」

静香から借りたノートを見るみんなの目が、チベットスナギツネのように乾いている。

「悪い。俺まだちょっと叶馬のこと舐めてたわ……。未登録《アンノウン》の規格外《イリーガル》クラスしか無え」

「……この上の三つって、もしかして『絶倫王《ドンファン》』とか王系の上位クラス？」

「米印はやっぱり読めないのですね」

「えっと、私も拝んだ方が良いのでしょうか？」

海春と夏海は頷かなくてもいい。

「あー確かに、神と悪魔っぽいのしかねえな。ちなみに、この神殺しとか、どっかで神様でも殺《ヤ》った？」

「いや」

そういえば、精霊のスケさんが何か言っていたような気もするが。

「マジモンのレアなやつは、変態的難易度の前提条件があるらしいぞ。多分それじゃね？」

どこからともなくドライなビールを取り出した誠一が、ゴクゴクやり始める。

麻衣たちもゴクゴクやり始めるが、まだ相談が終わってないと思う。

「いや、どれでもイイんじゃね？　全部もう字面からしてチート臭が漂ってやがるし」

「『戦士《ファイター》』がリストに出るまで粘るべきだろうか？」

「無理だろ、諦めろ。このリストの中に『戦士《ファイター》』とか混じったら、逆にビビルわ」

なんて友達甲斐のない奴だ。

「あたし、こんなに米印がヤダナ、って思ったの初めて」

「おかわり下さい」

「一応、段階が上のクラスを選ぶのが良いと思います。多分」

というか、みんな投げ遣りだ。

「旦那様を見てると、私もちょっと強くなったかなっという慢心とか、消えちゃいます」

「沙姫は十分に強い」

「ありがとうございます。頑張りますね」

ニッコリ頬笑んだ飲兵衛の沙姫が、みんなにお酌していく。

昨日と同じように潰そうというのですね、分かります。

結構、策士さんだ。


白鶴荘の大浴場の隣には、シャワールームが隣接されている。

豊葦原学園では身体を使った訓練も多く、入浴時間外でも汗を流せる施設は必須だ。

月が中天を過ぎた時刻、大浴場からもお湯が抜かれて、シャワールームにも人影はない。

窓々の灯りがポツポツと消えていき、寮生たちはベッドで寝息を立て始める時分。

白熱灯に淡く照らされたタイルに、お湯が流れて湯気が漂っていた。

シャワーから注がれる細かい水の音に、押し殺した呻き声が混ざっている。

衝立で区切られた個室のひとつ。

スウィングドアにバスタオルが掛けられ、僅かばかりの目隠しになっていた。

「……ふくっ」

奥を捏ねていたペニスが、気持ちいい部分を根こそぎ擦り上げながら引き抜かれていった。

自分で口を押さえた沙姫は、必死に達するのを堪えている。

ザァザァと降りかかる水滴が、肌で弾ける刺激さえ快感になっていた。

標準的なセックスがどのような代物なのか、入学するまで男を知らなかった沙姫には分からない。

今は静香と一緒に、叶馬と蕩けるようなセックスに溺れていた。

ただ、あっさりオルガズムに達してしまう自分が不甲斐なく、ねっとりと幸せそうに身体を重ねる静香が羨ましかった。

スポーツや格闘という身体を動かす分野において、チートじみた飛び切りの異才が誰かと問われれば、沙姫に他ならない。

センシティブに発達した運動神経と感覚神経がもたらすハイポテンシャルな肉体は、凡人とはまったく別の世界が視えている。

肉体と精神の距離が近いと言ってもいい。

イメージ通りに肉体が追従し、肉体からのフィードバックを余すところなく感じ取ってしまう。

「んっ…」

ダンジョンダイブで戦闘を繰り返し、より引き締まった太腿に指が這う。

背後から回された逞しい腕が、内腿の付け根に回された。

指先がねっとりと解された、柔らかい部分に添えられる。

抜かれたばかりの穴は、シャワーのお湯でも流しきれない滑りで指先を受け入れる。

合わせ目の付け根にある突起をクリクリと指先で捏ね回され、尻の谷間へ熱い肉棒を押し当てられた沙姫の身体は、反り返って痙攣していた。

このまま尻の谷間をペニスで扱かれるだけで、あっさり達してしまいそうだった。

叶馬がまだまだ満足していないのは分かっている。

それに応えるのが、自分の役目だ。

予定どおりに酔い潰れた静香たちは、まとめてベッドに寝かせた。

そして自分は叶馬に抱かれながら、手で口を塞いで声を堪えていたのだ。

ベッドボードの影で隠れるように踞り、声を押し殺したまま幾度も達した背徳感は堪らなかった。

何度達したかも覚えておらず、簡単に気を失ってしまう不甲斐ない自分を気づかいながら、続きを求める叶馬が愛おしかった。

「ふぁ…」

ふにっ、と乳房にも手が回された。

スレンダーな体型の沙姫には、コンプレックスになっている急所だ。

特に人並み外れたサイズの静香が、惜しげもなく活用して甘やかしているのを見せられているので尚更だった。

サイズが二回りも劣っている沙姫だが、誰よりも劣らず敏感な性感帯でもある。

乳首の突起を指先でシコられ、挿れられていた中指一本を絞めつけて小さく達してしまう。

昂ぶりが堪えられなくなった叶馬が沙姫を正面から抱き締め、右脚を抱え込んでぐいっと挿入する。

「はぁう！」

背中に回した手で縋り付いた沙姫は、無意識に爪を立てていた。

ザァザァとシャワーを浴びながら、ビシャビシャと腰が打ち合う。

両手で太腿の付け根を抱え込まれ、叶馬の腰に両脚も回してしがみつき、激しい射精への腰振りを受け止める。

ヘソの辺りを内側からノックされる感触に、既にイッている沙姫は意識を手放さないよう、ただしがみついて堪え続けた。

「んっ……はぅ、んんぅ」

びゅっびゅっと奥で大量に爆ぜる熱い憤りに、沙姫は舌を出して蕩けていた。

自分がどんな顔をしているのだろうと考えながら、至福の温もりに身を委ねる。

全身を硬直させた叶馬の身体は岩のように逞しく、抱き付いたまま存分に子種を注がれていった。

「あっ…あっ…あっ…」

肉棒を搾るように揺すられていた尻が、振り幅を大きくさせていく。

問い掛けるような、申し訳なさそうな叶馬の顔に、頷いた沙姫はその逞しい背中をしっかりと抱き締めていた。

第26章　工作室

「叶馬くん。やほー」

「やほーです。蜜柑先輩」

今日も今日とて笑顔が可愛い蜜柑先輩だ。

そして、匠工房《アデプトワーカーズ》の部室店舗も、相変わらず閑古鳥が鳴いておられた。

良い品が良心的な価格で提供されているお店なのだが。

ふむ、宣伝活動とかして差し上げた方が良いのだろうか。

この前は眠そうな副部長、確か凛子先輩が店番をされていたが、今日は部長さんが出てこられた。

「武具のメンテナンスかな？　中に入って入って」

お言葉に甘えてカウンター内へとお邪魔する。

ファンシーでピンキーな内装は、俺には似合わないと思う。

中に三名ほど先輩が居られたので黙礼した。

こちらを見ながら固まってヒソヒソとお話ししており、もしかしたら部外秘の打ち合わせでもしていたのかも知れない。

絞める、とか、埋める、とか、燃やす、とかの単語が聞こえるが、叫化鶏《きょうかどり》でも作るのだろうか。

昔、荒んでいた時期に山籠もりをしていた頃はよく食べた物である。

正式な調理方法は分からないが、野生の雉《きじ》などを捕まえて腸を抜き、適当な葉っぱで包んでから粘土で固めて土に埋め、その上で焚火をして地面ごと蒸し焼きにしていた。

ちなみに腸も串に刺して炙って食べた。

結構、野生児だったと思う。

「ウーロン茶でも良いかな？」

「お構いなく」

冷蔵庫からペットボトルとカップを持ってきてくれた蜜柑先輩が、ちゃぶ台の前にちょこんと座った。

「今日は叶馬くん一人だけなんだね」

「ええ。いろいろと都合があるらしく」

お茶請けのソース煎餅を頂きながら雑談に興じる。

静香たちは沙姫を連行し、コウキシュクセイやらで何か話し合いをしなきゃ駄目らしい。

麻衣は宿酔でダウン中、というか爆睡していた。

誠一も野暮用とやらで午後一に姿を消している。

俺たちのパーティは凄くまとまりがあると思う。

「叶馬くんの仲間って、みんな良い人みたいだったねー」

「良いか悪いかで言えば、みな変人です」

オナニーユーチューバーに暴食スイーツレディ、腐食してるマゾっ娘さんにバトルマニアや、オカルト趣味っぽい双子とか新しく追加された。

まともな常識人は俺しか居ないんじゃなかろうか。

取りあえず、蜜柑先輩へのお土産をお渡しする。

「わっ。凄いいっぱいある。……これ、ホントどうやって集めてきたの？」

「仲間のレベリングで数を狩りましたので」

ということにしておけと誠一が言っていた。

副部長の凛子先輩には話を通しているらしい。

相変わらず手が早い男だ。

「あぅー、嬉しいけど無理をしちゃダメだよ？」

「蜜柑先輩が欲しいと仰せなら、それほどの手間でもありません」

「えっ……」

ゴミのようにボロボロと落ちるアイテムだ。

空間収納《アイテムボックス》があるので、回収するのはさほど手間ではない。

何やら蜜柑先輩が固まってお顔を赤くしておられるが、すかしっ屁でもやらかしてしまわれたか。

背後の部員さんたちによる議論が急に盛り上がり、ギルティやら臭いやらの単語が聞こえてくる。

そっとして置いてあげて欲しい。

「も、もー。先輩をからかっちゃダメだよっ。油断できないなー、叶馬くんは」

「失礼しました」

「オホン。それじゃ見せてね。簡単な研ぎなら今日中に仕上げてあげるから」

ドヤ顔の蜜柑先輩は可愛らしいが、今日お邪魔した目的は武器のメンテナンスではない。

「実はダンジョンで装備をゲットしたのですが、サイズが合わず」

「武器じゃなくて防具系かな？　うん、任せて。サイズ調整は『職人《クラフター》』の出番だから」

武器もそうだが防具はなおのこと、体格や性別による制限が大きい。

鎧のようなタイトに密着する装備は、身長やスリーサイズによる微調整が必要だ。

『職人《クラフター》』にはアイテムの形状変更や、重量調整なども可能にするスキルがあると聞いている。

「もしかして、ゴブリンが落としたアーマーかな？　鎧を装備してるゴブリンは凄く珍しいんだけど、ドロップしたんだったら間違いなくマジックアーマーだね」

「確かに、甲冑を装備したゴブリンは初遭遇でした。今までは武器持ちだけでしたね」

思うにダンジョンの入門モンスターとして、ゴブリンは丁度よい相手なのだろう。

そのまま使える装備を提供してくれるのは、とても助かる。

「使うのは叶馬くんで良いの？」

「はい」

割と重装甲で重量もあり、誠一や沙姫はノーセンキューとのことだった。

というか、俺が使わなきゃ処分でいいんじゃね、という投げ遣りな言葉ももらっている。

一応、銘付きのボスドロップ装備なのだが。

「ん〜、じゃあいろいろと二度手間になっちゃうし、一緒に工作室に行こっか。時間は大丈夫？」

今日は自由行動なので問題はない。

蜜柑先輩に連れられ、特別教室棟へと向かう。

建物自体は測図学や探索術の講義で使用したことがあるが、地下フロアにあるという『工作室《ファクトリー》』は初めてだ。

一部スキルが使用可能となる、疑似的なダンジョン空間を再現しているらしい。

先輩風を吹かせて説明してくれる蜜柑先輩うざ可愛い。

双子姉妹とどっこいどっこいにちみっちゃいので、おしゃまさんな感じがとてもラブリー。

思わずナデナデしてあげたくなるが、じーっという感じで尾行しておられる匠工房《アデプトワーカーズ》の部員の方々に監視されているので自重。

覗き込むように観察せずとも、一緒に行けば良いと思う。

はじめてのおつかい、みたいな感じで部長を愛でてるのだろうか。

気持ちは凄く分かる。

校舎内に入り、地下に向かう階段を降りていくと、途中でピリっと静電気の層を潜ったような違和感があった。

うっすらと漂っている臭覚に触れる瘴気。

窓のない校舎の廊下、ぱっと見は地上の校舎と変わらない。

だが、空気の圧力、空間の気配がダンジョンの中に近いような気がする。

実習室入口の表札には『工作室領域』と掲げられていた。

扉自体も非常にゴツイ。

外側から幾つもの多重ロックで施錠できる構造になっている。

映画などの危険物を取り扱っている研究施設で、レベルⅣの物理的封じ込めができそうなやつだ。

階段の途中にも、非常用のシャッターが何重にも設置されていた。

蜜柑先輩がドヤ顔で分厚い扉を指差す。

「さあ、ここが『工作室《ファクトリー》』だよ！」

＊　＊　＊

『工作室領域《ファクトリーエリア》』は学園の研究機関による成果のひとつだ。

隔離された空間の内部で瘴気《みあずま》を滞留させる結界だった。

ダンジョンの第一階層程度に瘴気《みあずま》濃度を保てれば、魂魄結晶《ソルデバイス》を喪失した者でもスキルを使用できる。

システムの概念としては、仏教や密教の空間領域思想、神道の端境《はざかい》を元に構築されている。

もっとも、どこにでも領域を構築できるわけではなく、元より濃度の高い竜脈の流出地点や、幻想領域などの異界重複地帯に限られている。

地下施設なのは、日本最大の異界重複地点である黄泉比良坂を模したものだ。

それは物理的距離ではなく、地上と地下という概念によっている。

工作室の結界を区切る障壁には、様々な想念文字や術式が刻み込まれ、物理的にも概念的にも外界から切り離されていた。

講堂ほども広さがあるフロアは、幾つもの作業スペースが設けられていた。

それぞれのスペースには工作台や備え付けの工具が用意され、作業台の中心に直径2メートル程の重複円魔法陣が淡い燐光を放っている。

工作室全体に展開されている瘴気圧は、ダンジョン第一階層の半分程度に過ぎない。

辛うじてスキルは使用できるが、発動は不安定で出力も不足している。

なので実際にスキルを使う時には、各作業スペースに設置されている魔法陣を起動させ、陣内の瘴気濃度を圧縮させる必要があった。

魔法陣の起動には、モンスターから採取したクリスタルを利用している。

消耗品となるクリスタルは使用者が自前で用意しなければならず、『使用料』という呼び方をされていた。

瘴気の加圧を二段階方式にしているのは、第一階層レベルの濃度があればモンスターが自然発生してしまうからだ。

それでも、いわゆる心霊地帯のように不定形のモンスターが発生することは珍しくない。

また、スキルのファンブルにより意図しない暴走トラブルも、たまに発生していた。

そうした事情から、工作室は外部から隔離できるような設計になっている。

「……なんのつもりかな？」

倶楽部『匠工房《アデプトワーカーズ》』の副部長である凛子は、怯えている部員を守るように抱き寄せた。

彼女たちを取り囲んでいるのは、真っ当な利用者ではない。

悪意を持った部外者たちだった。

そもそも工作室は、生徒なら誰でも使用できる施設になっている。

武具のメンテナンスはダンジョン攻略に必須だ。

羅城門システムの根幹である『拘魂制魄』術式は、物質《マテリアル》と星幽《アストラル》を入れ替える。

主目的はダンジョンダイブする一人間の魂《アストラル》を鍛え上げるシステムだ。

ダンジョンからログアウトした時に、肉体の損傷や装備品が復元されるのは副作用に過ぎない。

羅城門システムにより物質《マテリアル》と星幽《アストラル》が置換されるのは、アイテムや装備品も同様だった。

アイテムの『物質』は『概念』へと置換され、ダンジョン内で損傷、破壊されたとしても、羅城門に記憶された状態へと復元される。

但し、『敵性体』という概念の化身であるモンスターとの戦闘行為は、特に『武器』あるいは『防具』の概念自体の相克となり、概念そのものが摩耗していく。

概念を削られたアイテムは、その存在の意義が損傷する。

『硬く』『鋭く』在れと鍛えられた刀剣は、『脆く』『鈍い』状態に成り下がる。

強い情念を持って鍛造された武具や、概念そのものが具現化した固有武装《オリジンギア》は、逆にダンジョンの中でこそ強固になる。

「何って、なあ？」

「へへっ。ああ、そんなことも分かんねぇのかよ」

『匠工房《アデプトワーカーズ》』が使用中のブースに這入り込んだ男子は、仲間同士で下卑た笑みを浮かべる。

「目ざわりなんだよ。お前らみたいな雑魚が、近くでウロチョロしてるとよォ」

「近づかなければ良いでしょ」

工作室は衝立で仕切られたワンフロア構造になっており、魔法陣を中心にした各作業ブースに分かれている。

武闘会のようなイベント前でもなければ、定員オーバーにはならない。

平日は昼休み後の利用者が多く、ピークを過ぎればがら空きの状態になる。

無人の状態になるのも珍しくはない。

今、工作室にいる集団は、『匠工房』と『餓狼戦団《ヴォルフリッター》』の部員だけだった。

匠工房しか居なかった工作室の中に、『餓狼戦団《ヴォルフリッター》』の連中が押しかけてきた状態だ。

『餓狼戦団《ヴォルフリッター》』は一応ダンジョン組に該当する倶楽部だ。

ダンジョンを攻略することを諦めていない、そこそこ実力がある生徒の中でも、あまり素行が良くないメンバーが集まっている集団だった。

倶楽部はダンジョン攻略を目的とした集まりだが、そのスタンスやスタイルは様々だ。

似たもの同士が集うのは当然と言える。

だが、それだけではダンジョン攻略に必要なピースが揃わない。

「というか、うちの部員に近づかないでくれるかな」

凛子は一歩前に踏み出し、背後の部員たちを庇った。

匠工房は女子オンリーの倶楽部であり、部員全てが『職人』系列のクラスだ。

戦闘系クラスに比べて身体能力の補正は低い。

「イイじゃねえかよ。どうせ、ビビっちまってダンジョンに行けねぇ口だろ？」

「そんなガラクタ弄って遊んでるくらいなら、俺らが構ってやるってんだよ」

ニヤニヤと薄ら笑いを浮かべる男子が、『匠工房《アデプトワーカーズ》』の部員を品定めするように見回す。

いつもはまとまった人数のグループで行動している『匠工房』だったが、今日は副部長を含めた四人しか居ない。

前々から目を付けていた獲物に、ちょっかいを掛けるには絶好のタイミングだった。

そのために人払いをするなどのお膳立てをしている。

『餓狼戦団』は武闘派の倶楽部だったが、抱えていた『職人』の部員が引き抜きで移籍してしまった。

倶楽部の移籍自体は珍しくはない。

倶楽部イベントなどで自分を売り込み、定期的に倶楽部間を渡り歩くフリーランサーも居る。

彼らは扱いが悪くうんざりした『職人』の部員に抜けられるまで、その役割の重要性に気づかなかった。

新しい部員を探そうにも、腕が立つ職人クラスは上位の倶楽部に囲われている。

『職人』はダンジョン攻略に必須の要素であったが、あまり重要視はされていなかった。

パーティメンバーに恵まれない『職人』クラスは、レベルダウンをしてでも戦闘系に再クラスチェンジしようとする。

そんな職人クラスを一から育てるのは、手間と時間がかかるだけで面倒だ。

スカウトするという選択肢が手軽であり、いろいろな意味で愉しめそうな『匠工房』に目を付けたのは、彼らからすれば自然な流れだった。

「仲良くしようぜ。いろいろと面倒見てやるからよ、いろいろな」

「そーそー。可愛がってやっから」

「お前らにも悪い話じゃないだろ？　気が向いたらダンジョンでレベリングもしてやるぜ」

「……一昨日来ると良いよ。お呼びじゃないかな」

凛子は腰に片手を当てて、半眼のままサラリと髪を掻き上げた。

ちょっかいを掛けてきている男子は三人だったが、奥のブースにもまだ何名か居るのが見えた。

見覚えのない、あきらかに『職人』系ではない奴らが居るのには気づいていた。

だが、ここまで直接的に絡んでくるとは思わなかった。

「いい噂は聞かないよ、アンタたちの倶楽部。『職人《クラフター》』は横の繋がりがあるって知らないの？　好きこのんでアンタたちに協力するような『職人』は居ないと思いなさい」

「おい、デカイ口叩くなよ。ゴミクラスの分際で」

顔を傾け、頭を仰け反らせた男子が凛子を見下す。

穏便な手段で勧誘するつもりは最初からない。

凛子たちがどんな返答をしたとしても手段は決まっていた。

後ろに立った二人の男子は、既に鼻息を荒くしていた。

匠工房の部員たちはみんな、一年生の頃から散々そういう目に遭ってきた女子ばかりだ。

身を竦めて硬直し、怯えてしまうのが条件反射になっている。

「……舐めないでよね。クラフターを」

凜子が後退ったのは怯えたからではない。

副部長として部員を、仲間を守るという気持ちがトラウマを凌駕していた。

伸ばした左手の先が、起動中だった魔法陣の領域に届く。

「武装《アームド》、鋼鬼の義手《スティールガントレット》」

左手の指先から二の腕までを覆うように、ワイヤーフレームの輪郭が浮かび上がった。

それは甲冑の篭手というよりも、アニメに登場するロボットのような形状をしていた。

直接火力スキルを持たない『職人』の戦闘手段、『強化外装骨格《アームドゴーレム》』だ。

『強化外装骨格《アームドゴーレム》』の作製は『職人《クラフター》』系クラスの基本能力であり、素体としての機能は本人に依存している。

ベースになるのは、あくまで非戦闘クラスの『職人』だ。

だが、ダンジョン素材を組み込み、『職人』スキルで強化した『強化外装骨格《アームドゴーレム》』の能力は戦闘クラスに劣るものではない。

パーツを召喚した凜子のように鎧として身体に纏うことも可能であり、全体を召喚すれば自立機動するスタンドアローン兵器としても運用可能だ。

ただし、モンスターに対抗できるレベルにまで強化する初期投資コストは、大きなペナルティといえる。

人間など軽く握り潰してしまえそうな義腕に、口元を引き攣らせた男子が後退りした。

「おいおい。地上でスキルを使うのは校則違反だろ？」

「ファクトリーの中で何を言ってるのかな？　貧相なモノを握り潰されたくなかったら、あたしたちの目に入らないところでマスでも掻いてなさい」

「……くっはは。貧相なモノとはご挨拶だな、凜子ォ？」

ねっとりとした下劣な声色に、上気していた凜子の顔から血の気が引いていた。

奥のブースでたむろしていた『餓狼戦団』の部員が、ニヤけた笑みを浮かべて近寄ってくる。

「一年の頃は毎日飽きるまでよがらせてやったじゃねえか。毎晩アへ顔晒させてやっただろ？　忘れちまったのかァ」

「な、んで、あんたが」

「口の利き方に気をつけろ！　ご主人様だろうが、ああ？　また咥えたまま小便飲ませっぞ」

『餓狼戦団』の部員たちは最近加入したばかりの同類を、ヒクわ、そりゃ逃げられるだろ、などと嗤いながら煽り立てている。

モラルのない集団には、自然と同じタイプの下衆が集まるのだ。

「お前ら、うるせんだよ。言っとくが、コイツの処女をぶち抜いてヤッたのは俺だからな。ま、今日からは部員の共有肉便器になんだろうけどよ。先に俺のチ〇ポで一年間、たっぷり填め慣らしてヤッたお下がりってのは覚えとけ。ガバガバにしちまったマ〇コに飽きて捨てる前にゃ、ケツ穴に小便までしてやってたけどなァ」

「うっは、キッチクー。んだけどよ、捨てたんじゃなくて逃げられたんだろー？」

「あー、俺は背の高ぇ女より、後ろでブルっちゃってる娘の方が好みだわ」

フラッシュバックのように思い出させられた虐待行為に、真っ青になった凛子がふらついた。

身を寄せ合って震える他の部員たちは、既に泣き顔だった。

「つー訳で、仲良くしようぜぇ。匠工房《アデプトワーカーズ》さんよ。俺らが飼ってた女子部員は、み～んな示し合わせて逃げ出しやがってよ～。ぶっちゃけ俺ら溜まってんだわ。今日からたっ～ぷりと俺たちが面倒見てヤッから」

ベロリと舌を出した『餓狼戦団』の部長が空腰を振ってみせる。

集中が乱れて『強化外装骨格《アームドゴーレム》』の制御を失った凛子は、せめてもと部員の前に立ちはだかった。

「……レイプしたくらいで女を自分の物にできると思ってるなら、とんだお笑い種かな」

「ああ、何ほざいてんだか。お前アイツから逃げ出して、どんだけ経ったよ？　顔合わせただけでケツ震わせやがって、デカイ口を叩ける身分じゃねーだろが。お前は今でもアイツの玩具のまんまなんだよ」

「ち、違う……」

「ま、元カレ様が要らねぇってんだ。今度は俺ら全員で、誰からチ○ポ突っ込まれてもアへるように仕込んでやる」

空の器、精髄への汚染、陰陽のシステムは恩恵でもあり呪詛でもあった。

羅城門を通した魂と魄の置換は、精神に肉体を従属させる。

だが本来この世界の生物は、肉体に精神が従属するシステムの下にあるのだ。

「ちっとは意地張ってくれた方が愉しめるんだがな。こっちはマジで溜まってんだよ。一通り輪姦してアへらせてやっから、文句はその後聞いてやるぜ。気力が残ってりゃあな……オイ」

「あいよ、リーダー。つーか、もうスキル垂れ流しまくってんですけど」

『遊び人《ニート》』系の第二段階クラス『男娼《エルフ》』の部員が、ポケットに手を入れて勃起したペニスの位置を調整する。

最初に絡んだ三人の内の一人だ。

注意して見れば、その口から吐き出す吐息がうっすらとピンク色に染まっているのに気づいただろう。

『男娼《エルフ》』スキルの『誘惑の息《テンプテーション》』だ。

男性ならば『男娼《エルフ》』、女性の場合は『娼婦《ニンフ》』となる上位クラスの基本スキルで、吐息に汚染された空気を吸った段階で『発情』のセービングロールが発生する。

毒や幻覚などの状態異常とは違い、即効性はないが抵抗に失敗すると少しずつ発情度が高まっていく。

即効性がない分、攻撃に気づかないという厄介な状態異常だった。

工作室内の瘴気濃度がダンジョン内より薄い分、効果も半減するが尚更に気づかれない攻撃になっていた。

「んな手間は要らねーんだよ。俺が軽くぶち込んでヤりゃあ、自分が誰に突っ込まれてもケツ振るメス豚だって思い出すぜ。なあ、凛子？」

軽薄な狐顔の男子が、ジッパーから引き出した勃起ペニスを扱いてみせる。

「近づか、ないで」

「三ヶ月ぶりくらいかぁ？　久し振りだとお前相手でもギンギンになんぜ。おら、しゃがんでケツ向けろ。久し振りにご主人様のお情けをくれてやっからよ……」

金縛りにあったように動けない凛子が唇を噛み締める。

一度隷属させられた肉体に、主人の精気はこの上なく甘美な麻薬だった。

抜け殻のような心では、決して自分から離れようとは思えなくなる甘露だ。

蜜柑に誘われ励まされ、全てを諦めた放心から回復した後でも、禁断症状にも似た渇望に苛まれることがあった。

「あれからどんだけ男を咥え込んできたんだよ。ちったあ色っぽい腰つきになってきたじゃねぇか」

「触ら、ないで」

「色気のねぇパンツ穿きやがって、Tバックにしろって言っただろうが！」

スカートを無雑作に捲られ、シンプルなクリームイエローのショーツ越しに尻を叩かれる。

調教された凛子にとって、その刺激は否定できない快感だった。

入学当時、まだ何も知らない生娘だった凛子は、クラスメートの彼から手込めにされていた。

それも一度だけはなく、彼が凛子という玩具に飽きるまで凌辱されている。

無理矢理パートナーにされ、教室やダンジョンの中から、男子寮にも連れ込まれて囲われていた。

性欲旺盛な少年から半年以上も調教された身体は、どうしようもない程に順応させられている。

「おら、さっさとケツ向けろ。使ってヤッから」

「ほんじゃ、俺は後ろの子。一番乗りー」

「……やぁ！」

「うはっ、可愛いー。大丈夫だよ、エルフのスキル全開で天国に連れてってあげるからさ」

「涙目で睨んじゃって、かーわいいじゃん。大丈夫大丈夫。仲間外れにしないで全員順番にチ○コ挿れてやっから」

「こっちのポチャ子ちゃんスンゲー巨乳、ヤベヤッベ」

「おいおい、順番守れよ」

落ちた砂糖菓子に群がる蟻のように、匠工房《アデプトワーカーズ》のブースに男子たちが詰め寄せる。

それだけ女に飢えており、ダンジョンと同じく瘴気に満ちた空間で獣性が昂ぶっていた。

「おい。あぶれてる奴ら、工作室の入口見張っとけ。今日は使用禁止、いや全員使用中ですってな」

「っち、クッソ。出遅れたぜ。ちゃんと交替してくれよな」

「つーかさ、残りの部員が来る可能性もあるんじゃない？　俺、あのちっちゃい部長狙ってんだよ」

「お前ロリ趣味かよ」

後ろから聞こえてくる悲鳴に後ろ髪を引かれながら、出遅れた男子が出入り口へと向かう。

分厚い隔壁と扉は、工作室を完全に隔離していた。

万が一、モンスターハザードが発生した時に備えたシェルター構造になっている。

中で何が起ころうと、外に音が漏れることもない。

見張り役の男子も股間を盛り上がらせていたが、それほど焦っている訳ではなかった。

羅城門の閉門にはまだまだ時間があり、工作室を使う生徒はほぼ居ない。

四人の女子を適当に輪姦した後は部室に拉致り、しばらく監禁する計画だった。

ダンジョン攻略を重視する学園では、多少授業サボったとしても口頭注意で終わりだ。

「良い暇潰しになるぜ。しばらくはダンジョンに潜る暇もねぇな。ケヘヘッ」

振り返ると、ズボンを脱いだ男子たちは、服を脱がせる間もなく女子たちに襲い掛かっていた。

獣性を開放したその表情は、醜い餓鬼の顔をしていた。

第27章　ソニックブーム

「んぎぎぎ……あ、開かないー」

両手を扉につき、プルプル震えながら力を込めて、びくともしていない蜜柑先輩可愛い。

手伝うべきか、見守るべきか。

心情的には、ずっと見守っていてあげたい。

生温かい視線に気づいたのだろうか、蜜柑先輩がぷくーっとお餅のように頬っぺたを膨らませてお睨みになられる。

「中で魔法陣が起動するタイミングだとロックが掛かるの。私の力が足りないんじゃないの、分かるかな？」

「委細承知です」

凄く撫でたいが、部長見守り隊のみんなが階段の踊り場からピーピングしている。

蜜柑先輩の威厳を保つためにも我慢しよう。

「もー、一応工作室は危険指定施設なんだからね。油断してるとお化けに齧られちゃうんだから」

オバケときた。

頭に毛が三本生えてるんだろうか。

「お化け、というか不定形モンスター……ゴーストとか、幽霊みたいな感じかな。たまにフ〜ッていう感じで湧いたりするんだよ、本当だよ」

「……ハハハ、成る程」

「信じてないなー。ビックリして腰を抜かしちゃっても知らないからね」

警戒度を一気に引き上げる。

不味い、蜜柑先輩を守り切れるだろうか。

昔、山籠もりをしていた時に、幽霊らしき怪異には何度か遭遇した。

戦国武将のようなボロボロの甲冑を着ている、骨と皮だけの幽霊が多かった。

錆折れた刀や槍を振り回し、怪鳥のような奇声を上げて狂ったように襲いかかってくる奴らだ。

見るからに死んでいたので幽霊の類いだと思うのだが、斬られたり刺されたりすると普通に痛かった。

ああ、幽霊とは物理的な現象なのだな、と思いつつこちらも物理で応戦した。

若かったのだろうと反省する。

今幽霊に遭遇したら逃げの一手なのだが、当時はもしかしたら食えるんじゃないかと思ってしまったのだ。

武将の方ではなく、同じく痩せこけた騎馬が目当てだったが、倒したら消えた。

実に無益な戦いだった。

まあ、子供時分の俺にも倒せた相手だが、たまに強い奴が混じっていたりするので油断できない。

後光が差しているようなタイプだとかなりキツイ、そして食えない。

再び、んぎぎーっと扉を押している蜜柑先輩の背後に控える。

扉が開いた瞬間に、袈裟斬りにしてくる可能性もある。

反撃の準備と、蜜柑先輩を庇う用意はしておくべき。

そして、ガチャリとロックが外れたような音と同時に扉が開き、ふあっと呻いてずっこけそうになった蜜柑先輩の襟元を掴んで引っ張り寄せ、浅ましい表情でケヒヒと鳴いていた幽霊に正拳突きをぶち込んだ。

悪霊即殴打だ。

鼻をひしゃげさせて吹っ飛んだ幽霊その一は、随分と手応えが軽い。

これは雑魚の手応え。

高位の武将クラスになると、重量のある低反発素材を殴るような感じだったはず。

ゲスな笑みを貼り付かせて硬直している幽霊その二、その三を諸手突きで撃退した。

薄暗い視界が色づく。

というか、反射的に加速状態のスイッチをオンオフしてしまったようだ。

クラスチェンジした『雷神』スキルのひとつで、GPを消費して加速状態に入ることができる。

これも体感で五秒くらい加速するとGPが枯渇する、えらく燃費の悪いスキルだった。

時間が止まったようなモノクロームの世界は、空気が粘り着くように動き辛い。

沙姫の使う『閃撃《スカッド》』に似ているが、使い勝手はいまいちだ。

加速状態で静香のスカートを下からこっそり覗こうとしたら、ソニックブームらしきものが発生して凄く怒られた。

超役に立たない。

見たいなら好きなだけ見せてくれると申されていたが、覗くことに意義があるのです。

案の定、突きがソニックブームを発生させ、爆心地みたいに幽霊ごと備品が吹き飛んでいた。

「な、なんかゴゴンってしたよっ。そしてババンって！」

引き寄せた弾みで、正面から抱っこしたスタイルになった蜜柑先輩がアワアワなされていた。

一連の行動を体感できたということは、蜜柑先輩も一緒に加速状態に巻き込んでしまったらしい。

工作室の中には、まだ妙に肉付きのいい幽霊が大量発生していた。

得てして幽霊とは群れる習性があるのだ。

放って置くと危なそうなので、蜜柑先輩も一緒にモノクロームの世界へご招待するべき。

「少し粘々しますが、息を止めて目を瞑っていて下さい」

「ふにゃ？」

蜜柑先輩を左腕で抱っこすると、一気に視界から色彩が消え去った。


「なっ、何がどうしちゃったのかなっ、かなっ！」

「はて、俺にも何が何やら」

衝立は吹っ飛び、棚は倒れ、備品が散乱した工作室《ファクトリー》の真ん中ですっとぼけてみた。

正直になったら絶対に怒られるパターンである。

多分、手榴弾とかダース単位で投げ込むと、こんな乱雑具合になると思う。

頭を抱えてパタパタ慌てる蜜柑先輩、超和む。

ちなみに制服がビリビリに破れ、オレンジの水玉パンツとか見えててラブリー。

俺も袖とか吹っ飛んだビリビリ制服になって世紀末感を煽ってる。

考察するに、音速を突破した衝撃波や粘性空気の抵抗で破れたのだと思うが、肉体にはダメージがないのはどういう仕組みなのか。

まあ、スキル自体がいろいろと理不尽な現象ではあるが、物理法則には従うべきだと思う。

「が、ガス爆発？　じゃなくて、誰かが魔法とかカードを暴発させちゃったのかもっ」

「なるほど、そういうことにしましょう」

なんて危険度の高い施設なのだろう。

俺が少しだけ発生させてしまったかもしれないソニックブームの影響ではなく、誰かが同時にガス爆発させて魔法をファンブルしてしまったに違いない。

白目を剥いて吹っ飛んでらっしゃる半裸の男子が大量に転がっているが、ガス爆発と魔法ファンブルに巻き込まれてしまったのだ。

お悔やみを申し上げたい。

これは独白になるが、五～六体殴り飛ばしてから、もしかしたら幽霊じゃないかも知れぬと思わなくもなかったが、舌を出してアへってている狐顔の野郎とか気持ち悪かったので全員殴っておいた。

全力で殴るとパアンッっていろいろ弾け飛びそうだったので、一応加減はしていた。

後、何人か混じってた女の子を殴ると、減点されそうな気がしたので避けました。

昔のガンシューティングゲームみたいな感じで、『ＨＥＬＰ！』とかアイコンを出してくれてると分かりやすかったのだが。

「……な、なにが、おこった、の？」

「リンゴちゃん！」

幽霊っぽい敵キャラに囲まれていた味方キャラ子が、へたり込んだまま頭に手を当てていた。

というか、匠工房《アデプトワーカーズ》の副部長さんだった。

お尻のスカートが捲れパンツもずり下がってるとか、衝撃波は器用な仕事をした模様。

気を失っていたり、床にへちゃっている女子も、みんな匠工房の先輩だった。

「大丈夫っ？　リンゴちゃん、それにみんなも」

「……ん、多分だいじょうぶ、かも。蜜柑ちゃんも、その格好は」

頭を振って仲間の無事を確認した凛子副部長は、制服に謎のダメージを負った蜜柑先輩を気づかっていた。

「ええっと、ドドンってしてババンってなって、ギュィーンって引っ張られてバーンババーンって」

「ガス爆発の魔法が暴走した不幸な事故です」

身振り手振りでパタパタ説明しようとしている蜜柑先輩は可愛いのだが、まだ混乱しておられるようなので代弁を買って出た。

「ガス爆発？　いや、そうじゃなくて、君は……どうして蜜柑ちゃんとココに」

「些事はこの際、捨て置きましょう。お怪我はありませんか」

「え、うん。犬に噛まれた程度かな……。で、どうして視線が泳いでるの？　ちょっとこっち見なさい」

お尻が半分見えてるのでお隠し願いたい。

へちゃって呆然としてる先輩とか、倒れてる先輩を介抱していく。

多少着乱れてはいるが怪我はないようだ。

ちょうど工作室の扉から、部長見守り隊のメンバーが入ってきて唖然としていた。

＊　＊　＊

特級科の学舎にある生徒会室。

会長机前に設置されているソファーで、仰け反った誠一が手を上げる。

「てな感じだ。ま、いつも通りってやつだな」

お気楽に軽薄な調子で報告を済ませた誠一に対し、会長はマホガニーデスクから顔を上げる様子もない。

問題になりそうなネタは出されていない。

してない。

一学年にして二四クラス。

特級科を含めれば千人を超える生徒の内、何人が学園の特任を受けているのか誠一も把握していない。

調査、監視、密告、実力行使、世論誘導などのプロパガンダが役割になる。

表に出ることのない非公式組織は、秘密公安委員会と呼ばれていた。

もっとも委員同士が集うことはなく、自分たちも他に誰が委員であるか分かっていない。

ダンジョン外であればスキルを使用できないとは言え、武装した未成年の戦闘経験集団を管理するシステムのひとつだった。

基本的には担当教師とメールでやり取りされる秘密集団だが、役職者の専属として配される者もいる。

多くは入学以前より繋がりのある主従関係だ。

「どいつもこいつも、このイカレタ学園にようやっと慣れたって時期だろうしな。まだ派手にやらかす馬鹿は出てねえよ」

実際、いろいろと派手にやらかしているルームメイトを除けば、特に問題視されるようなトラブルは起きていない。

「そうそう、一応俺らのクラスから規格外《イリーガル》が出たが、報告は届いてるんだろ？」

便宜上クラスは幾つかのカテゴリーに分類されている。

『戦士《ファイター》』『盗賊《シーフ》』『術士《マギ》』『職人《クラフター》』『文官《オフィサー》』『遊び人《ニート》』の基本６クラスと派生になる『アーキタイプ』。

アーキタイプに含まれていない稀少クラスが『レア』。

SR《スーパーレア》やSSR《すごいスーパーレア》も区分上は『レア』になる。

対して『イリーガル』とは、クラスチェンジシステムの規定法則から逸脱したクラスを指す。

取得条件や再現性の不明、同時期に同じクラス取得者が現われないことから、唯一《ユニーク》のクラスとも呼ばれることもある。

「名前は鷹峰和人《たかみねかずと》。なんつうか、まあ普通の兄ちゃんだな」

「勇者《ブレイバー》だったたな。……それで」

手を止め、酷薄な瞳が誠一を捉える。

久し振りに向けられた異母兄の顔にも、誠一のヘラヘラとした薄ら笑いに変わりはない。

「監視はしとくぜ？　仕事だからな。クラスが同じなのは面倒がなくていいぜ」

「それだけか？」

「ああ」

何も聞き返さず、興味を引かれた様子もなく、ぺらりと卓上の書類が捲られた。


「あのスカシ野郎、何か感づいてやがんのか？」

特級棟から出て、図書館の前に面した庭園をぶらつく。

特級科と普通科、どちらの目も避けるルートだ。

「……だとしても、まあ直接顔を合わせる機会もねえし、知りようがねえな」

アイテム関係は『職人《クラフター》』上位の『鑑定士《オーセンティケーター》』がステータスを確認できるように、対人に関しては『文官《オフィサー》』上位の『鑑定人《アプレイザー》』というクラスが存在している。

共通するスキルもある類似のクラスだ。

特級科であれば将来を見据え、『文官《オフィサー》』系クラスを選ぶ者も多い。

誠一としても、いつまでも面従腹背に気づかれないとは思っていなかった。

決定的な決裂に至るまで、利用できる物は遠慮なく使い潰すだけだ。

だが、今はできるだけ目立たず、力を蓄える時期だと思っている。

そう、目立つ真似は避ける必要があった。

足を止めた誠一は、妙にざわついている特別教室棟の様子に気づいて首を傾げる。

事故でも発生したのか、何やら慌ただしい。

担架に乗せられて運ばれていく男子や、ガスマスクを被って防護服を着た作業員を、生徒たちが不安げに見守っていた。

左手で右肘を押さえ、指には顎を乗せて遠くを見た。

手間をかけて整備された聖堂付近の庭園には、息抜きや休憩している生徒の姿が見える。

図書館から特別教室棟に面したエリアに行くほど、気合いの入ったガーデニングとなって無駄に敷居の高さを醸し出していた。

庭園のオブジェや生垣が遮蔽物になっており、青姦カップルの逢い引きスポットにもなっていた。

昼間から盛るには丁度いい場所だ。

生垣の上から靴下の爪先が見えていたり、風もないのにユサユサと揺れまくっている観葉樹、ストレートにベンチで重なっている人影、トーンの高い女子の切羽詰まった嬌声があちこちから聞こえてくる。

青い空と穏やかに流れる雲を眺めていた誠一が視線を戻すと、生垣の上に顔を出した叶馬と目が合った。

眉間を押さえて目を瞑り、溜息を吐く。

見間違いではなかったという、悟りにも似た達観マインドになっていた。

「事情がある」

三本の脚が生垣の上に伸びている。

甘ったるい呼気と、押し殺した呻き声、猫のようにむずがった喘ぎと、三人分の声が入り混じっていた。

誠一には聞き覚えのない声だった。

「……おう。俺のことは、まあ、気にするな」

「違うのだ。恐らく誤解して」

ネクタイを引っ張られて生垣の中に沈んだ叶馬に代わり、幾分ボサついたロングヘアの女子が顔を出した。

三人分の爪先はぷらぷら揺れている。

誠一が察したように、彼女を含めた四人と真っ最中であった。

気怠げで眠たげ、うっすらと上気した目元が艶やかだ。

匠工房《アデプトワーカーズ》の副部長と顔を見合わせた誠一は、何となく会釈する。

「……借用中」

「明日まで返して貰えれば、まあ」

「ほいほい」

がさり、と生垣の影に沈んだ。

何やらんーんー、という呻き声が聞こえてきた一角から離れ、購買部へと足を向けた。

鬱金《うこん》ドリンクが無ければ、久し振りに外のコンビニエンスストアに出向くのもありだろう。

＊＊＊

「…ふぁ……っ」

川の字に並んだ先輩たちが三人、仰向けで芝生に寝そべっている。

それぞれ、涙目で睨んでいた先輩も、半泣きで見上げていた先輩も、極まり過ぎで放心していた先輩も、一様にトロンとした惚け顔になられていた。

エロスキルの影響とやらは大分落ち着いた様子。

『遊び人《ニート》』系上位の『男娼《エルフ》』というクラスは、女性に対して圧倒的優位性がある干渉系スキルが使えるそうだ。

モンスターにも性別があるのだろうから、一応ダンジョンでも使えなくはないか。

最後まで睨んでいた先輩から抜き、真ん中のぽっちゃりした巨乳先輩に挿れ直した。

最初は恥ずかしそうに胸を押さえていた先輩も、今は他の先輩と同じように自分で両脚を抱え込んでいた。

軽く揺すると、オッパイをブルブルと揺れる。

とても良さそうに顔を反らし、可愛らしい喘ぎ声を漏らした。

スキルの侵食度合いが深かった先輩は、最初激しく致してしまったので優しく仕上げていった。

「……みんなにきっちりフィニッシュとか、絶倫だね。もしかして『絶倫王《ドンファン》』なのかな」

胡座をかいて見守っていた凛子先輩が呆れている。

「『術士《マギ》』系だと思われます」

「そう言って蜜柑ちゃんを騙してレイプしたのかな？　最初から私たちもレイプするつもりだったんでしょ」

副部長さんの台詞は、どこまでジョークなのか分かりづらい。

蜜柑先輩の前から拉致られてきたのはこちらなのだが。

『男娼《エルフ》』スキルで干渉された状態異常は、スキルが途切れてもすぐに回復はしなかった。

質の悪い連中に絡まれ、工作室の中で輪姦されそうになったらしい。

ガン極まりだった先輩とか、放置すると精神に異常を来してしまうレベルだと脅された。

スキルの影響を抜くにはスッキリさせれば良いということで、お手伝いを命令されたのだ。

名前も知らない先輩方を抱くのは戸惑ったが、つまり求められている役割は肉バイブでしかない。

何度達したか分からない、ホンワカ先輩から物を抜く。

みんなスカートを捲って、事務的に下着を下ろしている恰好だ。

「お疲れかな。もう、帰って良いよ」

お大尽様がドライスティックに、使用済み肉バイブを切り捨てなされた。

「あと、エッチしたからってこの子たちに馴れ馴れしく付きまとわないでね。ていうか近づかないで。見掛けたら潰すから」

ポケットから取り出したペンチとはちょっと形状が違う、クルミ割り器に痺れる。

そんな代物を持ち歩くほどクルミが好きなのだろうかと疑問に思う以前に、何かをすっぽり挟めてしまえそうな丸みにゾクゾクする。

「蜜柑ちゃんにも二度と近づかないでね。先輩相手のセックスに興味があるだけなら、もう充分味見できたでしょ？」

「何か誤解されているかと」

ガチョンガチョンされていると威嚇されている気分になってくる。

「こんなのはみんな慣れっこだから、自分の女にしてやったとか思ってるようなら潰すし。都合の良い性処理女ができたと考えてるならお生憎さま。そんな訳ないでしょ、馬鹿じゃないのかな、君は。エッチしたくらいで自分の物だと思うなんて、厚かましいにもほどがある」

「……」

「さっさと消えてくれないかな、目ざわりだから」

「……察するに、しんどいのですか？」

抱えた膝に、顔を押し付けて震えている凛子先輩が、ガチョンとクルミ割り器を握り締める。

俺に対して嫌悪感があるというより、男性全般に不信がある感じ。

ここで、じゃお疲れ様でした、と帰ってしまいたい気はする。

肉バイブ扱いされるのは、あまり気分的によろしくはない。

余計なお世話というのならば、強姦魔になるつもりもなかった。

なので、ポチャ子先輩から縋るような目で見られても困る。

ヘブンに飛んでしまっている先輩は置いておいて、もう一人の先輩も涙目で睨んでおられる。

浮かしかけていた腰を降ろして頭を掻く。

良く考えれば、俺の悪評など今更というものだ。

「……前からと後ろから、どちらが良いですか？」

膝に顔を埋めた凛子先輩がピクッと震える。

「……私もレイプしたいの？」

「はい」

取りあえずクルミ割り器はちょっと手放して頂きたい。

無抵抗で踞ったままの凛子先輩から取り上げ、ポチャ子先輩にお渡ししておく。

睨み目先輩と一緒にガチョンガチョンさせるのは止めて欲しい。

恐らく顔も見たくないと思われるので、後ろ向きの四つん這いポーズになってもらった。

承諾も協力も抵抗もされない、マネキン人形にポーズを取らせる感じだった。

女子としては背が高い凛子先輩なので、芝に膝を突いた腰の位置が高い。

一応、三人組の先輩たちに視線を向けると、無言のゴーサインがガチョンと鳴らされた。

スカートを持ち上げてお尻にご対面すると、甘酸っぱい臭気が濃厚に漂った。

クリームイエローのショーツがぴっちり肌に張り付くくらいの大洪水だ。

どれだけ我慢していたのか、内腿からお尻の方まで水浸しだった。

思わず拝んでいたら、ガチョンガチョンと無言のプレッシャーが襲いかかる。

我に返ると、凛子先輩は芝生に突っ伏すように崩れ落ち、歯を食い縛って震えていた。

焦らして愉しむつもりはなく、肉バイブ役を全うするべき。

お尻の方からするりとショーツをずり降ろす。

一層蒸れた生臭さを醸す凛子先輩の性器は、刺激を与えずとも内側から捲れるように膨れて、えらく粘ついた汁を滔々と溢れさせている。

こちらの準備は、何というかいつも通りのやんちゃ棒状態を維持している。

根元を掴んでホールドし、先端を凛子先輩の開いた穴に填めた。

三人分のお汁もちょっと乾いてしまったので、亀頭をヌルヌルしている柔らかいお肉に絡めて馴染ませる。

どうも先輩たちはご無沙汰というか、恐らく性交渉をしばらく絶っていたのかえらくキツかった。

発情スキルでハイになっていなければ、結構痛かったと思うくらいの手応え。

亀頭を填め込んだまま、支えた手で上下左右に掻き回す。

三人並んだ先輩たちを見ると、何やらねっとりした熱視線を俺たちの局部に向けておられた。

「凛子先輩。奥まで行きます」

念のためお断りしてから、奥まで一気にズブリとお邪魔した。

静香と同じく安産型のお尻がビクッと痙攣し、食い縛った口元から搾るような呻き声が漏れていた。

入口がぎっちりと締まり、奥の柔らかいお肉がみっちりと先端を包み込んでいる。

中にもたっぷり溜まっていたのか、漏れ出した潤滑液が竿を通じてポタポタと滴っている。

根元まで咥え込んだお尻が、達したかのように断続的に痙攣していた。

性的快感はともかく、凛子先輩にとっては嫌悪感を感じる象徴だろう。

挿れたまま馴染ませるために動きを止める。

のだが、なんか治まった頃にまた背筋をビクッとさせ、口元を両手で押さえて痙攣してしまう凛子先輩。

これは無理に慣れるまで待つよりも、さっさとクールダウンさせて差し上げた方が先輩のためだろう。

ぴったりと陰茎に密着している入口まで亀頭を引き出し、同じ深さまで挿れ直す。

やはり、凛子先輩もお久しぶりなのか凄くキツイが、充分な量の潤滑液が分泌されている。

凛子先輩に覆い被さるように四つん這いになり、局部以外は接触しないようにして丁寧に腰を揺すっていった。

「凛子、先輩。治まったら、いって下さい」

「っ……ん、んぅー」

涙目で口から手を離そうとした凛子先輩だが、少し大きな呻き声が漏れてしまって慌てて蓋をした。

先の先輩方と同じなら、男性の精を一度受けないと症状が緩和しないのだと思われる。

既に三人の先輩に二度ずつほど致してしまったので、早々にフィニッシュとはいかなかった。

抑えが効かなくなってしまったのか、片手で口を、片手で芝生を掴んだ凛子先輩は、完全にヘブンズゲート開放状態だ。

意識すると逆に中々イケない感じがもどかしい。

故意ではなく、凛子先輩に魅力がない訳でもないのだが、フィニッシュに至るまで結構な時間が掛かってしまった。

小一時間は経っていないと思うのだが、凛子先輩は汗だくで瞳孔が開いていらっしゃる感じで出来上がっている。

膝が擦れて痛かったので、途中二度ほど裏表リバースさせてしまった。

こちらは挿れっぱなしだった結合部は、白いクリームみたいに泡立ってシェービングクリームを塗った感じ。

時間が掛かった分、物凄い量が出てしまった気がする。

うつ伏せになられている凛子先輩から、ゆっくりとペニスを抜いていく。

すっかり馴染んだアソコのお肉が、引っ張られるように伸びてチュポン、と抜け出た。

むわっと醸す性臭と湯気に、どぱっと飛び散る白い粘塊。

ネクタイがぐいっと引っ張られ、大分据わった目になっている凛子先輩と顔を見合わせた。

「……とんでもない淫獣だね、君は」

「申し訳なく」

「蜜柑ちゃんもこうやって誑かしたの？」

「誤解です」

蜜柑先輩は確かに可愛いので心配になる気持ちは分かるが、愛でて保護する対象という感じが強い。

しばらくじぃっと目を合わせられ、深く溜息を吐くと気怠そうに身体を起こしていた。

「ま、取りあえず信用しとこうかな……。はぁ、もう腰怠い。ていうか疲れて眠い」

ノーパンで胡座をかくのは止めて頂きたい。

とはいえ、こちらも立て続けの性行為に体力を使い果たしてしまった。

途中から観戦者となっていた三人の先輩方は、身繕いも済ませて仲良く固まっていた。

淫獣やら性獣とかの単語が聞こえてくるし、視線の湿度も高い。

まあ、体調は元に戻ったようなので何よりだ。


とある事情により、いつもは他の教室より静かな一年丙組が賑やかだった。

どちらかといえば、男子より女子のテンションが高い。

騒ぎの中心になっているのは、クラスメートで初めて聖堂《カテドラル》クラスチェンジを済ませた生徒たちだ。

入学してひと月も経過していない、ゴールデンウィーク前にクラスチェンジした一年生はまだ数えるほどしかいない。

ましてや、アーキタイプなクラスではない、ユニークな規格外《イリーガル》もいるのだ。

普通とは違う、特殊で特別な存在は羨望の対象になる。

そして、教室の空気が朗らかな原因はもうひとつ。

普段から無駄にプレッシャーを垂れ流している、呪われた重しの如き存在が、ぐったりと伸びているからだった。

「……銭がない」

鮮度の悪い卵のように突っ伏している叶馬は、腐った魚の目をしていた。

「制服も買うと高えんだな」

窓枠に腰かけた誠一は、欠伸をしながら人事のように宣っている。

実際、完全に他人事だ。

「蜜柑ちゃん先輩の分も弁償したんだろ？　このクソ頑丈な制服をダメにするプレイとか、マジ野獣だよな」

豊葦原学園の制服は、強靭な特殊繊維を編み込んだ特注品だ。

スペクトラ繊維に関しては熱に弱いという欠点があるものの、耐切断ストレスに優れ、何より軽量である。

普段使いの衣服としても充分に実用的で、少なくともハサミやカッターナイフ、素手で引き千切れるような強度ではない。

ちなみに、入学時に配布される制服一式は無料だが、体型の変化などによる買い換えは自己負担になる。

購買部から銭で購入可能だった。

「静香、叶馬くんにお銭貸してたでしょ。パートナーにたかるなんてサイテーの甲斐性なしだよね」

「叶馬さんは、釣った魚に餌をやらないタイプらしいのです」

「うわ、それってヒモってコトじゃん。サイテー」

お淑やかな微笑みを浮かべた静香の席に、牛乳パックのストローを咥えた麻衣が肘をついていた。

元々の席順が前後なので、誰に迷惑をかけている訳ではない。

「精一杯尽くしていると思ったのですが、まだまだ足りないのですね……」

「どんだけ貢がせるつもりなんだろうね。マジサイアク」

隣の席から聞こえてくる会話が筒抜けだ。

「なんか言われてんぞ」

「俺はどうすれば良いのだ……」

「取りあえず自重しろ」

「クックック」

「自嘲じゃねえ。節操なくアッチコッチに手え出すのは控えろつってんだ」

反論しかけた叶馬だが、自分でも心当たりがないでもなかった。

「……善処する」

第28章　新階層

――穿界迷宮『YGGDRASILL』、接続枝界『黄泉比良坂』――

――第『肆』階層、『既知外』領域――


ボロボロになった制服の購入費用は、男子用四〇万銭、女子用六〇万銭だった。

蜜柑先輩は遠慮なされていたが、俺にもちょっと責任がある気がしたので強引に受け取ってもらった。

雷神式高速機動は二度と使わないと心に決めている。

というか、出費が痛すぎる。

勿論、俺のカードからは賄いきれず、静香に土下座して不足分の調達をお願いした。

八〇万銭くらいの借入れは、沙姫、海春に夏海からもカンパして頂いた。

返済まで、何でも言うことを聞くロボットの誕生である。

雪ちゃんもこっそりカンパしてくれようとしたのだが、小判とかどうやって銭に両替すればいいのか分からなかったので辞退した。

ちなみに千両箱とか超重かった。

お代官様ごっことかする時に借りようと思う。

「うっし、やっぱモンスターは居ねえ。浅い階に繋がってる界門玄室はセーフティゾーンだな」

「んー。これってゲート戻ると、またでっかいボスが湧いてるの？」

閉じられた界門アーチを見上げる麻衣に、装備を確認していた誠一が肩を竦めた。

「居ねえんじゃねえかな。ボスランクのモンスターは、再出現までクールタイムがあるって話だ。界門守護者《ゲートキーパー》だと三日から一週間くらいか」

第二階層の攻略は初めてとなるので、こちらも念入りに準備をしておこう。

とはいえ、新しい武装がある訳ではない。

不幸な事故により工作室《ファクトリー》が一時閉鎖されてしまったので、カスタマイズを依頼したボスドロップ鎧は空間収納《アイテムボックス》の中に入ったままだ。

鎖鎌を二本タクティカルベルトに差し、買い換えた装甲グローブを填める。

誠一と同じく、チタンプレートで補強された打撃仕様だ。

『術士《マギ》』系クラスの装備にしては大仰かもしれない。

ボディアーマーは引き続きお奨めセットの付属品を使っている。

ボスゴブリンのような相手を考えれば、やはりプレート系の重装甲が欲しくなる。

『餓鬼王棍棒《オーバーグリードギア》』は重いので、的を見つけるまで空間収納《アイテムボックス》に格納している。

使用頻度が高いアイテムは、雪ちゃんが出しやすい位置に保管してくれるので問題はない。

玄関の傘立てに突っ込んであるイメージだ。

「新しいフロアですね。どんなモンスターでも全部切り伏せます！」

腰に刀を差した沙姫が、元気いっぱいにちっぱいを張る。

女子会とやらが終わった後は何故か泣きそうな感じで凹んでいたのだが、一晩寝て元に戻ったようだ。

海春と夏海は向かい合った格好で手を合わせ、お祈りするように精神統一していた。

「油断しないように参りましょう」

ゴブリンスピアを右手で構えた静香は、落ち着いた雰囲気をまとっていた。

見た目がちょっと達人に見えなくもないが、完全に見かけ倒しの娘だ。

唇を尖らせて恨めしそうに見詰めてきますが、間違っても前衛に出ないように。

「『位置《ロケーション》』、です」

「『自動記述《オートマティスム》』、です」

海春と夏海が、近座標確認と自動マッピングスキルを使用する。

『自動記述《オートマティスム》』は俺たちが移動した軌跡を、仮想マップに記録しておくスキルだ。

方眼紙のマス埋めをしなくても道に迷うことはない。

『文官《オフィサー》』クラスには戦闘用のスキルがなかった。

だが、いろいろと便利な小技スキルが多い模様。

「うし。んじゃ、様子見してみっか」

シュマグを巻き終えた誠一が、玄室の出口へと足を向けた。

メンバーが自然と、ダンジョンを探索する時のフォーメーションになる。

先頭に『忍者《ニンジャ》』の誠一が立って索敵と歩哨を担当。

その斜め後ろ左右には俺と沙姫が配置し、隊列の中央にいる後衛クラスをガードする形だ。

回廊を徘徊するワンダリングモンスターも居るので、背後からの奇襲にも警戒する必要があった。

「誠一。この階層のモンスターについて確認だ」

「ああ、データによれば第一階層と変わらねえ。ゴブリンとコボルト……まあ、今までコボルトと遭遇したことがねえんだが、ゴブリンより弱っちい相手のはずだ。モンスターのレベル自体が上がってる分、今までよりも手強いだろうぜ」

事前ミーティングで聞かされた内容を繰り返す。

現場での心構えと確認、緊張をほぐすために誠一へ話を振ったが、ちゃんと通じたようだ。

「だけどな、ここは既知外エリアだ。実際はどうだか分からねえ。油断は禁物だぜ」

「ふぁい」

欠伸をしている麻衣と、ジャンケンしている静香たちは真面目に聞いた方がいいと思う。


「くっ、コイツヤバイ。ゴブリンの三倍の速さだわ」

目標を失ったオレンジサイズの魔法球がダンジョンのフロアで爆ぜる。

玄室のサイズは第参階層よりも広い。

ロッドを構えた麻衣に襲いかかるブラックドックは、曲線を描いて追尾する魔法球を余裕で回避している。

更に一匹だけではなく、狩りをする猟犬のように、複数での波状襲撃を仕掛けていた。

知能ではなく、それは本能的なコンビネーションだった。

「これは……やっぱ効率悪いけど、面制圧砲撃じゃないとダメかな」

掌を差し出した麻衣の眼前に、平面に並んだ六行六列のサクランボサイズ弾が構成される。

「チェリーブラスト！」

コントロールや威力よりも、爆発的な射出速度を重視した魔法だ。

破壊力はスリングショットで撃ち出されたパチンコ玉程度だろう。

だが、一度に射出された三十六個の魔法球は放射線状に拡散し、三匹のブラックドックをまとめて弾き飛ばしていた。

ミニサイズ魔法球の生成は、耐久戦となったゲートキーパーとのバトルで身につけたテクニックだった。

直感的で応用力に優れたイメージ構成力は、麻衣の特殊な才能だ。

普通の『術士《マギ》』クラスが発動させる魔法は、もっと画一的になる。

「引きつけんのは良いけど、安全マージンは確保しとけよ。思わず手が出るとこだったぜ」

「ゴメンゴメン。でも、そん時は守ってくれるんでしょ？」

「言わせんなよ、阿呆」

被弾して動きの鈍ったブラックドックを、ナイフを手にした誠一が速やかにトドメを刺していく。

小さな子牛サイズの獣型モンスターは、成人男性よりも重量がある。

モンスターとはいえ、既存の生物と同じ形状を模している以上、首を掻き切られれば生命活動を維持できない。

「右後脚に、枷を、願う」

槍を立てて目を閉じていた静香が、四匹のブラックドックを睨み据える。

『巫女《ミコ》』の『祈願』スキルは、あらゆるイメージを具現化させる万能スキルだ。

その分、効果は弱い。

同格以上の存在に対しては、容易くイメージを無効化《レジスト》される。

ブラックドックにとっては、一瞬だけ脚を掴まれた程度の拘束。

だが、確実に生じた隙間を縫うように、鋼の旋風が吹き荒れた。

「イヤアアァーッ！」

四足獣を相手に沙姫が切っ先を振り込んだ箇所は、生命の急所ではなく前脚であった。

静香の後ろで身を寄せ合う、海春と夏海には視認さえできない一閃だ。

二匹のブラックドックは前脚を切り飛ばされ、床に転がっていった。

「チェイ、ハッ！」

片羽の鳥のように振り抜かれた刃、素早い踏み込みで舞い踊るようなステップ。

スカートが踊り子のようにひらめき、黒く残った足跡からはゴムが焦げる臭いがしていた。

脳虚血からブラックアウトを引き起こすレベルの高速身体機動も、クラスチェンジの身体強化された肉体があってこそだ。

意識が戦闘状態であれば、近距離から撃たれた拳銃の弾を知覚し、切り落とすことすら可能になっている。

「静姉様、グッドです！」

サポート要らなかったよね、と思いつつ静香もサムズアップを返した。

「ふんっ！」

ギャン、とブラックドックの鳴声が漏れる。

黒い毛皮に包まれた太い首元に、腕が食い込んで気管を締め上げている。

のし掛かるように密着された状態では、牙で噛みつくことも、爪で引っ掻くこともできない。

ブラックドックにフェイスロックを決めた叶馬は、ミシミシと音を響かせながら筋肉に力を込めていく。

泡を吹いてギシギシと頸椎を軋ませたブラックドックが空に浮き、スープレックスで床に叩き付けられると同時に昇天した。

「……お前がどういうバトルスタイルを目指してんだか、未だに分かんねえんだが」

「ああ。新しい階層のモンスターパワーを知っておきたかった。ミスったらお前が守ってくれるのだろう？」

「気持ち悪いわ！　阿呆かっ」

「静姉様が鼻血をっ」

「インスピレーションが……」

「えっと、『癒し《ヒール》』、です」

「んー。問題なく殺れそうかな。ってゆーか、ゴブリンが出てこないんですけど？」

麻衣が謎の騒動を尻目にしながら腕を組んだ。

玄室を三つほど掃除したが、ゴブリンは出てきていない。

真っ黒い毛皮に燃えるルビーの目をした、ブラックドック。

玄室の中で不自然に生えていた擬態木の、エント。

熊の身体に梟の頭部を持つ、オウルベア。

ゴブリンやコボルトなどの人型モンスターが消えている。

「どうも、そうみてえだな。どうなってんだ、こりゃ」

誠一は巻き布の上から頭を掻いた。

下調べとは違う、想定外の状況だ。

安全策を取るなら一度帰還し、初見のモンスターに備えるべきだろう。

だが、もはや彼らにとってルーチンワークとなっていたゴブリン相手と比べても、多少手強いくらいで問題なく討伐できた。

どの程度順調かといえば、回復魔法を使用したのが静香の鼻血治療だけである。

第肆階層における階層規定値は30レベルだ。

既知外領域に巣くうモンスターは当然上限値になっている。

麻衣を例にすれば、第二段階《セカンド》クラス『魔術士《ウィザード》』のレベル16に達している。

だが、本来レベル的な強化値は、下位クラス分を含めた累積レベルが基本になる。

『一般人《ノービス》』レベル10＋『術士《マギ》』レベル20に、『魔術士《ウィザード》』のレベル16分が加算された、レベル46が累積《ベース》レベルだった。

戦闘においてレベル＝戦闘能力とはならないが、少なくともSPの障壁効果の差は大きい。

クラスによる差異はあったが、基本的に同レベルのモンスターであれば互角に戦えると言われている。

そして、EXPを稼ぐ意味での狩りでは、同格や格上相手ではなく、格下を大量に狩るスタイルの方が効率が良かった。

「既知外エリアにゃマニュアルが通用しねえ臭え。まあ、油断だきゃしねえように、適当に掃除していくか」

「はーい」


ダンジョンの階層が変われば、その性質も変化するようであった。

温度、湿度、臭い、ダンジョンの壁や床の構成物質、出現するモンスター。

迷宮概論の授業で聞いた話では、水没しているフロアや重力異常が発生しているフロア、天井がなくて空を見上げることができるフロアなどもあるらしい。

ダンジョンの階層とは、物理的に連続して地下に広がっていく空間とは違い、通常とは異なる空間、異世界に接続されていると考えられている。

えらくファンタジーな謎理論を真面目な顔で講義しておられた先生は破壊力あった。

シュール系芸人が得意げにネタを披露して盛大に滑らせた、アノ感覚だ。

お前らには分からないだろう、みたいなドヤ顔で、つるっ禿げ頭と眼鏡を光らせるのが最高に極っていた。

割と心底どうでもいいが。

そうした謎の不思議空間であるダンジョンだが、何らかの規則性というかテーマがあるようだ。

最初の階層のスキンテーマが『ゴブリン』なら、この階層のテーマは『どうぶつの森』だろう。

情報閲覧《インターフェース》で『エント』と表示されるモンスターは擬態の達人だった。

待ち伏せモードではどこから見ても普通の樹木だが、捕食モードになると幹が裂けておぞましい口となり、根は足、枝は手となって襲いかかってくる。

森の中で普通の木々に混じっていたら、恐ろしい暗殺者となるに違いない。

ただ、石畳の玄室の中で、ポツンと何の脈絡もなしに生えていたら普通に妖しい。

というか、不自然極まりない。

情報閲覧《インターフェース》にも名称が表示されたりする。

麻衣が待ち伏せモードのやつを、そのまま魔法で吹っ飛ばしていた。

回廊をワンダリングモンスターとして普通に歩いている姿にはちょっとビックリした。

移動速度が遅いので仕方ないのだろうが、だるまさんが転んだみたいに目の前で待ち伏せモード化しても、誰も騙せないと思う。

そして、結構な芸達者であった。

紅葉してたり、メロンとか生らせていたり、松や竹に擬態もしていたが、全部麻衣用のボーナスモンスターである。

ちなみに、メロンは甘くて美味かった。

五つほどドロップしたので味見した残りを空間収納《アイテムボックス》に納れたら、すぐに皮だけがぺっと排出された。

エントに比べれば、他の動物型モンスターは罪のない奴らだった。

『ブラックドック』はちょっと大きい犬だし、『オウルベア』は顔が梟《フクロウ》になっているちょっと大きい熊だ。

どちらも問題なく倒せているが、オウルベアには少し冷やっとさせられた。

ダッキングから背後に回り込み、チョークスリーパーで締め上げたら、首が一八〇度回転して噛みついてきたのだ。

中々動物の倒し方マニュアル通りにはいかないものだ。

他には、ピョンピョン飛び跳ねているだけの『マタンゴ』とかも居た。

攻撃してこないし、動きが何か卑猥だったのでしばらく皆で観察していたら、撒き散らされた胞子で玄室から溢れるほど増殖したりした。

レベリングに使えるかなと思ったのだが、魔法で一掃した後に残っていたのは一匹分のクリスタルだけだった。

恐らく、分身分のＥＸＰも得られないのだろう。

「油断するつもりはねえんだが……難易度ヌルくね？」

「ああ」

壁に手をつかせた麻衣の後ろで、パンパンと腰を振っている誠一に同意した。

新しい階層を警戒して自重していたが、いつも通りの流れになってしまった。

俺も並んで壁に手をついた静香を、まったりパンパンとしていた。

四人パーティだった頃を思い出すノスタルジー感。

頼りがいのある仲間も増えており、休息時の安全性も確保されている。

のだが、エントのドロップアイテムである材木を使って、順番を決めるジェンガ勝負とかしている模様。

もう少し緊張感あっても良いと思う。

「様子見ってことで、上に戻るのもアリかと思ってたんだがな、っと」

「ひゃんっ」

リズムに合わせて喘いでいた麻衣が爪先立ちになる。

異常性欲の誠一から、日々性行為を強いられている麻衣だ。

ピストンされながらの尻叩き程度はご褒美だろう。

「どちらにせよ、先に進まねばならぬのだろう？」

羨ましそうに流し目を送ってくる静香を宥め、伸ばし始めたセミロングを梳いてポニーテールのように押さえる。

同時に腰のベルトを掴んで体勢を整えた。

掴んだ髪の毛を引っ張りながら、ベルトを手綱代わりに荒々しく腰を打ち込んでいく。

X動画で見るようなメリケン風ハードプレイだった。

あまり趣味ではないのだが、ぶっちゃけ静香さんはこういうのが大好きだ。

俺の物にされている感覚が堪らないらしい。

もう少し、ソフトなプレイを希望いたします。

「確かにな。このまま二層を攻略していくか」

「うむ」

「はうッ……」

単純だが遠慮しないお尻パンパン運動に、テンションチャージされた憤りが静香の胎内で弾けた。

ダンジョンセックスは堪えることなく射精をぶち込んでいくスタイル。

所詮、デンジャーゾーンでの休憩だ。

容赦のないセックスを心掛けている。

ただでさえバトルの昂ぶりと、ダンジョン空間で活性化したエンドレスエナジーがシナジーでリビドーになるのだ。

女の子たちのケアは、ダンジョンの外でフォロー致します。

三度ほど脈動を絞り出し、残りの衝動を押し留めてから静香のお尻を吊り上げる。

「ぁ……あっ、あっ」

自重していた分も溜まっており、構わず腰を振り続けた。

ベルトで吊り上げられた静香のお尻が、バツンバツンっと激しく婬らに打ち鳴らされている。

「一応戻れるように、夏ちゃんから界門座標を記録《セーブ》してもらってるしな」

押し付けた腰をぐ～りぐ～りと回され、麻衣も子猫のように鳴きながらお尻を揺すっていた。

「麻衣のレベルアップにゃ丁度いい階層だしな」

「はう……あったかいのぴゅっぴゅしながらクリクリしちゃ、ダメぇ」

「おいおい。ちゃんと踏ん張っとかねえと、すっぽ抜けちまうぞ？」

パーティの行動方針は、俺と誠一で決めるスタンスになっている。

だが、女性陣を無視している訳ではない。

静香は無条件で俺の意見に同調するし、沙姫は難しい話になると逃げてしまう。

海春と夏海も、自分から意見を出すタイプではなかった。

麻衣も面倒だから誠一に丸投げ、と公言している。

自然と俺たちに決定権が委ねられた感じ。

「基本方針は界門探しながら第二階層を攻略していく。別の新しいメンバー拾ったら、またゴブリン相手にレベリング。こんな感じでどうよ？」

「ああ」

「決まりだな。んじゃ、俺のもお掃除しろ」

「やんっ。……も～、ホント誠一ってば俺様なんだから」

不満そうな台詞とは裏腹に、自分から跪いた麻衣がモノを咥え込んでいた。

俺のを咥えてる静香さんは熱心すぎるので、少し手加減して下さい。

「あっ……宝箱、です？」

定期的に『位置《ロケーション》』を使っていた海春と夏海が、お宝を発見した模様。

範囲は狭いが、自分を中心に周囲の回廊や玄室を認識できるスキルだ。

範囲内であれば視線が通っていなかろうが、物理的に繋がっていなかろうが、全て見通すことができるらしい。

一種の透視能力《クリアボヤンス》みたいな感じか。

今回『位置《ロケーション》』スキルを使っていたのは海春なのだが、誰も気にしてない。

ちなみに、前回同じスキルを使用していたのは夏海だったはず。

俺の情報閲覧《インターフェース》で見ても、海春が『癒し手《ヒーラー》』レベル１０で、夏海が『文官《オフィサー》』レベル１０なのは間違いない。

だが、海春が『位置《ロケーション》』を使ったり、夏海が『癒し《ヒール》』を使ったりしてるは、気のせいじゃないようだ。

スキルを共有《シェア》できるのは、双生児の特殊能力なのだろうか。

実際、それっぽいスキルを持っているようだし。

「今回のダンジョンダイブは当たりだね。二個目の宝箱～」

「というよりも、『位置《ロケーション》』スキルがおかげですね。見えない場所まで把握できるのは、凄く有用だと思います」

「うん、夏っちゃん凄いっ！」

今『位置《ロケーション》』を使ったのは海春だったので、夏海が困った感じで微笑みを返していた。

フォローとして海春は俺がナデナデしておいた。

「『文官《オフィサー》』ってパーティメンバーに必須かも」

「まあ、既知マップじゃ宝箱なんざホイホイ見つからんらしいぞ。競争率が激しすぎて」

宝箱《ジャックポット》はダンジョン内の玄室にランダムで発生するそうだ。

一度設置されれば開封されるまで存在するので、人通りが多ければ当然遭遇する確率も低い。

また、宝箱《ジャックポット》は界門《ゲート》などと同様にダンジョンの特異点であり、近接座標地点に多数存在することはない。

なので、既知外エリアに行けばゴロゴロ宝箱がある訳ではなく、危ないのでなるべく近づかないようにしましょう、と授業で言っていた。

「つうか、スルーしちゃ駄目か？」

「何言ってんの？　馬鹿なの？　死ぬの？」

一人テンションが低い誠一を、麻衣が罵倒していた。

「実際、死ぬような目にあったんだが……」

最初に見つけた宝箱を開けた瞬間、爆発したのにはビックリした。

もろに巻き込まれた誠一は煤けており、シャドウシュマグを巻いていなければ髪もチリチリになっていたと思う。

こういうトラップの解除には同じ『盗賊《シーフ》』クラスでも『盗賊《シーフ》』系上位派生が得意としており、専用のスキルもあるそうだ。

同じ第二段階《セカンド》クラスでも、『暗殺者《アサシン》』や『忍者《ニンジャ》』は戦闘向けだった。

最初の宝箱から出たのは、『ブルーソード』という両刃直刀の片手剣だ。

青色の刀身が美しいマジックアイテムになる。

情報閲覧《インターフェース》では名称しか表示されないので、どんな能力を持ったマジックウェポンなのかは不明のまま。

拾ったアイテムはそのまま使っちゃダメ、と蜜柑先輩からアドバイスされているので、後で鑑定をお願いしに行こう。

「宝箱からはポーションの類いも出るのではなかったか」

「……それもそうだな」

誠一のテンションが復活する。

魔法薬《ポーション》の類いは宝箱から高確率で出てくる。

品質《クオリティ》は様々だが、肉体的損傷を回復する傷薬タイプが多い。

腕がもげても生えてくるチートな効果があるそうだが、宝箱から出てくるアイテムの中ではハズレ扱いされていた。

何故なら、ダンジョンで負った肉体ダメージは、羅城門に帰還した時点で元通りになるからだ。

保管しても効能が落ちるので、換金アイテムとして購買部で売ってしまうのがベターになる。

そして、誠一が探しているポーションは、遺伝子治療を可能にするレベルの状態異常回復薬だった。

それらは、『仙丹《エリクサー》』『神酒《ソーマ》』『変若水《アムリタ》』『不死甘露《ネクタル》』『非時香菓《アムブロシア》』の五大最上位ポーションになる。

これらのポーションは地上で劣化することもなく、ダンジョンの外でも使用可能だった。

ただし、強烈な副作用があって危険なので、自分で服用せずに学園へ提出して欲しいと先生が言っていた。

宝箱から発見される確率は、学園全体で年にひとつ、それらの内どれか一種が見つかるかどうか、という稀少度らしい。

簡単に出る物ではないだろうが、開かなければ確率はゼロのままだ。

誠一が探し続けるのなら、俺たちも手伝おう。

二個目の宝箱からは、『ヴァルカンルビーリング』という指輪が出てきた。

ハート型で爪先ほどもある、大きな赤い石が填まっている。

女子メンバーの目の色が変わったが、駄菓子屋で売ってる指輪のキャンディみたいな感じ。

ちなみに、宝箱は再び爆発した。

トラップが作動しても中身に被害はなかった。

ポーションが瓶だと割れてしまう気がするので、誠一は修行を積んだ方がいいと思う。

「お疲れ様でしたー。かんぱーぃ！」

「お疲れ様です」

「乙でした～」

「乾杯、です」

全員で烏龍茶の健全な乾杯だった。

ダンジョンアタック後のお疲れ様パーティは、レアアイテムゲットで盛り上がっている。

俺以外はみんな笑顔だ。

「じゃあ早速、焼いちゃおっか。自分の分は自分で育ててね」

言いながらカルビを一気にどさっと網に乗せる。

何という暴挙。

焼き肉は一枚一枚、真剣に向き合いながら育てるべき。

「コレ、あたしのお肉だし。叶馬くんは自分のやつを好きに焼けば？」

ジュウジュウとカルビを殺すが如きまとめ焼きをしている麻衣が、獲物をいたぶる猫のような口元で笑う。

俺の眼前には、哀れにも塩キャベツが積んである。

舐めるなよ、塩キャベツを。

胸焼けに対する特効薬となる、焼肉のベストパートナーだ。

問題は、主役になるお肉さんが居ないことだが。

「当然だよねー。借金も返さず美味しいお肉を食べようなんて、人間として間違ってるよねー」

「ぐぬぬ」

即金となるモンスタークリスタルの分配は、そのまま静香たちのプリペイドへボッシュートされた。

俺に余計な銭を持たせていると余計なことをやらかすので駄目、と意見が統一されているらしい。

「ん～、おいひ。骨付きカルビサイコー」

確実に殺しに来ている拷問だと思う。

学生食堂にあるテーブルの一部は、中央のプレートを剥がすとコンロになる。

鍋や焼肉などに利用可能だった。

「タレも良いけど、ワサビ醤油も最高よねー」

この悪魔に誰か天罰を落としてくれないだろうか。

「ビールが欲しくなります～」

サガリとハラミを網に乗せる沙姫が、満面の笑みを浮かべている。

シロコロとかも皿に積んでいるので、ホルモン系もいけるらしい。

「一応準備してるが、加減はしろよ？」

これ見よがしに海老を殻ごと炙っている誠一は、海鮮系から攻めるようだ。

茜色に染まった海老の頭をもいで齧りついていた。

死ねば良いのに。

ナチュラルにそう思える。

海春と夏海は、手羽先を網の上に並べていた。

この子らは意外とブレない。

多分、鳥が好きなのだろう。

じゅう、と分厚い塊のようなロース肉が、網の上で炙られてる。

黙々と肉を焼く静香の箸先に動揺してしまう。

あっ、と思う瞬間にひっくり返すあたり、完全に弄ばれている俺であった。

「はい。叶馬さん」

百点満点とは言えないが、八十点の高スコアを叩き出しているロースが差し出された。

ああ、だが、この肉汁の滴り具合には九十点を付けてもいいかも知れぬ。

じゅう、と再び分厚いヒレ肉が網の上に投下された。

駄目だ、弄ばれていると分かっていても、あっ、あっ、としてしまう。

「……完全に調教だよね」

「まあ、いいんじゃね？　むしろ頑張って手綱を締めてくれ」

静香さん、バクダン牛タンの焼き方は違う、違うのだ。

幕間　三賢人《スリーメンフールズ》

そこは中堅となった倶楽部が利用できる部室だった。

プレハブ造りの下級部室棟とは違い、ミーティング室からロッカールームに、シャワーなどの施設も付随している。

「わはっ……もう出ちゃったね？」

「あっ、ぁ」

指先で扱いただけで逆った先端をペロリと舐める。

生臭いほどに濃厚な性臭は青臭い。

膝が震えて腰を抜かしそうになっている男子の前で、膝を突いて制服の胸元を開けた女子が頬笑んだ。

「これは童貞くんだったかな？　クラチェンしたばっかりなのにビンビンだねー」

「咥えただけで腰抜かしちゃうし。初々しくて可愛いっ」

「ゴメンねー。筆下ろししてあげてもいいけど、ちゃんとしてからね？」

まだ真新しい制服を着ている一年生男子が三人。

全員ズボンをずり下ろされ、自重しないペニスを反り返らせている。

部室の資材置き場は薄暗いが、制服のブレザーを扇情的に着乱した女子の姿ははっきりと見える。

一人に二人ずつ、上級生の女子六人による面接という名の接待が行われていた。

「しょうがないなぁ。ホントは焦らせって言われてるんだけど、我慢できないよね。もう一回だけ抜いてあげる」

「ナニ言ってんの、アンタが我慢できないんでしょ？」

「うるさいなー。この子可愛いから気に入ったんだもん。ちゅ」

引かれた腰に手を回され、飲み込むようにペニス全体が柔らかく温かい、ヌルっとした何かに包まれた。

女子のような悲鳴を上げる男子に、残りの二人が唾を飲み込む。

「欲しいならシテあげるけど、ホンバンまで我慢した方がいいよ？」

「そうそ。答えは決まってるみたいだけどね」

「あの子、『娼婦《ニンフ》』で底なしだからねー。初めての相手は選びたいでしょう？」

「ん？　君は経験済み？　けど、今までの子はこんなコトしてくれた？」

「ウチに入ったら、好きなだけ相手してあげるから」

我慢しろと言いながら、ペニスはしっかりと握られ、粗相しないように根元を押さえ込んで微妙な刺激を与え続ける。

スキルなど関係なく、しっかりと発情した牝のフェロモンが小部屋に籠もっていた。

「新入歓迎会とか、もう一晩中乱交パーティだから期待しててて？」

「えー、私が入った時は歓迎会前から、もうメッチャ仕込まれちゃったんですけど」

「女子と男子は別でしょ。『女衒《インキュバス》』先輩、もうめっちゃ張り切ってたわ」

「女の子たちの方はルックスで選んできたんじゃない？　あの先輩だし」

「男ってホント単純だよね。新しいウブな子みんなで輪姦して悦んでるしさ」

「『男娼《エルフ》』のエロコンビから仕込まれちゃったんでしょ？　隷属してなくても、もう逃げる気なんて無くなっちゃってるって。キャハ」

学園生活において、所属する倶楽部の影響は小さくない。

強く大きな倶楽部に所属していれば、それだけ特典と特権が与えられ、いろいろな面で幅を効かせることが可能だ。

より上位の倶楽部へと移籍を望む者もいれば、自分たちが所属する倶楽部を大きくしようとする者もいる。

入部希望者を選別する立場の上位倶楽部とは違い、中堅倶楽部の方が勧誘には積極的だった。

それとも、青田刈りというべきか。

ただし本来ならば、学園独特のシステムに慣れるまで、一年生に対しての勧誘には制限が設けられていた。

校内において、まだ倶楽部のオフィシャルな勧誘行為は認められていない。

だが、現段階でクラスチェンジまで到達したような見込みのある一年生が体験入部を希望し、親睦目的コミュニケーションが行われるような、グレーのケースは良くある話だ。

「お、俺……もうっ」

「やんっ」

押し倒されて足を抱えられた『娼婦《ニンフ》』が、分かりやすく媚びた仕草で抵抗してみせる。

「んもう、しょうがないなぁ。ホントはダメなんだけど、入部届に名前書いてくれるんなら先約ってことでエッチさせてあげるよ」

「書く、書きます。から」

あっさりとハニートラップに填まった男子と、見え見えのブリッ子を演じる部員両方に呆れた視線が向けられる。

残りの男子にしても、理性より本能が剥き出しになってしまうのは、外界とは違うアブノーマルな学園の空気に煽られているのだろう。

「うんうん、オッケーっ」

手際よく差し出されたクリップバインダーには、入部届申請書が準備されていた。

氏名とクラスに拇印、ただし日付欄は未記入のままだ。

「じゃあ、イイよ？　一回だけじゃなくて、勃起しなくなるまで好きな子と好きなだけさせてあげる。って、キャン」

チラチラと見せていたスカートの奥に手を突っ込まれ、ショーツがずり下ろされると強引に跨がられた。

クリップバインダーを受け取った格好のまま、初物の筆下ろしをずぶりと挿入される。

「あは、すっごい野獣。うん、イイよ。好きに動いてイイからね」

「アレは絶対、自分がシタかっただけだよねー」

「ん〜、情熱的だね。流石一年」

「あっ、あのっ……お、俺もお願いします」

「ふふっ。君も決めてくれたんだね。嬉しいな」

竿を伝うほどに先走った汁を指先で弄び、ノルマを達成してよっしゃと内心のガッツポーズを取り繕い、大人びた微笑みを浮かべてみせた。

精根尽きるまで乱交した後。

男子三人組は、部室の使用許可を与えられていた。

「マジケツエロいぜ」

黒い猫っ毛が、額に汗で張り付いていた。

密閉された部屋の湿度はむっとするほど高い。

六畳ほどのカーペットにローベッドが敷かれている空間は、倶楽部『百花繚乱《ヘルタースケルター》』の仮眠室だった。

もっとも使用される用途は、睡眠ではなく性交だ。

今も男女六人が飽きることなくセックスを続けている。

ギシギシ、ギシギシ、とスプリングが軋む音は、一晩中絶えることはなかった。

「…んっ…んっ…んっ」

小窓から差し込む光に照らされた女子の肌は、年齢に不釣り合いなほどに艶かしい。

仮眠室の備品として転がっていたディルドーが、ヌルヌルとテカった臀部の中心に挿入されている。

どぎついピンク色の疑似ペニスがブンブンと振動し、何度も味わった穴の中を掻き回している。

学園でのセックス三昧で早熟した上級生の女子は、クラスメートの一年とは全くの別物だった。

ビクビクと刺激に反応して痙攣する丸みを帯びた桃尻に、萎えていたペニスもヘソまで反り返る。

ディルドーを抜き取り、うつ伏せの女子を仰向けにして両脚を開かせた。

柔らかく滑っている割れ目の下にある、ピンク色をした穴の中へとペニスを潜らせる。

「玩具より、コイツの方が好きなんだろ?」

「んぅ……」

無抵抗で、まるで人形のような女子だったが、刺激への反応は敏感だ。

一晩ですっかりと剥けた栄治《えいじ》の亀頭が、三人分の精液に塗れた胎内を掻き混ぜる。

「あ〜、なんぼ突っ込んでも気持ちエエわ。けど、意外とマ○コって弛いモンだな」

「そりゃ先輩たちのお下がりだからでしょ?」

隣のベッドで膝立ちになった白夜《びゃくや》は、起きてからずっと腰を振り続けている。

好きに『使って』いいよ、と預けられたのは、栄治と白夜が抱いている女子二人だった。

ヤリたい盛りの男子三人組だ。

自重などせずに、一晩中ヤリまくっている。

「もう、一時間くらい挿入しっぱなしなんだけど、出なくなってきた。ずっと気持ち良いけどさ」

「分かる分かる。ていうかさ、差し入れで貰った栄養ドリンク、なんかヤベェ成分でも混じってんじゃねぇ？」

「普通に購買で売ってたやつだよ。一年には販売禁止だったけど」

腰が疲れた白夜はベッドに尻餅をつき、何度かハメ出ししながら二時間くらい挿入していた尻を揉んでみた。

自分のペニスに馴染んできた尻には、やはり愛着が湧いてくる。

胡座をかいた股間の上に尻を誘導し、ゆっくりと下ろさせた。

枯渇した精液は出ないが、余裕で勃起するし気持ちいい。

日に三本までと記載された購買特製栄養ドリンクは、三本目を服用したばかりだ。

膣肉と蕩け合って一体化したようなペニスは萎えないし、引き続きセックスを堪能するつもりだった。

「やっぱヤベエのか？」

「ん～。一応、ビンビンになるってだけっぽい。ただ、クラスチェンジ前にコレ使ってセックスばっかしてると、『男娼《エルフ》』コース一直線になるから禁止みたいだね」

「俺らにゃ関係ねぇじゃん。部の先輩から三本ずつ卸してもらおうぜ。さっさとクラチェンして大正解だっつうの」

「……はあっ」

ペニスを引っこ抜いた栄治は肉人形となった先輩を裏返し、そのまま尻に跨がってベッドを軋ませる。

「毎日三本使う気なの？　流石に身体に良くないと思うよ」

「イイじゃん。『百花繚乱《ヘルタースケルター》』の先輩はみんなエロ可愛いしよ。ビンビンだぜ」

ベッドと身体の隙間に手を差し込み、潰れた両方の乳房を揉み搾りながら腰を振りたくる。

「あー、チ○ポ溶けそう。これから毎日セックス三昧かよ。マジ堪んねぇ」

「そっちの美咲《みさき》先輩と、こっちの唯《ゆい》先輩。一年が好きに使ってイイって話だったけど、完全に物扱いで草生える」

ゆったりと揺すられる尻を、揉みながら引っぱたいて刺激を与える。

大きく振られ始める桃尻の中で、栓をされて奥にドロリと詰まった精液がぐぷぐぷと腹の奥で音を奏でていた。

「本人からもお願いしますって言われてんだ。遠慮はいらねぇだろ」

「『性隷姫《スレイブレディ》』って、そういうクラスらしいからね。男が接触していると自意識がなくなって言いなりになっちゃうんだってさ。先輩たちの玩具でしょ、従順すぎて飽きちゃったんだと思うよ」

「ならマジ好き放題じゃん。翠ちゃんはクラスの雑魚が群がって毎日ユルガバだしよー」

「この先輩たちはSSRクラスの女の子だし、倶楽部で確保しておくのがステータスらしいよ。セックス特化クラスだから具合だけは最高みたいだし」

「俺らみてぇな童貞野郎のチ○ポでも、連続マジイキしやがるしな。ビンビンに漲るぜ」

「……んあ。お前らまだヤッてんのかよ。ホント好きだな」

床でごろ寝していた翔《しょう》が、両手をあげて伸びをする。

他の二人と同じTシャツ一枚、下半身はフリチンだ。

仮入部の歓迎パーティが部室で行われたのが昨夜だ。

アルコールが解禁された『百花繚乱《ヘルタースケルター》』の宴は、途中から相手フリーダムな乱交パーティになっていた。

酔いの影響があったとはいえ、予想以上のインモラルさに尻込みしてしまった新入部員たちは、勃つものも勃たない状態になっていた。

その程度は了解済みだったのだろう。

栄養ドリンクと一緒に美咲と唯をあてがわれ、好きに使って泊まって行けと仮眠室に押し込まれたのだ。

意思も抵抗もなく、使い慣らされた具合の先輩二人は、不慣れな彼らにとって丁度いい具合のセックス教材になった。

「おう、セックス最高だ。今日はずっとヤリ過ごすぜ。つーか、今夜も泊まり込むしよ」

「俺もかな」

「かー、マジかよ。俺もダケドな。てか、どっちか替われよ。一発ヤッてから飯食ってくる」

「構ってやらないと正気に戻っちゃうらしいよ。交替で飯とトイレが良いんじゃない？　シャワールームもあるしさ」

「あ、ンじゃ待て、ああ出る出る、まだ出せるとかスンゲェ。俺ぁ、今人生で一番射精してるわ」

「うお、栄治。お前ドンだけヤリ捲ったんだよ。ケツびちょびちょじゃねーか」

「美咲ちゃんマ〇コ、俺のチ〇ポにぴったりフィットでよー。顔も可愛いし俺種付けし祭り」

真っ白に塗れたペニスをおっ立てたまま、床に足を降ろした栄治が笑っていた。

「もーしょうがねーな、朝立ちぶっ込んだらシャワー連れてってやっからな。美咲センパイ？」

顎を掴んで振り向かせ、舌を入れて唇を貪る。

「マジヤベ、勃起萎えねー。俺このまんまで学食行くのか？」

「ああ、栄治。俺の分のお弁当買ってきて、あと唯と美咲用に飲めるタイプのカロリーバーっぽいやつ」

「スポーツドリンクもなー。倒れられちゃ困るしな、餌はちゃんと与えねーと」

「お前らヒデー」

尻肉に指を食い込ませ、一時間ぶりの射精を堪能した白夜が溜息を吐く。

「他の先輩の態度見ればわかるじゃん。唯と美咲はワンランク下扱いだったよ。男子の性処理用メンバーだよね」

「俺、シャワー浴びてから行くわ。スンゲー汗くせー」

「いてらー」

「おっおー、ケツ穴も柔らけー。あんだよ、アナルも仕込まれてんなら溢れねーで二穴ご奉仕できんじゃーん」

「んじゃ、唯はちょっとコッチに来て。立ったままエッチする練習したいんだよね」

「ぁ……ん、ぅ」

美咲のアナルを犯している翔を尻目に、唯の手を引いた白夜が部屋の中央に移動する。

「まずは後ろから、っと」

「あ、ん」

「イイ感じ。ちょっと挿入が浅くなるのかな」

背後から抱きつき、ペニスを挿れるモーションはスムーズだった。

そのままいろいろな姿勢やリズムで腰を打ちつけていく。

唯と美咲を教材にして、彼らは急速に学園の男子生徒として成長していった。

「おーい。買ってきたぞ。んで、白夜、唯ちゃん貸せや」

「三時間くらい待ってて。もうちょっとで出そうな予感」

「おう。……つーか、全然ちょっとじゃねーだろ」

バタンと開けられた仮眠室の向こうには誰も居なかった。

他の部員は週明けまで近づくことはない。

第29章　メメントモリ

匠工房《アデプトワーカーズ》の店舗は、今日も変わらず閑古鳥が鳴いていた。

そこへ叶馬たち一行が姿を見せる。

「お邪魔します。凛子先輩」

「ん。いらっしゃい。叶馬くん」

カウンターでぐったり店番していた凛子が顔を上げる。

眠たげな眼を瞬かせ、くぁ、と欠伸をしていた。

「今日は何の用かな？　買い物？　装備のメンテ？　それとも、セックス？」

「……女の子が軽々しくセックスなどと口にするのは如何なものかと」

「ふむ。じゃあ叶馬くんが駄目にしちゃった、ウチの部員のメンテナンスかな？」

カウンターに両肘をつき、顎を乗せた凛子の口角がきゅうっと上がる。

微笑みと言うより、チェシャ猫のように含みがある笑みだった。

過ごしやすい新緑の季候だというのに、何故か叶馬の顔には汗が浮かんでいた。

「何のことでしょうか？」

「ん。こないだケアをお願いした子、というか全員に後遺症が出ちゃってね。ちょっと責任負って貰おうかな、と」

「身に覚えが」

「週一くらいでお願いね。嫌なら蜜柑ちゃんを通して依頼しようかな。部員思いの部長だから、事情を詳しく説明すればきっと――」

「承知しました」

ダラダラと汗をかく叶馬に、お願いね、と念が押される。

「こんにちは。この間はありがとうございました」間はありがとうございました。

「どう致しまして。この叶馬くんのパーティメンバーの子たちだったね。今日はどうしたのかな」

ニッコリと微笑みを浮かべた静香が、代表して一礼する。

「はい。叶馬さんを一人にするとトラブルに巻き込まれるようなので、パートナーの私たちが付き添うことにしました」

「ふぅん。トラブル、ね？　確かに叶馬くんはトラブルメーカーっぽいかな」

微笑みを崩さない静香と、口元をチェシャ猫にしている凛子が見つめ合う。

空気になった叶馬はさておき、沙姫はおろおろと慌て、海春と夏海は手を握り合って震えていた。

「四人もパートナーを持つなんて滅多に居ないよ。周りから目を付けられてるんじゃないかな？」

「叶馬さんは独占欲が強いんです。私たちが酷い目に合ったら、きっと騒動になってしまいますから」

「へぇ、ふむ、大事にして貰ってるのね。もう全員、な・っ・ち・ゃ・っ・て・るのかな？」

「……はい」

「ということは、本当に『男娼《エルフ》』や『絶倫王《ドンファン》』じゃあないんだね。アレは箍が外れる分、支配力が薄くなるしね。ちょっと信じられないんだけど」

『男娼《エルフ》』にクラスチェンジした男子は、異性への隷属作用がとても希薄化してしまう。

『娼婦《ニンフ》』の場合は、逆に異性全てが隷属対象であり、特定の誰かに依存することはない。

「じゃあ、やっぱし勧誘の方は無しかな。全部背負わせると流石に叶馬くんも死んじゃいそうだし？」

「分かり、ました。後で、お話しさせて下さい」

「あいあい。……大変だね？」

「静香と申します。先輩、仲良くしましょう」

がっちりと握手する静香と凛子を尻目に、青ざめた叶馬がダラダラと冷や汗を垂らしている。

「こんな簡単に、根こそぎ上書きされちゃうとは完全に予想外。ん、まあ前のクソ野郎から奪ってくれて万々歳なんだけどね。けど、静香ちゃんたちにとっては、乗り換え無理って意味かも？」

「叶馬さんを教育するのもパートナーの務めですから。先輩も協力して下さい」

「ほいほい。私のことはリンゴでいいよ。仲良くしようね？」


「わっ。叶馬くん、どうしたの？　顔色が悪いよ」

「お気になさらず」

蜜柑先輩に面通しが叶うまで、胃腸に謎の負荷が発生したのです。

心配そうに顔を覗き込んでくる蜜柑先輩に癒やされる。

「夜更かしでもしたのかな？　ちゃんと夜は寝ないとダメだよ」

指を立ててお説教するポーズがプリティー。

部室の奥にあるちゃぶ台に座っているのは蜜柑先輩だけだ。

俺の隣には沙姫と、双子姉妹が並んでいるが、それだけで一杯になってしまう。

元々プレハブ部室は小さいし、雑談スペースも狭いのだ。

ちなみに、静香はカウンターで凛子先輩とお話ししている。

親睦を深めるのは良いことなのですが、何故か冷たい汗が背中を伝っている。

「待たせちゃってゴメンね。ファクトリーがまだ閉鎖されたままなの」

申し訳なさそうな蜜柑先輩がお煎餅を勧めてきた。

学園側の不手際なので責めるつもりはない。

「それとは、また別件です。ダンジョンでいろいろ拾ったので、一度蜜柑先輩に見てもらおうと」

「う、うん。幾らでも見てあげるけど、ホントに無理してない？」

そんなに青ざめているのだろうか。

いや、無理を押してダンジョンダイブをしていると、心配されているのかも知れない。

蜜柑先輩は慈悲深いお方だ。

ほっこりしていたらコトリ、とちゃぶ台にお茶が出された。

ペットボトルの直注ぎではない、温かい煎茶である。

「クルミちゃんありがとー」

見覚えのある、目つきがキツイ先輩だった。

案の定、じっと睨まれてしまった。

衝立の向こうから監視している先輩たちの中には、ぽやぽや先輩とポチャ子先輩もいらっしゃる。

「とっておきのお茶を出してくれるなんて、すっかりお得意様だねっ」

さっさと帰れとばかりに睨まれたと思ったのだが、もしかして歓迎されたのだろうか。

何かボソボソと、野獣とか淫獣とか、部長には無理サイズとか聞こえてくる。

小さく前ならえ、してワーキャー言っているのが謎だ。

あと海春と夏海がこっそり尻を抓ってきているのだが、痛いので止めて欲しい。

「とりあえず、宝箱から出たアイテムを」

「わあ、魔剣だ。エレメンタルシリーズのブルーソードだね」

ちゃぶ台に載せた青い剣に目をキラキラさせる。

「魔剣、ですか。前に教えてもらったマジックアイテムとは違うのでしょうか？」

「モンスターからのドロップアイテムも、宝箱から出てくる武器も、基本的には同じだよ」

以前に聞いた話は、『無銘《ノーネーム》』『銘器《ネームド》』『固有武装《オリジンギア》』の等級《グレード》についてだった。

実はこの等級《グレード》カテゴリー分け、武装の強さとは関係がない。

内包する魔力が多くても特殊能力がなければ『無銘《ノーネーム》』であり、少なくても特殊能力さえついていれば『銘器《ネームド》』になる。

『固有武装《オリジンギア》』については強い弱いは別として、とにかく『特殊』らしい。

ブルーソードは『無銘《ノーネーム》』に該当するようだ。

元素精霊《エレメント》の『水《アクア》』を属性として内包しているそうである。

この属性というやつは素材の金属に含まれている元素精霊《エレメント》であり、特殊能力とは呼べないらしい。

また元素精霊《エレメント》には二種類の系統があり、四元素《エレメンタル》と陰陽五行《ウーシング》がある。

四元素《エレメンタル》は、火《フレイム》、水《アクア》、風《エア》、土《アース》の四種類。

陰陽五行《ウーシング》は、火《フレイム》、水《アクア》、土《アース》、金《メタル》、木《ウッド》の五種類を根源としている。

西洋のダンジョンから出る元素精霊《エレメント》の多くは四元素《エレメンタル》で、東洋の一部でしか陰陽五行《ウーシング》のマジックアイテムは産出しない。

一応、ウチのダンジョンからも陰陽五行《ウーシング》系は出る。

二年生のテストには出るから覚えておいてね、とドヤ顔の蜜柑先輩からのお言葉だ。

「あうぅ……」

沙姫が頭を抱えて目をグルグルしているが、俺のように聞き流せばどうと言うことはない。

俺の尻を抓るのにも飽きたっぽい海春と夏海は、お茶を手にしてほわほわと和んでいる。

ウチのパーティに頭良さそうな子って居ないよね、と思う。

まあ、ブルーソードは水っぽい剣ということでいいだろう。

「……ま、間違ってはないんだけど、火《フレイム》の構成要素《コンポーネント》が多いモンスターには良く効くからね」

「成る程」

面倒臭そうなので物理でぶん殴ろう。

潰せば大体死ぬと思う。

ヴァルカンルビーリングの方は、火《フレイム》の属性を内包した魔法用のブーストアイテムで等級は『銘器《ネームド》』。

『術士《マギ》』の上位クラス、特に『精霊使い《シャーマン》』系には垂涎の逸品らしい。

良い値段で売り捌けそうだ。

「えっ、売っちゃうの？　自分たちで使った方がいいと思うけど」

「メンバーのクラスと噛み合わず」

ブルーソードは両刃直刀で刃渡り一メートルくらいのロングソードだ。

『剣豪《ソードマスター》』の沙姫は使えなくもないようだが、やはり『刀』でないと相応の制限がかかるようだ。

誠一はスタイルが合わないので辞退。

静香や双子に予備武器として持たせても、足とか切りそうで怖い。

指輪は麻衣が欲しがるかも知れないが、要相談だ。

「そっかぁ、沙姫ちゃんは『侍《サムライ》』を目指してるんだね。それじゃ刀が欲しいよねぇ……」

「あ、えと、はい……その」

沙姫は嘘を吐けない良い子なので、視線と言葉尻が妖しくなる。

既に第二段階クラスにチェンジしてるとか、絶対に悪目立ちするから黙っておけ、と誠一から念を押されている。

このまま放置しておくと、聞かれてもいないのに全部ゲロってしまいそう。

「えっとね。教えたくないなら聞かないけど、叶馬くんたちのパーティって、もうみんなクラスチェンジしてるのかな？」

「はい」

上目遣いでおずおずとお聞きになられる蜜柑先輩に秘密はナッシング。

背中に双子姉妹の冷たい視線が、向けられているような気がしないでもない。

「刀って中々手に入らないんだよね。ドロップするモンスターは怨霊武者とかの深い階層になっちゃうし、宝箱から出る妖刀は上級生の侍クラスの人が買い集めちゃうし」

妖刀といっても呪われた武器ではなく、魔剣の刀版という感じだ。

『侍《サムライ》』クラスは武器の調達がネックになるとは聞いている。

購買部の刀を購入してメインウェポンとし、『侍《サムライ》』にクラスチェンジしたとしても、武器のアップグレードがままならないのだろう。

刀の破損率も、他の武器より高いらしい。

予備の刀を、複数帯刀するのが基本だとか。

しゅんと落ち込んでいる沙姫は可愛いが、何とかしてあげたい。

「えっとね、そのね。失敗する確率はあるし、良いのができる保証も無いんだけど……。この『ブルーソード』を材料にして『水霊刀』に打ち直ししてあげようか？」

「ということで、蜜柑先輩に作製依頼をお願いしてきたが構わなかっただろうか？」

「うーん。いーんじゃない」

工作室《ファクトリー》が使えるようになってから、更に時間が欲しいとのこと。

赤いルビーの指輪を填めた右手を眺める麻衣が、ご機嫌で適当に返事を返してくる。

光り物が好きなのだろう。

蛾のような習性があるらしい。

「事後承諾になってしまった。売って銭にする方が良いかと思っていたのだが」

「いや。あんまり大っぴらにダンジョンアイテムをバラ撒いちまうのは不味い。もうしばらくは外に出さないで、俺らの強化用に回すべきだな」

麻衣の机に座ってノートパソコンを開いた誠一は、イントラネットの学園オークションサイトを覗いていた。

眼鏡をかけたインテリ風味がちょっと似合っている。

どうやら、過去の落札額を調べているようだ。

「ブルーソード一八〇万銭に、ヴァルカンルビーリング五〇〇万銭か。やっぱ駄目だな。こんなん出したら目立ち過ぎるわ」

「指輪は売るべきではなかろうか」

一発で借金が返せるのだが。

「何言ってんの？　馬鹿なの？　死ぬの？」

「パーティの共有アイテムだからな。ちゃんと目録作ってんぞ？」

「あたしが一番リングを上手く使えるのよ！」

麻衣の目が『¥』になっておる。

能力云々より、宝石に目が眩んでいるんじゃなかろうか。

まあ、構成物質的には本物のルビーらしい。

「まあ、パーティで獲得したアイテムの取り扱いも、追々決めとかねえとな」

苦笑した誠一が眼鏡を外す。

静香のベッドに腰掛けた俺の左右には、海春と夏海が並んでいる。

ルビーのリングをちょっと物欲しそうに見ていた。

「一応ナマモノ、というか素材系ドロップアイテムも置いてきた」

「構わないだろ。購買の買取じゃ二束三文だし、サイトに出てた買取リストもレア物オンリーだったしな」

ドラゴンの角や牙、鱗など、武具に加工できそうな素材のみ、売り買いされているようだ。

蜜柑先輩たちは物凄く喜んでくれたのだが。

素材系のアイテムは売れないので誰も拾わず、中々入手できないらしい。

上級生のクリエイタークラスは、所属している倶楽部内でやり繰りしてしまうそうだ。

俺たちが拾った素材系ドロップは、全部『匠工房《アデプトワーカーズ》』に卸してあげるのが良さそうである。

ちなみに、ゴブリンの生首とか、肝臓とかあげたら悲鳴を頂いた。

怒られるかと思ったら、『調合士《ファーマシスト》』の子が嬉しそうに瓶詰めしていた。

雪ちゃんがチルド状態で保存してくれていたので鮮度も悪くない。

こういうナマモノはほぼ出回らないので、いっぱい持ってきて欲しいとのこと。

いっぱいお礼もしますから、とお顔を染めた『調合士《ファーマシスト》』はポチャ子先輩でした。

良く考えたらドロップアイテムを待つまでもなく、丸ごと生きたまま空間収納《アイテムボックス》にボッシュートするのが良いんじゃなかろうか。

中で暴れるようだと雪ちゃんが危ないので、後で相談してみよう。

赤貧の身の上からすれば、ポチャ子さんこと桃花先輩からのお礼にも期待したい。

銭とは言わないが、消費アイテムを貰えるだけでも助かる。

静香を超える巨乳に制服が押し上げられてポチャタイプに見えるが、腰回りも括れていて決して弛んだお身体ではない。

ぶるんぶるんと揺れるおっぱいとお礼は別に関連性がないのだが、下半身がパッショナブル。

唇を尖らせて頬をぷくーっとさせた海春と夏海が、トランクスの中へ片手を入れてダイレクトアタックなされていた。

リビドーを刺激されると、思考がエロスに傾倒してしまう。

「最初からエッチなお顔、してました」

「ました」

袋の中身は大事な宝物なので、きゅーっと引っ張らず大事に扱って欲しい。


さて、今日は久し振りに学園の外へ出ている。

学生街を『外』と言っていいのかは微妙だが。

俺たちのパーティは一日置きにダンジョンダイブしている。

曜日としては一日ずつズレていく訳で、今週の日曜である本日は午後からダンジョンに入る予定だ。

俺と沙姫は毎日でもダンジョンに潜りたい派なのだが、残りのメンバーからの賛同が得られず多数決で却下されていた。

一日置きでも充分ハイペースらしい。

この件に関しては頑な静香なので、双子姉妹を派閥に引き入れ数的優位を確保されてしまった。

どうやら前に約束した校外デートをスルーされてオコらしい。

すっかり忘れていた。

というか、デートなどしたことがないので、何がデートに該当するのか分からない。

元より気が回るタイプではないと自覚していたから、本人へストレートに聞いてみた。

それじゃあ早速デートに行きましょう、とご機嫌で私服に着替えた静香さんですが、現在は不機嫌そうに頬を膨らませています。

「買い食いとか久し振りです。お休みの日は屋台も出てるんですねー」

「賑やか、です」

「天気も良い、です」

朝ご飯に和食が食べたくなったので、朝一に海春と夏海を連れて麻鷺荘へ出向いていたのだ。

丁度よく食堂に降りてきた、静香と沙姫も同席したわけで。

待ち合わせ場所の校門には、四人が待っておられました。

「……いえ、いーんです。別に出し抜こうとした訳ではありませんので」

別に隠そうとはしなかった、というかテンションが上がりすぎて、周りが見えなくなっておられたようだ。

朝食の席で一人、ウフフ笑いとかしてましたね。

沙姫はともかく、海春と夏海はジト目で静香を見てました。

「結構、人が出ているな」

豊葦原学園前の学生街は、正面に見える駅との短い区間だけだ。

生徒であふれた商店街は、休日の歩行者天国のように賑わっていた。

生活に必要な施設は学園内で完結しているとはいえ、施設の外に出るのは息抜きになるのだろう。

個人的には人混みが苦手なので、部屋に帰って寝てても良いかなと思う。

がっしりと静香に腕を組まれているので逃げられないが。

最初は手を繋いでいたのだが、人が増えるに連れて挙動不審になってきた俺の気持ちを汲んでくれたのだと思う。

もう逃げるのは諦めたので楽にして頂きたい。

「ふむ。さて、如何したものか」

勢いに流されてデートに来たのは良いものの、ノープランで素寒貧《すかんぴん》な彼氏である。

デートに詳しくない俺でも、あ、コイツ駄目な奴だ、と分かる。

「それでは、ですね。映画館にでも行きましょう」

「そんなものはない」

ストリートは目に入る分が全てなので、一目でどこに何の店があるのか分かってしまう。

カラフルな映画ポスターが貼られている店舗は見当たらない。

そもそも映画館という場所に行ったことがない。

レンタルや動画配信で良いんじゃないだろうか。

「そ、それでは遊園地にでも」

「電車に乗って遠出するには、学園の許可証が必要だったと思うが」

学園が発行した外出許可証がないと、中野《なかの》駅で電車を利用することはできない。

何枚もの申請書に外出理由を記入して申請しても、滅多なことでは許可が下りないそうだ。

夏季休暇や年末年始でも、実家に戻る生徒はほとんど居ないらしい。

電車以外の交通手段はまともに存在しないので、陸の孤島という感じだ。

「ええっと、それでは動物園とか水族館とか……」

ダンジョンにダイブした方が早いんではなかろうか。

触れ合い体験コーナーの如く襲いかかってくるが、このメンバーなら返り討ちにして可愛がることも可能だろう。

話に聞く水没階層には魚介類モンスターも居るはず。

「ちょっと違うというか、殺伐過ぎるというか……」

「察するに、静香もデートをしたことが無いのではなかろうか」

テンプレートのデートイメージというか、少女漫画に出てきそうなデートスポットっぽい。

図星だったのか、下から覗き見るような感じで唇をタコさんにしている。

心配しなくてもデートを中断して帰ったりしないので安心して欲しい。

まあ、俺たちが分からなくても聞けば良いだけだ。

「あー、クレープ屋さん美味しそうですー」

「猫さん発見、です」

「明日もきっと晴れ、です」

キャッキャウフフな青春とは、縁遠いメンバーであることが分かった。

「まあ、適当にぶらついてみよう」

「はいっ」

「お供します」

「ます」

「クレープが食べたいですー」

＊＊＊

「んんー、今日はモー疲れたぁ」

いつも通りのダンジョンダイブに、いつも通りの成果。

いつも通りのお疲れ会の前に、彼女たちは熱めのシャワーを頭から浴びていた。

『ダンジョンからの帰還後に最初にすることは？』というアンケートにおいて、女子の第一位は『シャワーを使う』であった。

ダンジョンから羅城門へとログアウトした際に、物質的にはログイン時の状態へと復元される。

装備や衣服や肉体、全てが元通りだ。

生理代謝物などは置換構成時のフィルター機能で濾過され、リフレッシュされた状態になっている。

ダンジョンの中で汗水を流そうが、血肉が欠損しようが、精液糞尿を漏らそうが、生命活動を停止しようが関係はない。

それでも、身体を清めるという行為を望むのは、精神的な何らかの代償行為であると考えられていた。

ちなみに、男子の第一位は『飯』である。

「災難でしたね……」

肩の下まで届く黒髪を、タオルで包み上げた静香が隣のブースから出る。

白鶴荘のシャワールームには、二人の他に人影はない。

休日を返上してまでダンジョンに挑む一年生は少なく、上級生でも休日にまでダンジョンダイブをするような意識高い系の多くは、既にミドルランクの寮に居を移している。

「何なのよ。あのデカキモイ、サンショウウオ。魔法は効かないし、涎吐きかけてくるし」

全長二メートルほどのヌルヌルトカゲこと悪食山椒魚《ジャンクサラマンダー》は、火の精霊であるサラマンダーとは別種のモンスターだ。

全身を覆った粘膜には魔力を受け流す性質があり、最初に遭遇する魔法耐性持ちのモンスターであることから『術士《マギ》殺し』とも呼ばれていた。

ただし、動きは鈍く、柔らかい体皮に物理攻撃への耐性はない。

クラスチェンジで一気に高火力のダメージディーラーと化し、調子に乗っていた『術士《マギ》』が丸呑みされてトラウマになる。

そういう、落とし穴的モンスターだ。

悪食山椒魚《ジャンクサラマンダー》にとって魔法は餌に過ぎず、魔法を放った『術士《マギ》』を真っ先に狙うのは捕食行為とされている。

行動パターンさえ分かっていれば、前衛クラスが倒しやすい雑魚モンスターであった。

「あのモンスターは沙姫向けですね。一振りで真っ二つでしたし」

「うん。叶馬くんがグチャってすると、いろいろ飛び散ってたからね……」

「勿体ないって嘆いてました。美味しいのに、って」

身体を拭ったタオルを身体に巻き付け、静香の目が遠くを見る感じになる。

「えっ、アレ食べるの？　てゆーか、叶馬くん食べたことあるの？　サンショウウオを？」

「スッポンより臭みがなくて美味しいそうです……」

「そもそも、スッポン食べたことないんですけど」

麻衣の表情も微妙になる。

美味い不味い以前に、生理的に受け入れられそうにない。

「鍋パーティしようって言ってました……」

「えっ、ちょっと待って、あたし無理だからね。絶対参加しないからっ」

「大丈夫です」

「どういう意味で大丈夫なのか、すっごい気になるんだけど」

麻衣はお風呂セットとして持ち込んでいるボディソープを手にプッシュした。

掌を擦り合わせて泡立て、タオルを使わず肌を洗い流していく。

これから恒例になっている学生食堂でのお疲れ会があるので、汗の臭いを流す程度で充分だった。

どうせ夕食後はベッドの上で、いろいろと汚れてしまうのだから。

身嗜みを整えるのは翌朝のシャワーがメインだ。

「……ん」

ヌルヌルと肌を滑る指先が、股間に到達する。

ぴったりと閉じ合わされた割れ目を泡立て、合わせ目の内側も念入りに清めていく。

学園に入学して以来、一人の男に毎日可愛がられているソコは、これまで以上に感じやすい器官にされていた。

一人遊びの意図はなくても、指先の刺激で花開くようにソコが反応していた。

「……は」

中指と薬指を中に潜らせ、扱くように洗う。

自分でも大分柔らかくなってしまったと思うが、指を締め付ける強さは引っ掛かってしまいそうになる。

戦闘訓練で身体を鍛えている影響だろうか。

中の締まりは良くなっている気がした。

ダンジョンの中で誠一に注ぎ込まれた精液は、胎内に残っていない。

それでも感触が、熱が、奥深くで可愛らしく震える誠一の硬さが、身体に記憶されていた。

「……んっ」

ボディソープ以外の滑りが絡んだ指先を口に含む。

はっきりと臭う精子の味は、身体に染み付いた幻想かもしれない。

「ねー、静香？」

「はい？」

「あたし、そろそろ来てなきゃおかしいんだけど、やっぱ来てないんだよねー」

それは初めてダンジョンダイブした後に、女子生徒のみに担任教師から伝えられている。

「です、か。私は先週辺りに、ああ、そうなのかなって」

「あはは。これでできちゃってたら誠一と叶馬くんに責任取って貰うんだけどねー」

泡を洗い流した麻衣が、シャワーのハンドルを閉めた。

「まー、正直しんどくて怠いだけだったから、学園にいる間だけでも解放されるんならラッキーかな」

「ですね」

「んじゃ、お待たせ。早く行かないと、あいつらメシーメシーって押しかけて来ちゃいそう」

ソレは羅城門に組み込まれた拘魂制魄《こうこんせいはく》術式の真髄であり根幹だ。

魄を記録《メメント》し、魂を軛《アンカー》として、擬似的な不死《モーリ》を作り出す。

一つの肉に、魂は一つ。

鏡像対称《シンメトリー》のシステム。

それは怨魂を慰める『贄《にえ》』となる。

幕間　匠工房臨時部会

「――さて。では、匠工房《アデプトワーカーズ》の臨時部会を開催しましょう」

自分たちで改装したプレハブ部室の奥。

畳を敷いた談話スペースに、部員たちが集合していた。

匠工房の部員数は一二名。

だが、部長である蜜柑の姿は見えない。

「蜜柑ちゃんは？」

ギュウギュウ詰めになっている臨時部会は、部長の同意を得ずに開かれている。

「大丈夫よ。今日は学生街に行くっていってたから」

副部長である凛子に答えたのは、目つきの鋭い女子部員だった。

部長や副部長に限らず、匠工房のメンバーは全員が女子生徒だ。

ダンジョン攻略が目的の倶楽部において、女子オンリーという構成は珍しい。

そして、『職人《クラフター》』系という非戦闘クラスだけの倶楽部など、彼女たちの他にはなかった。

「それじゃ、今後の対応方針について相談しようかな」

「対応っていうか……。要するに、叶馬くんたちと、どういう風に付き合っていくかってことでしょ」

「ま、そういうことかな」

きっと睨んだ部員に、凛子が肩をすくめる。

基本的に内気な部員が多く、中々意見は出てこなかった。

「繰り返しの確認になるけど、私たちの倶楽部に後ろ盾はないかな。蜜柑ちゃんが集めた、自衛のための互助会みたいな感じだしね」

同じような会議。

断罪裁判も何度か開かれている。

それらは、彼女たちの大事な部長にちょっかいをかけてきた、叶馬という一年生男子の評定だ。

「……私刑《リンチ》です。蜜柑ちゃんに近づく、いやらしい男は、絶対に私刑です」

「……レイプしそうな顔だし」

「……信用、できない、悪い子」

ぼそぼそと聞こえてくる声は小さい。

前回までと変わらず、ほとんどが否定的な意見だ。

だが、彼女たちの立場は弱い。

学園のカーストの中では、最下位だと言ってもいい。

『職人』というクラスは、それだけ下に見られている。

そして、実際に実力行使をしても、何ができるわけでもない。

「確かにレイプ顔だし、エロエロで生意気な後輩だけど。そんなに悪い奴じゃない、かも、しれない」

ピタッと雑談が止まり、みんなの視線が集まってくる。

そっぽを向いていた目つきの鋭い女子は、慌てたように手を振っていた。

「違うわよ！　別にほだされたとか、落とされたとかじゃないんだから！　……でも、女の子を苛めたり、暴力を振るってくるような奴じゃ、ないと思うの」

「えっと……悪い子じゃ、ないかもです」

「う、うん。私がいる麻鷺荘でも、実際に悪いことはしてないです」

実害はなくても、評判が割と最悪なのは黙っていた。

何しろ顔が怖いので、誰も関わろうとせずに距離をガン置きされている。

重石みたいな感じで空気をヘビーにする存在だが、悪意を持って悪事を働いてはいない。

「ふむ。まあ、蜜柑ちゃんが懐いてるみたいだし、あんまり悪い子じゃないのかもね」

叶馬の擁護に回ったのは三人だけだが、今までにない意見だった。

前回までは全会一致で、私刑に追放の結論が出ている。

「叶馬くん絶対私刑派だったクルミちゃんも認めてるみたいだし」

「べ、別に認めてなんかないわよ！　あんなエロガッパ」

仲間たちからジトーッとした目を向けられ、赤面した女子が慌てていた。

擁護派になったのは、工作室で叶馬から助けられたメンバーだ。

その後に叶馬とナニがあったのか、大体みんなが察している。

「蜜柑ちゃんとの接触を邪魔したり、こっそり縛って私刑《リンチ》する計画は、一回白紙に戻しましょう。ちょっと様子を見て、もしも信用できる子だったら……」

「そんな人は、学園に居ません」

ぽそっと呟いたのは、小柄な女子部員だった。

「男の子なんて、みんな一緒です。信用しません。できません」

「……まあ、イチゴちゃんの言いたいことも分かるかな」

匠工房の部員たちは、みんながみんな男性不信になるような経験をしている。

身体と心に刻まれたトラウマだ。

「うん、だから私が相手をしてみるよ。あの子がどういう人間なのか、私たちをどういう風に扱う男の子なのか。私が叶馬くんを試すから」

だが、このまま自分たちだけで、やっていけるとは思っていない。

『職人《クラフター》』というクラスはサポート役だ。

そんなクラスを得てしまう自分たちも主人公気質ではない。

それは、自分たちが一番良く分かっていた。

「ただいま〜。あれ？　みんな居ないの？」

「奥に居るかな。おかえり、蜜柑ちゃん」

入口から入ってきた部長の手には、ホカホカとした包みが抱えられていた。

「たい焼き買ってきたよ！　みんなでお茶しよ」

幕間　掲示板と静かな胎動

【身バレ注意】一学年限定情報交換スレｐａｒｔ５　【廃人お断り】

２１５：名無しの初心者
それ、マジらしいぞ
先輩の話じゃ学園側は全部ＩＰ管理してるらしいから

２１６：名無しの初心者
ゲストでログインしても学園ネットに接続できないんだし
ログだって全部見られるでしょ、そりゃあ
あまり変なコトを書き込んじゃダメよ

２１７：名無しの初心者
ＮＧワードも多くて地味にウザイ
先輩たちが独自に立ててる鯖もあるらしいけど…

２１８：名無しの初心者
匿名掲示板じゃないのね

２１９：名無しの戦士
俺たちからは見られないけどな
ちなみにクラスチェンジしてると、こういう感じで名無しネー
ムが変わる

２２０：名無しの初心者
ダンジョン廃人がきたぞ、囲め！

２２１：名無しの遊び人
雑魚乙＾＾

２２２：名無しの初心者
遊び人から煽られても…＾＾；

２２３：名無しの初心者
いや、ニートって糞っぽいけど、割とオールマイティな職業らしいぜ
クラスチェンジが進むほどに、訳の分からんネタ職になってくみたいだけど

２２４：名無しの初心者
やっぱ駄目じゃんｗ
つーか罠が満載だよな、このリアルＲＰＧマジクソゲー

２２５：名無しの初心者
そんなことより、みんなゼニはどうやって稼いでるの？
ランチ食べるゼニもなくなってきたんだけど

２２６：名無しの初心者
ゼニは余裕ないよね
換算すると、ゴブリン一匹で百円くらい

２２７：名無しの初心者
デイリークエスト受けてないのか？
クリスタルを売るだけじゃ銭は稼げんぜよ

２２８：名無しの初心者
クエスト掲示板を見てない奴多いな
ダンジョン関係だけじゃなくて、普通のバイトみたいなクエストもあるぜ
学生街にある店の配達手伝いとか、日当で一万くらい出るし

２２９：名無しの初心者
デイリーは俺たち一年生向けのサービスだよ
購買部の二階にあるクエストラウンジに行くんだ
ダンジョンにダイブするだけで五百ゼニーが支給されるぞ

２３０：名無しの初心者
＞＞２２７－２２９
マジ感謝、これでランチセットが食えるぜ！

２３１：名無しの初心者
上の書き込みにクラスチェンジした奴出てるけど早すぎる
一年は数えるほどしか到達してないだろうし身バレ不可避

２３２：名無しの初心者
死に戻りしまくりで一回も生還してませんけど、何か？

２３３：名無しの初心者
マジなら馬鹿杉
一回レベルアップするだけでも、体感できるレベルでパワーつくぞ
死なずに戻ることを目標にしろ

２３４：名無しの初心者
やっぱりパーティを組むのが基本
戦いは数だよ、兄貴

２３５：名無しの初心者
囲んでボコれば怪我することもないしね

２３６：名無しの戦士
ソコはアレだぜ
護衛とレベリングしてやると言って女の子をだな

２３７：名無しの初心者
あなたって本当に最低の屑だわ
てゆーか、男ってセックスのことしか頭にないの？

２３８：名無しの初心者
だいたい間違ってない

２３９：名無しの初心者
うん、ないよね

２４０：名無しの初心者
むしろ頭がチ○ポ

２４１：名無しの初心者
>>２４０
プラナリア定期

２４２：名無しの初心者
よし、今からクラスチェンジしてくる！

＊＊＊

「まったく、男なんて馬鹿ばっか」

何故かプラナリアの話題から、ウーパールーパーの流れになった掲示板に悪態を吐いた。

書き込んでいる連中も、暇を持て余しているに違いなかった。

だが、夜も更けた女子寮の自室では、他に暇潰しできるような娯楽はなかった。

スマホも使えず、テレビも見られず、ラジオすら聞くことができない。

豊葦原学園の敷地周辺では、無線の類いが使用不可になっている。

ダンジョンから漏れ出す瘴気が影響を及ぼしていると考えられていたが、まだ解明はされていない。

ただし、学園施設や学生寮には、有線のネットワークが敷設されていた。

学生寮の各部屋にもＬＡＮの接続端子が準備されており、学園イントラネットにアクセスすることができる。

「ウーパールーパーの食べ方って……。誰よ、この名前がバグってる原始人は」

味は淡泊で美味いらしい。

取りあえず、内蔵を取り除けば丸ごと食べられるそうだ。

恐らくは一生涯、役に立たないであろう無駄知識だった。

「ホント、この学園って訳が分かんない」

ルームメイトは既にベッドで寝ている。

夜更かしをするほどの娯楽がないのだ。

ダンジョンやモンスターやスキルなどがあっても、学園の日常生活にファンタジーっぽさが足りていなかった。

普通に登校し、普通に授業を受けなければならない。

外の学校と違うのは、不純異性交遊が大っぴらに推奨されているくらいだ。

まだ、彼女たち一年乾組の教室では騒ぎになっていないが、いろいろな噂も聞こえるし、実際に見てしまうこともある。

面白半分で見に行った申組などは、教室の中で何組ものペアが普通にセックスをしていた。

避妊など考慮しない、生挿れ生出し。

教室にいる男子たちは、相手を選ばず女子とセックスをしていた。

それも隠さずオープンで、先生たちも咎める様子はない。

聞いた話では、女子と男子が対立して決闘沙汰になり、敗北した女子が男子の性奴隷扱いになったそうだ。

そんな馬鹿げた校則《ルール》も、この学園にはあるらしい。

流石に自分たちの教室が、あんな風になるのは御免だった。

男に嫌悪感を覚えてしまうようになったのは、彼女に潔癖症の気があったからだろう。

そのせいでパーティを組んでいる男子にも、辛く当たるようになっていた。

「ふぁ……私も寝ちゃおうかな」

学園が管理している『クエスト掲示板』も見に行ってみた。

だが、彼女にとって暇潰しにはならなかった。

適当にリンクを踏んでいった指が止まる。

「……あ、これ。個人サーバーってやつ？」

どこを経由したのかは分からない。

誘導された先は、オフィシャル掲示板とは違うデザインのサイトだった。

ちょうど書き込みが活発化している。

「漫画じゃなくて同人誌の話か。マニアックねぇ」

流れが速すぎて追えなかったが、話の元になっているらしいＺＩＰデータを落としてみた。

『ｒｏｓｅｓｃ００２．ｚｉｐ』

そんな名前のファイルを無警戒に解凍する。

ある意味、ウィルスに感染したのは間違いない。

そのまま彼女は、もう徹夜する勢いでファンスレの住人と化していた。

「えっ、新作も出てるの？　もったいぶらずにジップであげなさいよ。アンタたちは三流かっての！」

「……んー～ぅ。もう、エリーってば、うるしゃい」

目を覚ましてしまったルームメイトが目を擦っている。

学園を蝕む腐海は、静かに範囲を広げつつあった。

《つづく》

あとがき

当作も二巻目を出させていただくことが叶いました。

これも、ご覧になられている皆様のおかげです。

作者より心からお礼を申し上げます。

一二三書房の担当者様方、イラストレーターのアジシオ様、本作を応援して下さる読者の皆々様にも感謝しております。

なお、付録に設定資料集を載せていただきましたので、世界観の補完の一助になれば幸いです。

この本を手にしている貴方へ。

ただ、物語の世界を楽しんで頂ければ幸いです。

竜庭ケンジ

ダンジョンシステム紹介

・ダンジョンアーキテクチャについて

・羅城門《らじょうもん》について

穿界樹ユグドラシル迷宮の枝界ダンジョンへと通じる門。

学園のエントランスホール正面から降りた地下大空間に設置されている。

しめ縄と呪符で封印された『千曳岩』の前に立てられた朱塗り唐門、鳥居が連なる幽玄領域。

拘魂制魄《こうこんせいはく》術式を搭載した大規模術法施設《メガマギアロジープラント》。

ダンジョンの中を『常世《とこよ》』、外の世界を『現世《うつしょ》』と呼ぶ場合もある。

・羅城門の種類と利用法について

羅城門には五つの門扉が設置されている。
※第一『始界門』
羅城門に使用者の魂魄パターンを登録する機能がある。また、ダンジョン内をメンテナンスするための特殊転送モードを兼ねる。
※第二、三、四『常世門』
生徒が通常利用する門。同時転送人数は六名まで。ログはパーティ単位で管理されている。ダンジョン内で死亡した場合、紐付けされている魂魄を招き寄せて、羅城門にて再生する。閉門時間には混雑する。
※第五『極界門』
軍戦《レイド》モードで起動する門。同時転送人数は無制限。即時復活《リスポーン》時はノンタイムで異世界内へと転送される。また、その際には利用者に対する保護設定レベルが引き下げられるので注意が必要。

・羅城門の開門及び閉門時間について

※『始界門』
平時は封印。
※『常世門』
月曜から土曜の平日は、正午に開門して午後五時に閉門。

日曜日は、朝の九時に開門して正午に閉門、午後一時に開門して午後五時に閉門。
※『極界門』
学園に申請すれば、生徒が任意で起動可能。利用時間は設定可能。ただし常識的な時間じゃないと怒られる。

・拘魂制魄術《こうこんせいはく》について

仙術から発展した道教の方術思想がベース。本来は三魂七魄を鍛錬して仙人に至る修行法だった。

羅城門に組み込まれている術式は七魂を完全に保存するが、三魂の保存は容量が大きすぎて不可となっている。

魂魄とは：
　三魂七魄思想をメインとした道教儒学。人間は三魂（魂の三元素）と、七魄（肉体を司る七元素、喜・怒・哀・楽・愛・悪・欲）によって構成されていると考えられている。

・階層法則について
　規定値とは階層を支配する瘴気圧の許容幅である。
　定期的に討伐される既知領域においては、階層規定の下限モンスターが多い。
　既知外領域においては瘴気が循環しておらず、遭遇するモンスターはほとんどが階層規定値の上限。
　第壱階層規定値1（～1）
　第弐階層規定値10（1～10）
　第参階層規定値20（10～20）
　第肆階層規定値30（20～30）
　第伍階層規定値40（30～40）
　第伍階層からは上昇幅が緩やかになり、拾階層及び弐拾階層にレベルキャップが存在している。

・経験値（EXP）について
　ダンジョン内でモンスターを討滅した時に吸収される、フィードバックSP値がEXPといわれている。

　レベル1のゴブリンを倒して得られる経験値が1EXPで換算される。

　大体レベル1ゴブリンを一〇〇匹倒せばレベル10まで到達できる。

　参考：ゴブリンの種族限界レベル20＝レベル1ゴブリンの20匹分の強さとEXPを有している。

・モンスタークリスタルについて
　モンスターが瘴気に還元する際に、吸収されず結晶化した瘴気の塊。

　瘴気は＝SPであり、還元分＝EXP分＝モンスタークリスタルの大きさ、となる。

　購買部での交換効率は、モンスターレベル×レアリティ補正×一〇〇（銭）。

　モンスタークリスタルは現世では自壊しやすく、砕けると瘴気に還元してしまう。

・軍戦《レイド》クエストについて
　正確な意味では二種類に分類される。

　『複数パーティによる共同クエスト』の場合は、例えばダンジョン内で確認されたイレギュラーモンスターの討伐などに適応される。

　学園から発行されたクエストを元に、横殴り上等、早い者勝ちのお祭り騒ぎになることも多い。

一時的にパーティ同士が手を組むことも、レイドを組む、などといわれる。


『ダンジョン内に発生した特異点の攻略』の場合は、特殊なダンジョン攻略を指す。

レイド領域と呼ばれるダンジョン内に発生した異世界空間、つまりダンジョン内のダンジョン攻略となる。

それはダンジョンの法則から逸脱した特異点であり、常世から現世へ影響を及ぼしうる脅威。

ダンジョン内に点在する特異点は現世への接合点に引き寄せられる性質があり、ダンジョンの円滑な管理のために攻略（消滅）させる必要がある。

レイド領域と通常ダンジョンの融合地点は、レイドゲートとして現出している。

そのままレイド領域内への移動も可能だが、レイド攻略に特化している羅城門第伍『極界門』の利用が推奨されている。

クラスチェンジシステムについて

・クラスについて

ダンジョンのモンスターを討伐することによって吸収したＥＸＰを元に、存在としての格を上昇させるための手段。

ＥＸＰを元に魂と肉体を作り替える『強化人間《ブーステッドマン》』製造装置。

発祥由来不明のオーパーツ遺跡である『聖堂《カテドラル》』で行なわれる。

聖堂でのクラスチェンジにおいては、取得条件を満たしている選択からランダムでクラスチェンジが行なわれる。

素質や性情は勿論だが、本人のエゴよりもイドが反映された結果になることが多い。

同格帯に限っては再クラスチェンジも可能だが、一度そのクラスに馴染んだ魂魄に引っ張られ、同じクラスになってしまうパターンがほとんど。

ダンジョンの入口と聖堂は常にセットで現世に出現しており、日本以外のダンジョンについても同様である。

聖堂に登録されているクラスは、出現した文化圏の信仰概念から抽出されている。

・クラスタイプについて

一般的には『アーキタイプ』と呼ばれる、六種類のクラスから上位派生していく。

『レア』と呼ばれるクラスも、基本的にはアーキタイプの派生上にある特化タイプ。

『スーパーレア』と呼ばれるクラスは、アーキタイプから完全に逸脱した分類できないクラスを指す。

それだけ該当者の素質が偏っている異端のクラスとなるが、システムのルール上はアーキタイプと同じ成長をしていく。

また、『イリーガル』と呼ばれる規格から外れたクラスが稀に存在する。

確認されていない未解析クラスが『規格外《イリーガル》』と呼ばれることもあるが、本当の『逸脱規格《イリーガル》』は極々僅か。

・クラスとレベルについて

クラスチェンジを行なうには、ＥＸＰを吸収して存在の階位を上昇させる必要がある。

上位クラスチェンジを行なうには、該当クラスの成長限界までレベルを上げなければならない。

クラスチェンジ後のレベルは該当クラスのレベル1となり、強化処置に使用されたSP値が一時的に低下する。

成長限界に達している状態でモンスターを討伐してもレベルは上昇しない。

また、クラスチェンジには魂魄が規定の過負荷に耐えられる必要がある。

レベル評価においては、チェンジ済の下位クラスを含めた合算となり、『累積レベル』として扱われる。

例1）『人間《ヒューマン》10』『戦士《ファイター》20』『騎士《ナイト》30』『竜騎士《ドラグーン》25』＝累積レベル85
例2）『人間《ヒューマン》10』『文官《オフィサー》20』『書記《レコーダー》30』『鑑定人《アプレイザー》6』＝累積レベル66

クラスチェンジ段階と成長限界については下記を参照。

・ノービスレベル10→第一段階クラスへチェンジ可能
・第一段階クラスレベル20→第二段階チェンジ可能
・第二段階クラスレベル30→第三段階チェンジ可能
・第三段階クラスレベル40→第四段階チェンジ可能

学園で確認されているアーキタイプクラスについては下記を参照。

基本系《アーキタイプ》クラス：六種類
『戦士《ファイター》』

身体《パワー》補正に優れたクラス。主に肉体を触媒にした能力《スキル》を得意とする。割合が一番多い。

『盗賊《シーフ》』

身体《スピード》補正に優れたクラス。戦士よりもＳＰ操作を得意とし、能力《スキル》を使い熟すことができる。

『術士《マギ》』

精神補正に優れたクラス。魔法と呼ばれるＳＰ操作能力を覚醒させる。身体補正はほぼ無い。

『職人《クラフター》』

精神補正に優れたクラス。攻性の能力《スキル》がなく、サポートに特化している。『強化外装骨格《アームドゴーレム》』を召喚することができる。

『文官《オフィサー》』

精神補正に優れたクラス。情報に関する能力《スキル》を得意とする。『カード』からモンスターを召喚することができる。

『遊び人《ニート》』

平均的な補正が掛かるクラス。自己バフ、デバフ能力《スキル》に特化したクラス。そのスキルはトリッキーなものが多い。

・**特殊派生系《ドロップアウト》SSRクラス**
素質よりも性情に強い影響を受けて発現する特殊なクラス。

クラスチェンジする確率はとても低い。

特殊な条件下において強力な身体及び精神補正が発生するが、強烈なペナルティをともなう。

また、レベルアップに膨大なEXPの蓄積が必要となり、再クラスチェンジがほぼ不可能となる。


学園で確認されている特殊派生クラスについては下記を参照。

・**男性専用クラス例**
『絶倫王《ドンファン》』

性行為に特化したクラス。生殖能力を喪失する。出玉無制限。無制限に陰茎が勃起し、サイズや形状の微調整が可能。性行為相手の快楽補正特大。性行為中は疲労せず、食事や睡眠も不要で不老不死。異性に対するカリスマが増大する反面、同性からは極度の嫌悪感を向けられる。ただし、異性との性行為を24時間断絶させれば即死する。

・**女性専用クラス例**
『奉仕姫《メイドプリンセス》』

奉仕能力に特化したクラス。生涯唯一無二のご主人様を設定しなければならない。ご主人様の命令には絶対服従。炊事洗濯掃除などに対する家事能力補正特大。ご主人様に対しての、あらゆる奉仕能力補正特大。ご主人様の側にいる限り不老不死。ただし、三日以上ご主人様から離れて行動する、もしくは設定したご主人様から捨てられると即死する。ダンジョンでも活躍できる数少ないSSRクラス。


『性隷姫《スレイブレディ》』

性的能力に特化したクラス。生殖能力が低下する。同種族に対する性的魅力補正特大。他者からの命令には一切の拒否ができない。また自発的意識が低下し、命じられた行動に対する全ての能力補正が上昇する。依存対象の能力をコピーして追従することが可能になる。命令次第であらゆる活動が可能な万能型。キャパシティは膨大だが個人が隷属させることも可能。その場合、奉仕姫級の活躍が期待できる。即死級のペナルティもなく、特殊派生系SSRの中では数が多い。

『肉便姫《オルギニアン》』

　肉体の快楽に特化したクラス。生殖能力を喪失する。異性に対する性的魅力補正特大。性行為相手、及び自分の快楽補正極大。自分の肉体に対する、あらゆる補正能力特大。常時発情状態となり、あらゆる種類の異性を発情させる。異性の性的な欲求を拒絶することができない。肉体の状態は常に最良を保ち不老不滅。性行為のみで活動に必要なエネルギーを補充できる。ただし、異性との性行為を24時間断絶させれば即死する。

・逸脱規格《イリーガル》、解析不能《アンノウン》系GRクラス

　詳細不明。

スキル概念について

※スキルについて

　クラスチェンジによって強化された魂と肉体から『力』を引き出す手段。

　力を制限し、限定することによって、扱い易いように定型化させる手法を指す。

　スキルの発動に必要なのは『イメージ』と『SP』と『トリガーワード』。

　トリガーワードは『意味のある言葉』である必要はないが、明確な宣誓が必要となる。

　スキルの習得には訓練が必要であり、クラスチェンジしたからといって該当クラスのスキルを全て使用できる訳ではない。

　クラスによって使用可能なスキルは異なるが、クラスが異なっていても同じスキルを使用できる場合はある。

　また、取得できるスキルには個人差があるが、クラスのレベルが上がるにつれ再現可能なスキル数は増える。

　発動させるスキルの規模によっては、瘴気濃度の薄い場所では失敗することがあったりなかったり。

　なお、モーションサポートのようなスキルは存在してない。

　各クラス系統の代表的なスキルについては下記を参照。

『戦士《ファイター》』

『強打《バッシュ》』：瞬間的に身体補正《ストレングス》を引き上げる。

『防衛《ディフェンス》』：瞬間的に肉体の強度を引き上げる。

『戦血《アドレナリンブースト》』：興奮状態となり恐怖を麻痺させ、闘争心を増加させる。

『盗賊《シーフ》』

『瞬足《ファスト》』：瞬間的に身体補正《アジリティ》を引き上げる。

『空歩《ステップ》』：スキルを足場にして移動できる。

『集中《コンセントレーション》』：精神を集中させ、行動成功率を高める。

『術士《マギ》』

『魔弾《マジックボルト》』：ＳＰを固体化して射出する。

『変質《マナチェンジ》』：ＳＰに属性を付与する。

『瞑想《メディテーション》』：魔力を回復させ、一時的に魔法の適性を高める。


『職人《クラフター》』

『強化外装骨格《アームドゴーレム》』：基本スキル。自分のＳＰの半分を消費してゴーレムを作製する。

『加工《プロセス》』：対象の物体を任意の形状に変形させる。

『加熱《ヒート》』：対象の物体を加熱することができる。


『文官《オフィサー》』

『具象化《リアライズ》』：基本スキル。カードを具象化させる。

『位置《ロケーション》』：空間座標を読み込む。

『落書き《グラフィティ》』：任意の場所に落書きできる。言葉を描いた場合は強制力が発生する。


『遊び人《ニート》』

『自慰《リジェネレート》』：ＳＰを消費して肉体を回復させる。

『倦怠《レサージー》』：任意の対象の怠くさせる。

『脱出《エクソダス》』：自分一人だけダンジョンから脱出する。

・モンスターについて

ダンジョンに出現する『敵性体』という概念の化身。

モンスターには必ずダンジョンの挑戦者に対する攻性反応があり、ＥＸＰへと還元する特性がある。

モンスターは瘴気が濃縮して発生する疑似生命体であり、無限に発生して枯渇することはない。

モンスターの発生と消滅は固体で完結しており、生態系とは無関係。

疑似生命体であろうと生態系の構築は可能であり、ダンジョン内で繁殖し生態系を築いていることも確認されている。

瘴気から発生するモンスターは成体としてポップし、基本的な装備品も全て瘴気から生成されている。

ただし、他のモンスターや挑戦者がドロップしたアイテム、もしくは宝箱から獲得した装備を使用しているケースも確認されている。

・NullMOB［ヌルモブ］について
モンスターとは似て非なる存在。

意図と設計通りにポップするモンスターとは違い、瘴気の澱みから自然発生した謎の生命体。

基本的に人畜無害で『無意味な怪異』とも呼ばれている。

不安定な存在で自然に消滅することもあれば、妙に安定して勝手に自然繁殖していたりもする。

決まった姿はなく、環境に適応した生物の形状になる。

また、ダンジョン内で生命活動を停止しても瘴気に還元することがないので、モンスターの餌にもなっている。

レイド攻略中には、生徒たちの貴重な食糧にもなっていたり。

学園でもたまにポップしているが特に害はない。ないが鬱陶しいので、たまに駆除クエストが発行されたりする。

・モンスターカードについて

モンスターが活動を停止して瘴気に還元する際に、その存在情報ごと『抽象化《アブストラクション》』する現象。

確率は約０．０２％と言われており、狙って出せるアイテムではない。

ただし、モンスターのレベルが高いほどドロップする確率も上昇する。

マジックアイテムにモンスターの能力をエンチャントしたり、文官クラスが召喚したりするので需要が高く常に品薄。

ダンジョン内での死亡にはご注意。

モンスターに拾われたりすると、コレクションにされたりします。

学園で確認されている代表的なモンスターについては下記を参照。

・コボルト【犬妖精】
二足歩行する毛むくじゃらの人型モンスター。身長一メートル程で、稀に武器を手にした個体が存在する。多くの生徒にとってはダンジョンで最初に戦う相手。噛まれると痛い。

・ゴブリン【邪妖精】
二足歩行する醜い人型モンスター。コボルトより大きく、武器を持った個体が多い。悪知恵が働き、女子生徒に対しては殺すよりも犯すことを優先するトラウマ製造機。学園の女子からはとても嫌われている。

・オーク【豚人間】
頭部が豚顔になっている人型モンスター。身長は二メートルを越え、その膂力は人間を凌駕している。ある程度の知能を持つが本能も強い。というか性欲が強い。女子生徒にとってのトラウマ製造機II。別名セックスモンスター。

・エント【擬態木】
動く木。色々な種類の植物に擬態する、恐るべき奇襲能力を有した雑魚《ザコ》。

・マタンゴ【怪茸】

びょんびょん跳ねるだけの無害な茸型モンスター。びょんびょんしながら放出される胞子は、麻痺効果のある弱毒性。麻痺した獲物を苗床にして増える。めっちゃ増える。

・ネオンモス【光苔】

瘴気を養分にして発光する蘚苔《せんたい》植物。ダンジョンだけでなく、瘴気のある場所にはいつの間にか生えてくる。ダンジョンで視界が利くのは光苔のおかげ。ナイトモス【夜苔】という亜種がある。ちなみに茹でて酢味噌で食べると美味しい。

35歳の選択
CHOICE OF 35 YEARS OLD
～異世界転生を選んだ場合～
大前田助
Character design ぐすたふ
Illustration 蜂蜜まぬか
人気シリーズ
第四弾！
おっさん、
王女様を救う!!

オルギスノベル
ORGISNOVEL

ハイスクールハックアンドスラッシュ❷

2020年7月25日 初版第一刷発行

著 者 竜庭ケンジ

発行人 長谷川 洋

編集・制作 一二三書房 編集部

発行・発売 株式会社一二三書房
〒101-0003 東京都千代田区一ツ橋2-4-3 光文恒産ビル
03-3265-1881

印刷所 中央精版印刷株式会社

作品の感想、ファンレターをお待ちしております。

〒102-0072 東京都千代田区飯田橋 2-14-2 雄邦ビル
株式会社一二三書房
竜庭ケンジ 先生／アジシオ 先生

オルギスノベルの最新情報はこちらまで。
http://www.orgis-novel.com

※本書は小説投稿サイト「ノクターンノベルズ - 小説家になろう」（http://noc.syosetu.com/top/top/）に掲載された作品を加筆修正し書籍化したものです。

Printed in japan
ISBN 978-4-89199-631-4